주식회사 타입캡슐

주식회사
타임캡슐

기타가와 야스시 지음 | **박현강** 옮김

차례

새로운 인생을 시작하자. 언제든 다시 출발할 수 있다.

프롤로그

소년은 어색한 웃음을 지어 보이며 침대에 누워 있는 소녀에게 말을 건넨다.

"기분은 좀 어때?"

소녀는 감고 있던 눈을 힘겹게 뜨더니 시선을 소년에게 고정한 채 힘없이 미소 짓는다.

"요스케…, 어서 와….."

무슨 말을 하는지 알아들을 수 없을 만큼 작고 가녀린 목소리에 소년은 자기도 모르게 침대 옆에 무릎을 꿇고 소녀 가까이 몸을 구부린다.

"정말 기뻐….."

눈물이 소녀의 뺨을 타고 흘러내리는 모습을 보는 소년의 눈에도 그렁그렁 눈물이 맺힌다.

이윽고 앞이 보이지 않을 정도로 눈물을 쏟는 소년을 보고 소녀는 살며시 미소를 지으며 말한다.

"이번에는 내가 웃길 차례지."

그러고는 마치 무거운 짐을 옮기듯 천천히 고개를 돌려 납작하게 눌린 뒷머리를 소년에게 보여준다.

"어때? 내 머리모양. 웃기지?"

요란한 소리와 함께 히데오의 휴대전화 진동이 울렸다.

"에이, 제일 좋아하는 장면인데….."

히데오는 손에 들고 있던 컵라면을 유리 테이블 위에 내려놓고 휴대전화를 보았다. 화면에 뜬 전화번호는 낯설었지만, 누가 걸었는지는 짐작이 갔다. 다급히 리모컨을 집어 일시 정지 버튼을 눌렀다. 입속에 머금고 있던 라면을 급히 삼키자 뜨끈한 면발이 식도를 타고 내려가는 게 느껴졌다.

"예, 여보세요."

히데오는 깍듯한 목소리로 점잖게 전화를 받았다.

"아, 여보세요. 저는 주식회사 타임캡슐의 와카바야시라고 합니다. 아라이 히데오 님 맞으실까요?"

예상한 대로 면접을 보기로 한 회사에서 온 전화였다. 히데오는 허리를 쭉 펴고 자세를 바르게 고쳐 앉았다.

"네, 아라이입니다. 내일 잘 부탁드립니다."

"실은 내일 회사에 사정이 생겨서 면접 진행이 어려워져서요. 혹시 괜찮으시다면 일정을 변경할 수 있을까 해서 연락드렸습니다. 가능하시면 오늘 오후 1시나 다음 주 금요일 오후는 어떠신지요….."

히데오는 시계를 보았다. 조금 있으면 11시다. 아직 괜찮다. 하루라도 빨리 일자리를 찾고 싶은 히데오에게 일주일이 넘는 시간을 면접만 기다리며 보낸다는 건 사활이 걸린 문제이다.

"그럼 오늘 오후 1시에 찾아뵙도록 하겠습니다."

"아, 네. 무리한 부탁을 드려 죄송합니다. 그럼 오늘 오후 1시에 뵙겠습니다. 조심히 오세요."

"감사합니다."

그렇게 말하며 히데오는 보이지 않는 상대에게 고개를 숙였다.

상대가 먼저 전화를 끊는 것을 확인하고 나서야 전화기를 귀에서 떨어트리고는 방금까지 먹다 만 컵라면을 후루룩 마셔버렸다. 편의점에서 같이 사 온 삼각김밥까지 먹을 여유는 없다. 컵라면의 잔해를 유리 테이블에 그대로 둔 채 히데오는 튀어 오르듯 자리에서 일어나 DVD와 텔레비전 전원을 끄고 어지러운 방을 가로질러 옷장으로 뛰어갔다.

다행히 세탁소에서 찾아 놓은 정장이 딱 한 벌 걸려있었다.

비닐 덮개를 손에 잡히는 대로 마구 찢어냈다. 모습을 드러낸 정장을 본 히데오는 마음이 조금 짠해졌다. 인생 첫 맞춤 양복이었다. 언제 어디에서 맞췄는지 생생히 기억하고 있다. 물론 그때 함께 있던 여성까지도.

고개를 가로저으며 떠오른 추억을 떨쳐냈다. 감상에 젖어 있을 때가 아니다.

"그래, 얼른 씻어야겠다."

입고 있던 트레이닝복을 훌러덩 벗어 이미 빨랫감으로 가득한 세탁바구니 위로 던졌다.

"어휴, 집안 꼴이 이게 뭐람."

히데오는 무심코 쓴웃음을 지었다.

부지런하고 깔끔한 편이라 자부했던 자신이 겨우 일자리만 잃었을 뿐인데 너저분한 방 안에서 빨래 더미 옆에 살고 있다. 시간은 남아도는데도 좀처럼 치우고 싶은 생각이 들지 않았다. 그런데 앞날에 실낱같은 희망이 보이자 이렇게 살아서는 안 되겠다는 마음이 샘솟았다.

샤워를 마치고 나오니 추워서 몸이 덜덜 떨렸다. 전기요금을 아껴볼 양으로 난방기구를 돌리지 않던 방은 역시나 12월에 접어드니 냉기마저 감돌았다.

히데오는 얼른 몸을 닦고 외출 준비를 시작했다.

히데오는 긴장한 상태로 허리를 꼿꼿이 세우고 앉았다.

앞에 앉은 남성은 자신을 이 회사의 사장이자 창업자라고 소개했지만 아무리 봐도 히데오보다 훨씬 젊어 보였다. 그런데도 창업한 지 15년이 되었다니 이 사장이란 사람은 꽤 어린 나이에 회사를 세웠거나 아니면 진짜 동안이거나 둘 중 하나이다.

히데오는 여기로 오는 짧은 시간 내내 면접에서 어떤 질문을 받을지 떠올렸다. 그리고 질문에 대답하는 자신을 상상하자 곧 희망이 사라졌다. 자신감 넘치는 모습으로 호감을 줄 수 있는 대답이 나올법한 질문은 아마 하지 않을 것이다. 예상치 못한 질문, 이것저것 꼬치꼬치 캐묻는 질문을 할 게 뻔하다.

더욱이 이렇다 할 기술도 하나 없는 마흔다섯의 아저씨를 '어서 옵쇼' 하고 반겨줄 회사는 이 세상 어디에도 없다는 사실쯤은 이미 알고 있다.

지금까지의 이런저런 경력을 늘어놓아봤자 결국 변명처럼 들릴 것이다. 되레 좋지 않은 인상만 줄 뿐이다.

한때는 그럭저럭 면접에서 질문하는 자리에 앉아 있기도 했던 히데오는 이 점을 누구보다 잘 알았다. 자신을 잘 보이기 위한 대답은 미심쩍기 마련이라 부정적인 인상을 준다.

더 이상 작전이란 없다. 질문에 솔직하게 대답하면 된다.

그렇게 믿고 어쨌든 지금은 이 회사에 열정을 쏟으며 남은 인생을 바칠 준비가 되어 있다는 굳은 각오를 겉으로 보여줘야 한다.

니시야마 사장은 히데오가 내민 이력서를 구석구석 유심히 읽었다. 이따금 미소를 짓기도 하고 무엇에 공감했는지 고개를 끄덕이기도 했다. 그때마다 히데오는 니시야마의 시선이 멈춘 곳을 추측하려 했으나 어디를 보는지 도무지 가늠할 수 없었다.

그렇게 다 읽을 때까지 5분 남짓, 둘은 아무 말 없이 마주 앉아 있었다. 히데오는 이 짧은 시간이 한 시간처럼 길게 느껴졌다. 긴장한 탓에 입안이 바싹바싹 말랐다.

면접관으로 만난 지원자들도 같은 마음이었겠다 싶은 생각이 들었다.

뜬금없이 그런 생각을 떠올리며 니시야마의 등 뒤로 보이는 유리창 너머를 멍하니 바라보았다. 바로 그때 니시야마가 이력서를 책상 위에 내려놓고 웃음을 머금은 얼굴로 이쪽을 쳐다보는 바람에 히데오도 얼른 표정을 고쳤다.

"혹시 궁금한 점이 있을까요?"

"네? 아뇨. 특별히 없습니다."

"그렇군요. 그럼 잘 부탁합니다."

히데오는 니시야마가 한 말의 의미를 곱씹으며 대화를 어떻게 이어가면 좋을지 망설였다. 왠지 합격한 듯한 느낌이 들기 시작했다. 그래도 아직 확신하기엔 이르다.

"저기, 그럼, 저, 채용된 건가요?"

히데오가 조심스레 물었다.

"아라이 씨만 괜찮으시다면요."

히데오는 엉겁결에 몸을 앞으로 쑥 내밀었다.

이 기회를 놓치면 언제 채용될지 모를 기약 없는 구직생활로 다시 돌아가야 한다.

"무, 물론이죠. 꼭 취직해야겠다고 작정하고 왔으니까요."

니시야마는 만족한 듯 여러 차례 고개를 끄덕였다.

"그럼 다음 주부터 출근하는 걸로 알고 있겠습니다. 정복을 맞춰야 하니 오늘은 치수를 재고 가도록 하세요. 그것만 끝나면 가셔도 좋습니다."

"아, 예. 알겠습니다."

히데오의 대답을 들은 니시야마는 자리에서 일어났다. 덩달아 히데오도 얼른 자리에서 일어섰다.

"그럼 이만 실례할게요."

니시야마는 정중하게 묵례하고 자리를 떠났다.

히데오는 90도 가깝게 허리를 숙이며 "정말 고맙습니다" 하고 예의를 갖추어 인사했다.

곧이어 한 젊은 여성이 들어왔다.

"실례하겠습니다. 아라이 님의 정복을 맞추는 데 필요한 치수를 재도록 할게요."

여성은 인사를 마치자 한 손에 들고 있던 줄자를 양옆으로 활짝 펼쳐서는 히데오의 가슴 앞으로 바짝 다가섰다.

"앗, 감사합니다."

히데오는 상황에 어울리지 않는 인사를 뱉고 나서 지나칠 정도로 가까워진 여성과의 거리에 잠시 숨을 멈췄다. 귀에 익은 목소리다.

"잠시만요."

여성은 그렇게 말하고 앞으로 오더니 양손을 들어 줄자를 히데오의 목에 둘렀다.

달콤한 향기가 났다. 깊이 파인 목둘레선을 따라 쇄골이 눈에 들어왔다. 히데오는 눈을 어디에 두면 좋을지 몰라 천장을 쳐다보며 숨을 멈췄다. 긴장한 나머지 온몸에 힘이 잔뜩 들어갔다.

반면 눈앞에 있는 여성은 능숙한 손놀림으로 이번에는 어깨에 줄자 끝을 대고 손목까지의 길이를 파악하고는 곧이어 등 뒤로 돌아서서 어깨너비를 재기 시작했다.

히데오는 치수를 재서 바인더에 끼운 종이에 차곡차곡 써 내려가는 여성의 모습을 슬쩍 곁눈으로 보았다.

'예쁘다….'

그렇게 생각한 순간, 여성과 눈이 마주쳤다.

"무슨 용건이라도?"

미소 섞인 질문에 히데오는 살짝 당황했다.

"아, 아뇨. 저기, 혹시 전화 주셨던 분, 맞죠?"

와카바야시 레이코가 빙긋 웃었다.

"네, 맞아요. 와카바야시예요. 앞으로 잘 부탁드릴게요."

그렇게 말하며 이번에는 껴안기라도 하는 듯 줄자를 히데오의 등 뒤로 둘렀다. 가슴둘레다. 다음은 허리둘레. 히데오는 삐져나온 군살을 조금이라도 숨겨볼 요량으로 있는 힘껏 숨을 들이마셨다. 1년 전까지만 해도 헬스장에 다닌 덕에 나이에 비해 탄탄한 몸매를 유지했건만 고작 1년 사이에 볼품없는 배가 되고 말았다.

'풉' 하고 레이코의 웃음이 새어 나오는 소리가 들렸다.

히데오는 괜스레 부끄러워져 애써 변명하기 시작했다.

"1년 전까지는 운동을 꾸준히 했는데…."

말을 가로막듯이 레이코가 히데오의 얼굴 앞에 5센티미터쯤 되는 초록색 가느다란 종이를 내밀었다.

숫자가 인쇄된 종이의 한쪽 끄트머리가 스테이플러로 고정되어 있다.

"옷에 이게 붙어있었어요."

히데오는 레이코가 웃은 이유를 알아차리고 재빨리 바지 허리춤으로 손을 뻗어 벨트 고리를 더듬어 보았다. 세탁소에서 붙인 종이 태그를 깜빡 잊고 떼지 않은 모양이다. 창피해서 쥐구멍에라도 숨고 싶었다.

그러는 사이 치수 측정이 모두 끝났다.

"고생하셨습니다."

레이코가 한 걸음 뒤로 물러났다. 이때만을 기다렸다는 듯 히데오는 온몸에 주고 있던 힘을 뺐다. 방금 잰 치수가 여기저기 확 바뀌었을 거다.

"그럼 월요일 아침 7시에 뵙겠습니다."

레이코가 고개 숙여 인사했다.

겨우 숨을 돌린 히데오는 지금이 바로 여기서 나갈 타이밍이라는 사실을 깨닫고 의자 아래 놓아둔 서류 가방을 집어 들었다.

"그럼 앞으로 잘 부탁드립니다."

정중히 인사하고 밖으로 나왔다. 아담한 사무실에는 인기척이 없었다. 아무도 없는 모양이다. 좀 전에 방을 나선 니시야마 사장의 모습도 보이지 않는다. 할 수 없이 누구와도 인사를 나누지 못하고 텅 빈 사무실을 가로질러 복도로 나왔다. 출입문 옆에 걸린 명패에 쓰인 회사 이름을 지그시 바라보았다.

「주식회사 타임캡슐」

무심코 한숨이 새어 나왔다.

그 한숨은 히데오 스스로도 설명하기 어려울 정도로 여러 감정이 복잡하게 얽히고설킨 한숨이었다.

히데오의 인생에서 네 번째 막이 이제 서서히 오르려고 한다.

주식회사 타임캡슐

: 10년 전에서 온 편지 배달부

"근무시간에는 정복을 입어야 해요."

면접에서 그렇게 듣기는 했어도 히데오는 어떤 복장으로 출근하면 좋을지 망설여졌다. 다들 편한 복장으로 출근한 다음에 회사에서 정복으로 갈아입는 걸지도 모른다.

'혹시 다른 궁금한 점이 있나요'라는 질문을 받자마자 곧바로 묻고 싶은 질문을 떠올리기는 쉽지 않다.

히데오는 옷장에서 면접 때 입은 정장을 골랐다. 제일 안전한 선택이다.

신요코하마역을 빠져나오니 아직 이른 새벽이라 주위가 어슴푸레했다. 히데오는 회사로 발걸음을 재촉했다. 내쉬는 숨결이 하얀 자국을 남겼다. 오피스가 옹기종기 모여있는 빌딩 10층에 자리 잡은 '주식회사 타임캡슐' 앞에 서서 손목시계를 확인했다.

"6시 45분."

히데오가 중얼거렸다.

나이를 먹어서도 첫 출근은 긴장하기 마련이다. 하물며 마흔다섯 살에 이런 날이 올 줄이야 상상조차 못 했다.

히데오는 손잡이에 손을 얹고 크게 심호흡했다.

'나는 신입사원이다. 이제 매일 나보다 훨씬 나이 어린 친구들 밑에서 일해야 한다. 마음을 단단히 먹자.'

자신에게 들려주듯 머릿속으로 되뇌었다. 자꾸 되뇌면서 주문을 걸어두어야만 혹시라도 젊은 직장 상사가 건방진 말투를 툭 내뱉었을 때 무의식적으로 언짢은 표정을 짓는 일을 방지할 수 있을 것 같았다.

히데오는 굳게 다짐하고 씩씩하게 사무실 문을 연 다음, 큰 소리로 외쳤다.

"안녕하세요. 좋은 아침입니다."

사무실은 눈이 부실 만큼 환한 빛으로 가득했다. 동이 튼 모양이었다.

동쪽으로 난 창에서 아침 햇살이 쏟아져 나와 사무실을 오렌지빛으로 물들이고 있었다.

사무실 가운데 한 남성이 우두커니 서 있었다.

역광이라 얼굴은 잘 보이지 않았지만, 키가 제법 큰 남성이 새하얀 정장을 위아래로 갖춰 입고 하얀 중절모를 쓰고 있었다. 햇살 속에서 홀연히 등장한 그 모습에 히데오는 잠시 숨을 멈추었다.

환각인가?

"안녕하세요."

목소리만으로 그가 상당히 젊다는 사실을 짐작할 수 있었다.

"안녕하세요. 아라이 씨, 일찍 오셨네요."

다른 각도에서 들려오는 여성의 목소리에 고개를 돌리자, 지난번에 히데오의 옷 치수를 재던 와카바야시 레이코가 미소 짓고 있었다. 오늘은 그때처럼 목선이 시원하게 드러난 옷이 아니라 검은색 정장 차림이었지만 몸의 굴곡은 전보다 훨씬 드러나 보였다.

"아, 안녕하세요. 어…."

"와카바야시예요."

레이코는 해를 등지고 서 있는 남성을 가리키며 말했다.

"이쪽은 요시카와라고 해요."

히데오는 남성을 향해 얼굴을 돌렸다.

"처음 뵙겠습니다. 요시카와 가이토라고 합니다."

가이토는 중절모 차양에 가볍게 손을 얹으며 인사했다.

"안녕하세요. 오늘부터 이 회사에서 근무하게 된 아라이 히데오입니다."

"옷을 먼저 갈아입으시는 게 좋겠어요. 정복은 저 방에 준비되어 있어요."

지난번과는 사뭇 다른 레이코의 태도에 히데오는 주춤했다. 이제 손님을 대하는 태도에서 직장 동료를 대하는 태도로 완벽하게 바뀌어 있었다.

"예, 알겠습니다."

레이코의 권유대로 면접을 봤던 방으로 들어가니 방금 요시카와가 입고 있던 옷과 똑같은 새하얀 정장이 스탠딩 옷걸이에 걸려있었다. 옷걸이 맨 위에는 흰 중절모도 씌워져 있다.

"이, 이걸로 갈아입어야 하나요?"

레이코는 얼굴에 함박웃음을 머금고 "물론이죠."라는 답을 남기고 밖으로 나갔다.

문이 닫히고 혼자가 된 히데오는 잠시 눈앞에 놓인 순백의 정장을 응시했다. 과연 이 옷이 자신에게 어울리기는 할까.

"흐흐, 이걸 입어야 하겠지…."

히데오는 흰 정장으로 손을 뻗었다.

옷을 다 갈아입고 옷걸이 옆에 놓인 전신거울에 비친 자기 모습을 마주한 히데오는 얼떨결에 웃음을 터뜨렸다.

예상과 달리 잘 어울리는 모습에 "그럭저럭 괜찮네." 하고 혼잣말을 내뱉은 순간, 노크 소리가 들렸다.

"어떠세요?"

레이코의 목소리였다.

"네, 다 갈아입었어요. 곧 나갈게요."

히데오는 문을 열고 사무실로 나왔다.

"오, 근사하네요. 잘 어울리세요."

요시카와 가이토가 우렁찬 목소리로 말했다. 볼수록 마음에 드는 청년이다.

"정말 딱 맞네요. 멋져요."

레이코의 말에 히데오가 얼굴을 붉혔다.

배에 힘을 잔뜩 주고 치수를 쟀는데도 허리가 딱 맞았기 때문이다. 눈치 빠른 레이코가 일부러 여유 있는 사이즈로 주문한 게 틀림없었다.

레이코는 손뼉을 치며 주의를 집중시키고는 가이토에게 말했다.

"자, 그러면 이제 본격적으로 업무 회의를 시작할까요?"

"어, 그럴까."

가이토가 웃으며 대답했다.

가이토와 레이코는 사무실 한가운데에 있는 테이블로 걸어갔다.

"아라이 씨도 이쪽으로 오세요. 오늘부터 우리가 해야 할 일을 말씀드릴게요."

가이토의 말을 듣고 히데오도 테이블 가까이 다가갔다. 레이코가 테이블 위에 서류 한 뭉치와 편지 다섯 통을 내려놓았다. 서류는 무슨 목록처럼 보였다. 히데오가 엿볼 새도 없이 가이토가 서류 뭉치를 집어 들었다. 테이블 위에 아이가 쓴 걸로 보이는 편지 다섯 통만 덩그러니 남았다.

"이 편지는 2005년 세토우치에 있는 어느 섬마을 중학교 학생들이 졸업 기념으로 10년 후 미래의 자신에게 쓴 편지예요."

레이코가 다른 서류를 살펴보며 설명했다.

"이제 스물다섯 살이겠네."

가이토의 말을 못 들은 체하고 레이코가 하던 말을 이어갔다.

"편지를 쓴 학생 23명 중 19명에게는 봉투에 쓰인 주소지로 보내거나 그 주소에 사는 다른 가족에게 물어 현재 거주지를 알아내 모두 배달을 끝냈어요. 이번에는 편지를 전하지 못한 학생 4명과 당시 근무했던 기간제 교사 1명, 이렇게 총 5명에게 편지를 전달해야 해요."

가이토는 손에 든 리스트에 눈길을 준 상태로 레이코에게 물었다.

"다섯이나?"

"응, 좀 많긴 하지?"

히데오는 마치 테니스 랠리의 관중처럼 가이토와 레이코의 얼굴을 번갈아 쳐다보았다.

가이토가 갑자기 미간을 찌푸리며 턱을 만지작거렸다.

"네 번째에 있는 '세리자와 마사시'라면….'

"2주 이내로 부탁드립니다."

가이토의 말을 무시라도 하듯 레이코는 용건만 마치고 가볍게 목례하고 자리를 훌쩍 떠났다.

가이토가 근심 가득한 표정으로 잠시 리스트를 뚫어져라 바라보다가 크게 숨을 내쉬더니 얼굴의 긴장을 풀었다.

"가끔 내 불평도 좀 들어주지."

그렇게 말하며 익숙한 손놀림으로 서류 뭉치와 편지 다섯 통을 알루미늄 서류 가방에 차곡차곡 집어넣었다.

"자, 가시죠. 아라이 씨."

"아, 예."

히데오는 어리둥절했다. 영문도 모르는 채 출입구를 향해 걸어가는 가이토를 부랴부랴 뒤따라갔다.

사무실 문을 닫으며 히데오가 뒤를 돌아보자 레이코가 손을 흔들고 있었다. 웃는 것 같았지만 역광 탓에 표정이 잘 보이지 않았다.

"다녀오겠습니다."

히데오는 조그맣게 외치고 살포시 사무실 문을 닫은 후, 엘리베이터에 올라타 열림 버튼을 누른 채 기다리고 있는 가이토에게 뛰어갔다.

"오래 기다리게 해서 죄송합니다."

엘리베이터에 올라탄 히데오에게 가이토가 물었다.

"아라이 씨, 면접 보러 오시기 전에 우리 회사에 대해 좀 알아보셨어요?"

"일단 회사 개요 정도는 읽고 왔는데 자세한 건 아직이요. 실은 별로 아는 것도 없이 면접을 봤는데 바로 합격하는 바람에…"

가이토의 입가에 웃음이 번졌다.

"월급이 많아서 오신 거죠?"

히데오는 얼굴이 빨개져서 고개를 좌우로 흔들었다.

"아뇨아뇨. 그런 건 아니고…, 이 나이에 일자리를 구하려니 계속 나이 문턱에 걸려서 면접 근처에도 못 갔거든요. 그런데 여기는 나이, 경험도 상관없고 자격증도 없어도 된다고 해서…"

"그랬는데 덜컥 합격하신 건가요?"

가이토가 먼저 말을 띄웠다.

"예…, 뭐가 뭔지도 모르고 여기 왔네요."

"사장님이 면접 자리에서 바로 채용하는 경우는 거의 없어요. 아라이 씨가 진짜 마음에 드셨나 봐요."

히데오는 놀랐다.

"정말요? 저는 아직도 믿기지 않아요. 제 이력서를 보시고 아무런 질문도 안 하셨는데 바로 채용이라니….."

"자, 그럼 이력서에 굉장히 놀랄만한 걸 쓰신 게 아닐까요?"

"그럴 리가요. 오히려 흠잡을 데가 많을 텐데….."

히데오는 자신이 작성한 이력서를 아무리 떠올려 보아도 내세울 만한 특별한 이력을 쓴 기억이 나지 않았다.

'띵' 차분한 소리와 함께 엘리베이터가 지하 3층에 멈췄다.

"이동할 때는 거의 전철을 타는데 오늘은 차로 가시죠."

가이토는 그렇게 말하며 손에 든 자동차 리모컨 키를 눌렀다.

아무도 없는 지하 주차장에 '삐빅' 하는 소리가 울려 퍼지며 검은색 고급 세단의 비상등이 깜박였다. 저 차다.

"아주 비싼 차네요."

히데오의 솔직한 감상이 입 밖으로 나왔다. 흰색 차체에 회사 로고가 박힌 일반적인 영업용 차량과는 차원이 달랐다.

"사장님 뜻이에요. 이 옷차림도 그렇고 차도 그렇고, 회사 이미지를 중요하게 여기세요."

요시카와 가이토는 뚜벅뚜벅 발소리를 내며 차로 다가가 운전석에 올라탔다. 히데오도 종종걸음으로 뒤따라가 조수석에 앉았다.

잠시 후, 두 사람을 태운 자동차는 미끄러지듯 부드럽게 움직이며 나선형의 경사로를 통과해 지상으로 올라왔다. 해는 벌써 하늘 저만치에 떠 있었고 구름 한 점 없는 맑은 겨울날이었다.

"오늘은 아라이 씨의 첫 출근일이니까 제가 회사 업무에 관해 설명해 드릴게요."

"아, 정말요? 그래 주시면 저야 정말 감사하지요. 고맙습니다. 선배님."

가이토가 목청껏 웃었다.

"하하하, 아라이 씨, 잠깐만요. 회사에서는 제가 선배지만 인생으로 보면 아라이 씨가 저보다 훨씬 선배시잖아요. 그냥 선배도 아닌 대선배. 그러니 편히 말 놓으셔도 괜찮아요."

"그래도 그건 좀…. 그러면 안 돼요. 요시카와 선배님은 제 직장 상사니 제가 존댓말을 쓰는 게 당연하죠."

히데오는 신입사원으로서 굳게 다짐한 자신의 각오가 나약해지지 않도록 가이토의 부탁을 뿌리쳤다.

가이토가 머리를 긁적였다.

"정 그러시다면 별수 없기는 한데…, 그래도 딱 하나만 부탁드릴게요. '요시카와 선배님' 말고 '가이토 군'이라고 이름을 부르시면 어떨까요?"

"그래도 직장 상사한테 '군'이라고 부르는 건 좀…, 그냥 '요시카와 선배님'이라고 부르게 해 주세요."

"그럼 제가 너무 불편해서요. 아, 그럼 '실장'은 어떠세요? 직함이
실장이긴 하니까."

"네. 그럼 앞으로 '실장님'이라고 부르겠습니다."

히데오는 공손하게 대답했다.

가이토가 다시 껄껄 웃었다.

"재미있는 분이시네요. 아라이 씨는."

"그런 말은 처음 들어요."

히데오는 마지못해 웃으며 대답했다.

"자, 그건 그렇고 우리 무슨 이야기를 하다 말았죠?"

가이토는 운전하느라 방금까지 나누던 이야기를 정말로 잊어버린
모양이었다.

"실장님께서 회사 업무를 가르쳐 주신다고 하셨습니다."

가이토가 슬쩍 히데오가 앉은 쪽을 바라보았다. '역시 그 말투, 별
로야.' 하는 눈매다.

"아, 맞다. 그랬었죠. 우리 회사의 주 업무는 간단히 말하면 편지를
맡았다가 배달하는 거예요. 다만 그 편지가 그냥 편지가 아니라 10년
후의 자신에게 쓴 편지라거나 20년 후의 아들에게 보내는 편지처럼,
일정 기간 보관했다가 나중에 보내는 편지라는 점이 좀 특이하죠."

"타임캡슐을 회사가 맡아주는 거네요."

"알기 쉽게 말하면 그렇죠."

가이토는 히데오의 표정을 살폈다.

"그런 걸 정말로 맡기는 사람이 있는지 못 믿는 얼굴이네요."

속마음이 얼굴로 드러나지 않는 타입이라 믿었는데 가이토가 눈치를 챘다. 히데오는 흠칫해서 옆자리에 있는 가이토의 얼굴을 쳐다봤다.

"유치원이나 초등학교에서 스무 살이 된 자신에게 편지를 쓰는 이벤트는 많이들 해요. 이 편지를 학교나 유치원에서 보관했다가 몇 년 후에 보내주는 거예요. 그런데 그렇게 하면 꼭 몇 통은 받지 못하는 사람이 생기거든요."

"네, 그렇겠네요."

히데오는 가이토의 옆 모습을 바라보며 말했다.

"그런 편지는 학교로 다시 돌아와요. 반송된들 이렇다 할 방법이 없을 텐데…."

"그럼 버리나요?"

"글쎄요. 뭐 얼마간은 방치하다가 그다음엔 어떻게 할지 저야 모르죠."

"그렇군요."

업무 내용도 내용이지만 지금 가는 목적지도 신경이 쓰인다. 히데오는 가이토의 이야기를 들으며 힐끔힐끔 창밖을 바라보며 나름대로 목적지를 추측해 보려 애썼다. 두 사람이 탄 자동차는 신요코하마에서 순환선을 타고 이소코 방면으로 향했다. 차량 왼편으로 신칸센 고속철이 나란히 달리는 모습이 눈에 들어왔다.

"무슨 일이 있어도 모든 편지를 반드시 전달하는 게 우리 회사의 방침이에요."

"모든 편지를요?"

"물론 예외도 있긴 해요."

"어떨 때요?"

"수취인이 이미 세상을 떠났을 때요."

"아."

"그런 경우에는 웬만하면 고인이 가장 소중히 여기는 사람에게 전하려고 노력해요."

"그걸로 회사에서는 수익이 나나요?"

"보험이랑 똑같아요. 예를 들어 유치원에서 여섯 살 꼬마들이 열 살이 된 자신들에게 편지를 쓴다고 쳐요. 그러면 편지 봉투에 직접 주소를 쓰고 82엔짜리 우표를 붙여서 유치원에 맡기겠죠. 유치원에서는 그 편지를 보관하고 있다가 4년 후에 우체통에 넣으면 그만이에요. 그런데 꼭 편지를 받지 못하는 사람이 한둘은 생기거든요. 이때 우리 회사가 편지 한 통에 500엔으로 보관부터 배달까지 책임지겠다고 홍보하는 거죠. 대부분 100엔이면 우편으로 충분히 보내고도 남는데 반송되는 편지도 더러 있겠지요. 되돌아온 편지는 현재의 거주지를 파악해서 모두에게 배달하면 돼요. 누구든 집 주소가 언제라도 바뀔 수 있기 때문에, 그런 상황을 대비해 일종의 보험료로 통상적인 우편요금보다 조금 더 넉넉히 내는 거라고 이해하시면 쉬워요."

"네, 그렇군요."

"고객이 많으면 많을수록 예치금을 낮출 수 있어요. 물론 고객의 나이나 편지의 보관 기간에 따라 요금은 천차만별이지만. 대시보드를 열어 보시겠어요?"

히데오는 조수석 앞 대시보드를 열었다. B5 크기의 리플릿이 들어 있었다.

"우리 회사 리플릿이에요. 거기 QR코드 보이시죠? 핸드폰으로 한 번 확인해 보세요."

히데오는 주머니에서 핸드폰을 꺼냈다. QR코드를 스캔해서 나온 URL로 들어가니 회사 홈페이지로 연결됐다.

"홈페이지 보시면 '서비스 이용 시뮬레이션' 탭이 있어요. 거기 단체인지 개인인지 표시하는 부분이 있죠. 맡기는 물건이 무엇인지, 의뢰인의 나이는 몇 살인지, 언제 누구에게 보낼 건지도 전부 선택할 수 있게끔 되어 있어요. 아무렇게나 적당히 입력해 보시면 대충 얼마에 어떤 물건을 맡길 수 있는지 바로 확인하실 수 있어요."

히데오는 초등학생 6학년 학생들이 단체로 8년 후, 스무 살의 자신에게 쓴 편지를 보낸다고 가정하고 시뮬레이션을 돌려 보았다.

"1,500엔…."

"그 가격을 비싸다고 볼지 싸다고 볼지는 사람마다 달라요."

"홈페이지만 보면 택배업체와 다름없어 보이네요."

"실제로도 그래요. 택배보다는 약간 비싸지만. 보관하는 데 드는 비용이 적은 대신, 되돌아온 편지는 그 주인을 끝까지 찾아내 편지를 전달하는 게 우리 일이라 그런 경우가 많을수록 비용이 확 불어나죠."

"생명보험 같네요."

히데오는 핸드폰 화면에 눈을 고정한 채 대답했다. 조건을 다르게 입력하면 어떻게 나오는지 궁금했다.

"편지를 보낸 사람이 전부 봉투에 적은 주소와 다른 곳으로 이사하는 일은 드물 테니 주소가 바뀐 일부를 위해 모두 조금씩 분담하는 거죠. 본인이 그 대상이 될 수도 있으니까요."

히데오는 가이토의 말에 귀를 기울이며 화면에 표시된 숫자를 확인했다.

"조건을 바꿨더니 3,500엔이 나왔어요."

"맡기는 기간이 길어지면 주소지가 변경될 가능성이 커지니까 그만큼 비용도 올라가요. 게다가 배달되는 편지가 꼭 필요한 사람일수록 주소가 바뀐 경우가 많아요. 그런 의미에서 보험이랑 닮았죠. 그래도 요즘엔 찾는 사람이 많아서 비용이 꽤 많이 내려갔어요."

"회사 매출은 괜찮은 편인가요?"

"원래 우리 회사, 학교나 교육기관에 비품을 파는 회사라 영업 차원에서 학교에 드나드는 일이 많은 데다가 상품 관리용 창고도 있었거든요. 그래서 시작한 서비스가 반응이 좋아서 우리 부서가 생기게 된 거죠. 조사부를 새로 만들어야 하긴 했어도, 회사 전체로는 매출이 그럭저럭 괜찮은가 봐요."

"그렇군요."

"사장님이 큰 결단을 내리신 건 회사 이름을 아예 '타임캡슐'로 바꾼 거예요. 물론 지금도 계속 학교에 비품을 납품하는 사업이 메인이기는 하지만…."

"저와 실장님이 소속된 부서는…."

"특배라고 불려요. 특별 배달 곤란자 대책실. 줄여서 특배."

"특배…?"

"네. 아라이 씨가 오시기 전까지는 저랑 와카바야시 둘 뿐이었어요. 거기 실장이 바로 저."

「특별 배달 곤란자 대책실」이라는 이름만으로도 히데오는 그 부서가 어떤 일을 하는지 충분히 짐작할 수 있었지만, 가이토에게 직접 듣고 싶어서 일부러 물었다.

"어떤 일을 하는 부서인가요?"

"예상하신 대로 통상적인 방법으로는 편지를 전달할 수 없는 사람을 찾아내서 직접 편지를 전해주는 일이에요. 아마 면접 때 근무지에 관해 들으셨을 거예요."

"아뇨. 그런 얘기는 못 들었습니다. 어차피 혼자라 어디든 괜찮아요. 구인 정보에도 쓰여있기는 했어요."

가이토는 고개를 끄덕였다.

"우리가 만날 사람들은 자신이 그런 편지를 쓴 사실조차 잊고 있을 때가 많아요. 그래서 조금이라도 더 극적이고 강렬한 인상을 주는 장면을 연출하기 위해 이런 옷을 입고 이런 차를 타고 '짜잔!'하고 등장하는 거예요."

"일종의 기업 이미지라고 보면 될까요?"

"그러네요. 이왕이면 아주 멋지게 나타나서 편지를 전해주면 좋겠다고 사장님이…."

가이토가 살짝 웃었다.

"자, 그래서 우리는 앞으로 2주 동안 편지 다섯 통을 전달해야 해요. 출근 첫날부터 죄송하지만 오늘부터 한 2주는 집에 못 들어간다고 생각하세요."

히데오가 눈을 동그랗게 떴다.

"그렇게나 오래요…?"

가이토는 긍정도 부정도 하지 않은 채 미소를 지었다.

"금방 익숙해지실 거예요. 편지를 받지 못한 사람들이 어디에 살고 있는지 조사부에서 알아내서 주소지가 특정되면 편지를 재발송해요. 재발송이 곤란한 경우에만 제가 직접, 아니 오늘부터는 저희가 직접 전달하러 갑니다."

자동차는 순환선을 빠져나와 호도가야 자동차전용도로로 들어갔다.

"재발송이 어려운 경우라면 어떤…?"

"그건 사람마다 사정이 다 달라요. 우린 정보부가 지시한 순서대로 편지를 전하러 가면 돼요. 그게 업무예요."

"쉬는 날도 있나요?"

"2주 이내에 모든 편지를 전달하면 남은 기간은 전부 휴일이에요. 저희가 할 일은 모든 편지를 고객에게 전달할 것과 다다음 주 월요일에는 회사로 출근할 것, 딱 두 가지예요. 나머지는 어디에서 무엇을 하든 자유예요."

"그렇다면 아주 극단적인 예로 편지를 오늘 하루에 다 전달하면 나머지 13일은 쉬어도 된다는 말인가요?"

"맞아요. 그게 가능하다면 말이죠. 설사 그런 일이 있어도 월급은 제대로 나와요."

"그렇군요."

히데오도 이 회사의 업무가 조금씩 손에 잡히는 듯한 느낌이 들었다.

머리 위로 보이는 도로표지판에는 직진 방향 화살표가 '도메이(*도쿄와 나고야를 잇는 고속도로-역주)'를 가리키고 있었다.

"도쿄로 가는군요."

가이토가 고개를 저었다.

불길한 예감이 히데오의 머리를 스쳤다. 이상하게 가슴이 두근거렸다.

"오사카로 가요."

가이토는 그렇게 대답하고 힘껏 가속 페달을 밟았다.

시마 아스카
@오사카 신사이바시

"아스카, 오늘 아르바이트 가?"

야마무라 에리가 급히 재킷을 걸치며 물었다.

"응? 아니, 오늘은 안 가."

시마 아스카는 잠옷을 대신해 에리에게 빌린 회색 트레이닝 상하복 차림으로 2인용 소파에 누워 한쪽 팔걸이에는 머리, 반대쪽 팔걸이에는 양발을 올린 채 스마트폰을 들여다보고 있었다.

"그럼 택배가 오면 좀 받아줄래? 외출한다면 어쩔 수 없고."

"응, 알았어."

아스카는 스마트폰 게임에 열중하느라 화면에서 눈을 떼지 않고 대답했다.

"그럼 다녀올게."

마침 하던 게임이 끝난 타이밍이라 아스카도 소파에 드러누운 자세 그대로 현관을 향해 고개만 살짝 돌려 인사했다.

"잘 다녀 와."

에리가 구두를 신고 문을 나가는 소리가 들렸다. 에리가 뿌린 향수의 잔향이 열린 현관문 틈으로 들어오는 건조하고 차가운 겨울바람에 실려 날아왔다. 추위에 그만 몸이 웅크려졌다.

　문이 닫히자 아스카는 기지개를 켜고 다시 게임을 이어가려고 스마트폰 화면을 터치했다. 그 순간 손에 쥐고 있던 스마트폰이 울렸다. 메시지다. 아스카는 화면을 바꿔 메시지를 확인했다. 아르바이트 후배, 아유미가 보낸 메시지다.

「아스카 언니, 미안한데 오늘 저 대신 알바 부탁해도 될까요?」

　무릎 꿇고 사과하는 이모티콘이 덧붙여져 있다.

　아스카는 빠른 손놀림으로 답장을 보냈다.

「무슨 일인데?」

　곧바로 답이 왔다.

「실은 어제 도쿄 디즈니랜드로 놀러 왔는데 남자친구가 서프라이즈로 호텔을 예약해 둔 거 있죠.」

　무슨 말을 할지 뻔했지만 일단 모른 척하고 물었다.

「그래서?」

「어제 가려고 했는데 아직 디즈니랜드라 하루 더 놀다가 가려고요.」

　지금 이 시점에 아직 도쿄라면 아르바이트 시간까지 오사카로 돌아오기란 어림도 없다. 아스카가 뭐라 대답하든 아유미는 이미 아르바이트에 올 마음이라곤 눈곱만큼도 없는 거다.

　아스카는 한숨을 쉬며 쉴 새 없이 손가락을 움직여 답장을 보냈다.

「알았어. 나중에 꼭 갚아라.」

겉치레 가득한 인사말과 거기에 어울리는 이모티콘이 주르륵 딸린 답장이 왔다. 아스카는 제대로 보지도 않고 스마트폰 화면을 게임으로 바꾼 다음 Play 버튼을 눌렀다.

이제는 거의 습관처럼 무의식적으로 게임을 한다. 아무 생각 없이 있을 수 있는 시간. 걱정거리를 모두 다 잊을 수 있는 유일한 시간이다.

게임 도중에 다시 핸드폰이 울렸다.

"에이, 또 뭐야?"

아스카는 게임을 멈췄다. 이번에는 다른 아르바이트 친구로부터 온 메시지다.

「또 아유미 대신 알바하기로 했다며?」

아스카는 답장을 보냈다.

「응, 뭐. 시간도 많고.」

「적당히 좀 하라고 혼 좀 내지 그랬어.」

가시 돋친 답장이 돌아왔다.

그러고는 늘 그랬듯 평소 아유미에 대해 품고 있던 생각을 털어놓고 아유미가 과거에 했던 행동까지 따져 가며 매번 똑같은 험담을 주고받으며 시시덕거리다가 우리가 좀 심했나 싶은 반성과 서로를 다독이는 말로 마무리했다. 언제나 이런 식이다.

스마트폰을 멈추고 시계를 보니 11시다.

아스카는 바지만 청바지로 얼른 갈아입고 자리에서 일어났다. 집 근처 편의점으로 늦은 아침을 사러 가기 위해서다. 어차피 겉에는 코트를 걸칠 테니 트레이닝복 상의는 굳이 벗을 필요까지 없고 헝클 어진 머리는 모자를 쓰면 그만이다. 외모에 신경을 써서가 아니라 다른 사람의 눈을 잘 속이는 방법을 고민한 결과이다.

바깥 날씨는 맑고 공기는 차가웠지만 바람이 불지 않아서 겨울 햇살이 기분 좋게 느껴졌다.

'내 마음도 이렇게 맑고 화창하면 좋으련만.'

아스카는 한숨을 내쉬고 푸른 겨울 하늘을 올려다보았다.

에리가 집에 왔을 때 편의점에서 산 물건들로 방이 어지럽혀져 있으면 잔소리한다.

방이 지저분해서 그러는 게 아니다.

"시간이 있으니까 집에서 만들어 먹는 게 어때? 돈 아깝잖아."

에리가 자신을 진심으로 걱정하는 마음에서 하는 소리라는 걸 안다. 그때마다 아스카도 멋쩍게 '미안'이라고 사과하곤 하지만 만들어 먹기가 귀찮아 그냥 편의점에서 때우고 만다. 그 바람에 계획에 없던 주전부리까지 사게 되니 그게 더 문제다.

집으로 돌아와 청바지를 벗고 다시 회색 트레이닝복 바지로 갈아입었다. 역시 이 바지가 제일 편하다.

텔레비전 전원을 켜고 편의점에서 사 온 샌드위치를 먹기 시작했다. 화면에는 드라마 재방송이 나오고 있었다. 딱히 재미는 없지만 매일 보고 있자니 자꾸만 다음 이야기가 궁금해진다. 그러는 사이 순식간에 아르바이트 갈 시간이 다가왔다.

매일 똑같다. 요즘 계속 이런 생활의 반복이다.

물론 아스카라고 이대로가 좋은 건 아니다. 그렇지만 아직 현재의 자신을, 그리고 자신의 미래를 정면으로 마주할 용기가 없다. 마치 해야 하는 숙제를 자꾸만 뒤로 미루는 아이처럼 현실을 피해 스마트폰 게임과 TV 드라마에 빠져 지내고 있다.

***

"여기네요."

가이토가 차를 세웠다. 히데오는 자동차 안에 있는 시계를 보았다. 오후 5시를 지날 무렵이었다.

오는 길에 중간에 기름을 넣으려고 잠시 휴게소에 들렀을 뿐 요코하마부터 줄곧 쉬지 않고 가이토 혼자 운전했다. 차가 밀려서 예상보다 시간이 오래 걸렸다. 그런데도 가이토는 피곤한 기색 하나 없이 히데오에게 줄곧 서글서글한 미소를 보였다. 히데오는 한껏 기지개를 켜고 싶었지만 내내 조수석에 있던 자신이 차마 그럴 수는 없었다.

"이제 슬슬 가 볼까요?"

"예."

미도스지 중심가에서 골목으로 들어서기는 했어도 거리는 여전히 사람들로 북적였다. 새까만 고급 세단에서 머리끝부터 발끝까지 새하얀 정장으로 쫙 빼입은 두 사람이 내리자, 신기한 구경거리라도 생긴

듯 사람들의 시선이 쏠렸다.

사람들이 한 번씩은 다 쳐다보고 지나갔다. 한 번 쳐다보고 곧바로 못 본 척하며 눈을 돌리는 사람, 되돌아서까지 다시 쳐다보는 사람, 킥킥거리며 옆 사람에게 속닥이는 사람, 스마트폰을 꺼내 들고 사진을 찍는 사람, 각양각색이었다.

주목받는 것에 익숙하지 않은 히데오는 어떻게 하면 좋을지 몰라 어색한 걸음걸이로 가이토 옆에 바짝 붙어 섰다. 이와 반대로 가이토는 이미 익숙해진 듯 차분하다. 다른 사람이 자신을 어떻게 보든 전혀 신경 쓰지 않는 얼굴이다.

'이런 것부터 시작이구나….'

이 일을 하기로 한 이상 자신도 역시 가이토처럼 꿋꿋한 정신력을 길러야 한다.

'신경 쓰지 마.'

히데오는 자신에게 다시 주문을 걸었다.

그 순간에도 가이토의 시선은 변함없이 길 건너 반대편에 있는 카페를 향해 있었다. 히데오는 가이토의 시선이 멈춘 곳에 있는 점원을 바라보았다.

"시마 아스카, 첫 번째 편지의 주인이에요."

가이토는 가게 안의 여성을 주시하며 말했다.

주변이 어둑어둑해진 덕에 가게 안의 모습이 더 환하게 잘 보였지만 가게 안에서는 히데오와 가이토의 화려한 옷차림이 눈에 띄지 않는 듯했다.

"지금 전해주러 갈 건가요?"

히데오가 물었다.

"아니요. 어쩔 수 없는 경우를 제외하고는 업무 중에 전달하지 않아요. 차에서 일이 끝나기를 기다리죠."

"네."

히데오가 다시 차에 올라탔다. 가이토도 운전석에 앉았다.

"집은 어딘지 모르나요?"

"저 여성은 최근 몇 달 동안 친구 집을 돌아다니며 지내고 있어요. 조사부에서 알아낸 친구의 집 주소가 있기는 하지만 일정치가 않아요. 다만 어디서 지내든 이 카페만큼은 꾸준히 일하러 나오고 있으니, 여기서 그녀를 만날 가능성이 가장 크다고 자료에 쓰여 있네요."

"그렇군요. 친구 집을 전전하면 주소를 특정하기도 어렵겠어요."

히데오는 수긍했다. 배달이 곤란한 상황이 구체적으로 어떤 상황인지 감이 잡히지 않았는데 이제야 조금 알 것 같았다.

"시마 씨는 원래 중학교 때부터 어머니와 단둘이 살았다고 해요. 어머니가 몇 해 전에 병으로 돌아가시고 어머니와 살던 집에는 이미 다른 사람이 살고 있어요. 어머니가 돌아가시고 난 후에는 오사카에서 월세로 혼자 살다가 남자친구랑 같이 살려고 아마가사키로 이사했어요. 6개월 전에 그 집 계약이 만료된 다음에는 여러 친구 집을 옮겨

다니며 지냈나 봐요."

가이토가 자료를 보며 설명했다.

"꽤 자세하게 조사하네요."

"네, 맞아요. 그래서 저도 가끔 깜짝깜짝 놀라요."

가이토는 자료를 집어넣었다.

히데오는 가게 안에서 분주하게 움직이는 아스카의 모습을 복잡한 심경으로 바라보았다.

"몇 시에 끝나는지 아세요?"

"아니요. 몰라요. 기다리는 것도 우리의 중요한 업무니까요."

가이토는 가게에서 눈을 떼지 않는다.

"왠지 형사나 탐정이 된 것 같네요."

히데오도 마찬가지로 가이토의 얼굴 너머로 가게의 모습을 살피며 말했다.

"형사나 탐정은 이렇게 눈에 잘 띄는 옷은 안 입겠죠."

가이토가 키득키득 웃었다.

히데오는 사이드미러에 비친 자기의 모습을 바라보았다.

"그건 그렇네요."

"네?"

가이토가 히데오의 혼잣말에 반응했다.

"아무것도 아닙니다. 일이 끝나면 바로 편지를 전달하나요?"

"글쎄요. 지켜보다가 가장 좋은 타이밍에 전달하려고 해요."

"가장 좋은 타이밍…이라면 어떤…?"

"감이죠."

히데오의 질문을 가로막듯 가이토가 말했다.

"편지를 전해 줄 때 꼭 지켜야 하는 몇 가지 기본적인 룰이 있어요. 업무 중에는 전달하지 않는다, 혼자일 때 전달한다 등등. 이렇게 새하얀 옷을 입은 사람이 밤중에 갑자기 뒤따라와서 말을 걸면, 여성이라면 더 더욱 얼마나 놀라겠어요. 타이밍이 어긋나면 이상한 사람으로 오해받기 딱 좋거든요. 가능한 한 편지를 전하기에 가장 무난하고 편안한 때를 찾는 게 이상적이죠."

"그렇군요,"

히데오에게는 그 '감'이라는 게 너무 어려웠다.

정해진 규칙을 지키거나 주어진 일을 시킨 대로 하는 건 간단하다. 그러나 기본적인 틀만 있을 뿐 그 안에서 자유롭게 가장 적절한 순간을 찾아야 할 때는 무엇보다 경험이 중요하다. 이 일이 처음인 히데오에게 '감'이 있을 리 만무했다. 업무에 대한 설명이 이게 전부라면 정말 불친절하기 짝이 없는 것이다. 그렇다고 해도 히데오가 적응하는 수밖에 없다.

히데오의 당혹스러움을 눈치챘는지 가이토가 히데오를 향해 몸을 돌리고 격려의 말을 건넸다.

"괜찮아요. 2주만 지나면 아실 수 있을 거예요."

"예."

히데오는 의기소침한 목소리로 대답하고 억지웃음을 지었다.

"둘 다 지켜본다고 한들 달라질 건 없으니 교대로 잠이나 잘까요?"

"예, 그러시죠."

가이토가 시계를 보았다.

"그럼 우선 한 시간씩 교대할까요?"

"계속 운전하시느라 고단하셨을 테니 얼른 먼저 눈 좀 붙이세요."

가이토가 흐뭇한 얼굴로 말했다.

"자, 그럼 분부하신 대로 먼저 자겠습니다."

그렇게 말하고 가이토는 자동차 시트를 뒤로 넘어트렸다.

"한 시간만 지나고 깨워주세요."

"네, 알겠습니다."

히데오의 대답을 확인한 가이토는 모자를 얼굴 위에 덮고 잠을 청했다.

히데오는 가게 안을 응시하며 시마 아스카의 일이 끝나는 타이밍을 포착하려고 집중했다. 미소 띤 얼굴로 가게 안을 바삐 오가는 아스카를 보고 있자니 그녀가 어쩌다 이런 인생을 살게 되었는지 추측해 보게 된다.

어머니를 여의고 혼자 살다가 남자친구와 동거. 요즘은 친구들 집을 오가며 지낸다는 건 함께 살던 남자친구와 헤어졌다는 뜻이겠지. 그녀는 지금 어떤 마음으로 하루하루를 살고 있을까.

굳이 몰라도 될 것까지 궁금히 여기고 추측하는 건 나이 탓일까, 아니면 왠지 그녀와 자신의 처지가 닮은 것 같아서일까.

시마 아스카가 아르바이트 동료에게 한 마디씩 말을 걸며 가게를 돌기 시작한 건 그로부터 시간이 한참 지나서였다. 차 안 디지털시계를 보니 9시 5분이었다.

"실장님, 아르바이트가 이제 끝나려고 해요."

히데오는 가이토를 흔들어 깨웠다. 가이토는 시트가 제자리로 돌아올 때까지 전동 리클라이너에 몸을 기대고 있다가 천천히 상체를 일으켜 모자를 다시 썼다.

"지금 몇 시예요?"

"9시 5분이에요."

가이토가 미간을 살짝 찌푸렸다.

"이러시면 곤란해요. 한 시간씩 교대로 자기로 약속했잖아요. 한 시간 후에 바로 깨우셨어야죠."

"아, 죄송해요. 기분 좋게 주무시고 계셔서 방해하고 싶지 않았어요. 게다가 오사카까지 실장님 혼자 내리 운전하셨으니 조금이라도 더 쉬시라고…."

"마음은 고맙지만, 쉴 수 있을 때 쉬지 않으면 나중에 힘든 건 아라이 씨도 마찬가지예요. 이런 점은 고치셔야 해요. 그렇지 않으면 언젠가 큰 실수를 유발할 수 있다고요."

"저는 정말 지금은 안 자도 괜찮은데…."

가이토는 곁눈으로 가게 안을 살피며 아스카가 아직 밖으로 나오지 않은 사실을 확인하고 히데오의 말을 끊었다.

"'이웃 앞은 세 척만'이라는 말 들어보셨어요?"

"네? 그게 무슨 말이에요?"

히데오는 처음 듣는 생소한 말이었다.

"집 앞을 청소하거나 눈을 치울 때, 이웃집과의 경계까지 선을 긋 듯 딱 맞춰서 하지 말고 더도 말고 덜도 말고 세 척만큼만 더 하라는 말이에요. 그런데 마음씨 좋은 사람일수록 세 척에 그치지 않고 옆집 앞까지 전부 해 주고 싶어 해요. 그럼 어떻게 될까요?"

"이웃집에서 좋아하지 않을까요?"

"물론 좋아서 고맙다고 하겠죠. 그런데 언젠가 이웃 사람도 비슷 한 일이 생기면 자신도 옆집까지 다 쓸어줘야 하나 고민에 빠지게 된다고요."

"아, 그렇긴 하겠네요."

"아라이 씨가 저를 마음껏 재워주셔서 다음에 비슷한 경우에 약속 한 대로 아라이 씨를 깨우기가 곤란해졌잖아요. 정작 나는 참고 상대 만 배려하는 상황이 쌓이고 쌓이면 결국 언젠가 어느 한쪽이 사고를 일으킬 수도 있어요. 운 좋게 사고가 일어나지 않더라도 오랜 시간 반복되면 결국 서로 몇 시간씩 양보했는지 정확하게 기억하지 못하고 내가 더 많이 양보했다는 감정만 남아 관계가 나빠지기 마련이에요. 그러니까 한 시간이라고 약속하면 제가 아라이 씨를 한 시간 후에 마 음 편히 깨울 수 있도록 앞으로 시간을 꼭 지켜주세요."

"네, 죄송해요."

히데오는 진심으로 사과했다.

"저는 거기까지는 미처 생각 못 하고 그저 편하게 해 드리려고…."

"아라이 씨 마음은 다 알아요."

가이토가 빙긋이 웃었다.

"상대방을 배려하는 건 정말 어려운 일이에요. 좋은 뜻으로 한 일이 상대의 기분을 해친 경우가 종종 있거든요. 그러니 저는 뭐가 좋은지 상대방에게 확실하게 표현해 두는 게 중요하다고 믿어요."

"그러네요."

가이토의 웃는 얼굴에 히데오도 절로 미소가 지어졌다.

"그런데 아라이 씨, 혹시 '세 척'이 얼마만큼인지 아세요?"

"한 90센티미터쯤 될걸요."

가이토는 '아하, 그렇구나.' 하는 표정을 지었다.

"앗, 실장님. 혹시 몰랐던 거예요?"

"예? 에이, 설마요. 그럴 리가요."

사실인지 아닌지 알 길은 없지만, 일부러 모르는 척 한 거라면 잠시 긴장감이 검돌던 분위기를 부드럽게 만드는 재주가 뛰어나다는 증거이다. 히데오는 존경 어린 눈빛으로 옆자리에 앉은 젊은 청년을 바라보았다.

***

아스카는 유니폼을 벗고 사복으로 갈아입은 후 가게 뒤편에 있는 종업원 전용 출입구로 나와 일부러 가게 밖을 빙 돌아 정면 출입구로 다시 들어갔다.

"오래 기다렸지?"

스즈하라 교코는 아스카를 발견하고 재빠르게 테이블 위에 놓인 커피를 호로록 소리를 내며 다 마신 다음 계산서를 쥐고 자리에서 일어났다.

"끝났어?"

아스카가 고개를 끄덕였다.

"응. 원래 오늘 대타로 온 거라 늦게까지 안 있어도 돼."

교코가 계산대에 주문서를 내밀었다.

"내가 낼게."

계산하려는 아스카를 교코가 말렸다.

"남의 집에 살면서 무리하지 마. 이래 봬도 나 돈 잘 벌거든."

교코가 입꼬리를 올리며 해쭉 웃었다. 어떻게 보이려는 의도인지는 몰라도 입고 있는 옷이며 가지고 다니는 소지품이며 액세서리, 메이크업까지 돈 많은 사람처럼 보인다.

계산을 마친 교코는 잽싸게 가게를 빠져나왔다.

"먼저 들어가 보겠습니다."

아스카도 계산대 앞에 선 매니저에게 인사말을 남기고 서둘러 교코를 뒤따라갔다.

한때 두 사람이 자주 가던 단골 술집은 여전히 퇴근한 젊은 직장인들로 붐볐다. 거의 만석에 가까웠지만 교코가 예약해 두었는지 두 사람은 하나 남은 창가 자리로 안내받았다.

"불쑥 와서 미안해."

교코가 자리에 앉으며 말했다. 아스카는 고개를 가로저었다.

"아니야, 어차피 시간도 많은데 뭐."

교코가 히죽 웃는다.

두 사람의 테이블로 다가온 젊고 잘생긴 남자 점원을 본 교코는 아스카에게 보이던 모습과는 전혀 다른 목소리와 표정으로 주문을 마쳤다.

"네, 알겠습니다."

점원이 자리를 떠나자 교코의 목소리가 원래대로 돌아왔다.

"너 알바 언제부터 한 거야?"

말이 끝나기도 전해 교코는 담배에 불을 붙여 '후' 불며 연기를 내뿜었다.

"한 반년쯤 됐나?"

"그래? 그럼 다쿠야랑 헤어진 다음에 바로 시작했구나."

교코는 듣고 싶지 않은 말들을 거리낌 없이 내뱉는데 탁월하다. 아스카는 쓴웃음을 지었다.

"어? 그런가….."

아스카는 창밖으로 시선을 피했다.

교코와는 예전에 아르바이트하다 만난 사이다. 사교성과 언변이 뛰어나고, 늘 사람들 사이에서 주목받는 타입이라 모든 정보가 교코에게 모인다. 어느 학급에나 있을 법한 나대는 스타일이다.

아스카가 다쿠야와 사귈 때도 남자친구에 대해 꼬치꼬치 물어보는 데 그치지 않고 같이 만나자고까지 하더니 한번은 교코가 데리고 온 남자와 넷이 밥을 먹은 적이 있다. 그 이후로 교코는 다쿠야를 마치 제 친구인 양 불러내기 시작했다. 교코의 핸드폰에도 다쿠야의 연락처가 저장되어 있다. 지금도 여전히 친구로 잘 지내고 있을 것이다.

한편 아스카는 다쿠야와 헤어진 이후, 만나기는커녕 전화나 문자조차 주고받지 않았다. 저장해 둔 다쿠야의 연락처를 아직 지우지는 못했지만….

"왜 안 만나? 그냥 친구로 만나면 되지."

교코의 높은 목소리가 다른 테이블에 다 들릴 정도로 가게 안 구석구석에 꽂혔다. 아스카는 의식적으로 목소리를 낮췄다.

"난 그런 거 잘 못 해."

"넌 너무 소심하다니까. 날 봐. 이제까지 사귄 남자들하고도 친구처럼 얼마나 잘 지내니. 연락도 편하게 주고받고. 말도 안 돼. 그럼 뭐야, 헤어진 후로 한 번도 다쿠야를 못 만났다는 말이야?"

아스카는 고개를 끄덕였다.

오랜만에 교코를 만난 아스카는 새삼스레 다시 깨달았다.

'역시 교코랑은 안 맞아.'

같이 있을 때 편한 친구가 아니다. 그렇지만 예전부터 아스카 주변에는 교코 같은 스타일의 친구가 많았다. 상대방의 기분이나 입장을 고려하지 않고 늘 자신의 기분대로 행동한다. 자기주장도 세다. 그런 부류의 인간들에게 아스카는 세상에서 제일 만만한 존재인지도 모르겠다.

이런 본심과는 달리 아스카는 교코의 부탁이나 권유를 매몰차게 거절하지 못했다. 교코와 같은 부류는 아스카를 구워삶는 방법을 이미 꿰뚫고 있는 게 틀림없다. 그래서 결국 오늘도 아스카는 교코와 같이 이 술집에 앉아 있다.

"다쿠야는 지금 어떻게 지내는지 궁금하지 않아?"

묻지도 않은 전 남자친구의 근황을 알려주려는 버릇은 그녀만의 친절을 베푸는 방식일까 아니면 친구의 기분을 언짢게 하기 위한 속셈일까? 교코의 이런 면을 아스카는 아주 잘 알고 있었다.

"아니, 됐어. 이제 나랑 상관없는 사이야. 알고 싶지 않아."

"정말? 알면 깜짝 놀랄 텐데…?"

알면 깜짝 놀랄 이야기만큼 불쾌한 소식은 없다. 놀라고 싶지도 않다. 어차피 아스카에게는 나쁜 소식일 게 뻔하다. 교코의 말투가 풍기는 뉘앙스부터 다쿠야와 교코가 지금도 연락을 주고받는 사이라는 사실까지 몽땅 거슬린다.

속마음이 얼굴에 드러나지 않도록 아스카는 태연한 척하며 버텼다.

"근데 왜 헤어졌어? 둘이 결혼할 줄 알았는데."

비아냥거리는 교코에게 점점 화가 치밀었지만, 겉으로는 미소를 잃지 않으려 애썼다. 그런 나약한 자신이 늘 불만이었다.

"그 얘기는 많이 했잖아. 이제 그만하자."

아스카는 표정이 굳지 않도록 일부러 얼굴 근육을 사용해 더 크게 웃었다.

마침 아까 그 잘생긴 점원이 술을 가져왔다. 아스카는 화제를 바꿀 기회라는 기대를 안고 잔을 교코에게 내밀었다.

"자, 우리…"

"건배!"

교코가 외치는 소리에 맞춰 서로의 잔을 부딪쳤다.

"뭐 헤어졌으니 이제 어쩔 수 없지. 얼른 다음 상대 찾아봐. 너도 이제 스물다섯이잖아."

"자기도 스물일곱이면서."

"나는 남자친구가 있잖아."

아스카는 '상대방도 널 여자친구라고 여기리라는 보장은 없을 텐데….'라는 말을 속으로 삼켰다. 교코가 사귄 남자는 죄다 기분파에다 듬직한 구석이라곤 하나 없어서 교코를 진심으로 사랑하는지조차 의심스러울 정도였다.

"그래서 생각해봤어?"

"응? 뭘?"

교코는 과장되게 양손을 벌리고 어깨를 움츠렸다.

"뭐라니…. 다 알면서."

물론 알고 있었다. 교코가 소개한 일에 관한 이야기다. 다쿠야와 헤어진 다음부터 끈질기게 매달렸다. 그렇지 않아도 이제 그 대답을 들려줘야겠다고 생각하던 참이었다.

"일 얘기잖아. 일."

"아, 그거…."

거절하고 싶지만 능숙하게 거절할 자신이 없었다.

언제나 그랬다. 여러 가지 이유를 대며 애매하게 뭉그적거리다가 끝내는 아스카가 스스로 꺼낸 대수롭지 않은 조건을 붙여 얼렁뚱땅 수락하고 만다. 웬만하면 자연스럽게 이 이야기를 어물쩍 넘기고 싶었는데…, 아스카는 속으로 한숨을 쉬었다.

"고등학생이나 하는 알바를 대체 언제까지 할 작정이야? 지금은 지낼 곳이 있을지 몰라도 언제 또…. 지금 누구랑 산다고 했지?"

"대학 때 친구랑…."

"그렇다면 메이크업 일 한다는?"

"백화점에서 화장품 판매하는…."

"남자친구는 있고?"

"지금은 없을 텐데…."

"그것도 몰라? 지금은 없을지 몰라도 나중에 남자친구 생기면 너 쫓겨나서 갈 데도 없을걸. 그 전에 방법을 찾아야지."

"어. 알아."

"그러니까 말이야. 괜찮대도. 전에도 말했지만, 우리 가게에서 사람 구하잖아. 점장님한테 네 얘기 꺼냈을 때부터 빨리 데려오라고 난리야. 일도 편하고 돈도 많이 번다니까. 망설일 필요가 뭐 있니."

"……"

교코가 아무 대답 없는 아스카를 다그치듯 말을 이어갔다.

"우리 가게 진짜 괜찮아. 애들끼리 경쟁도 안 시키고 매달 정해진 할당량도 없어. 손님이랑 같이 술 마시고 즐겁게 대화하는 게 전부야. 그렇게만 해도 꽤 돈벌이가 된다니까. 너도 한 번 오면 계속 일하고 싶어질걸."

교코는 손목에 차고 있던 화려한 시계를 보란 듯이 내밀었다. 아쉽게도 아스카는 그 시계가 얼마나 비싼지 알지 못했다.

"지난번에 그만둔 여자애는 돈 모아서 고베에 네일 숍을 열었다니까. 너도 지금 특별히 하고 싶은 일도 없다고 했잖아. 그때를 기다리면서 돈 벌기에는 이만한 일이 없어. 하고 싶은 일 생기면 그만두면 되고. 그거면 됐지. 고민할 게 뭐 있니."

"……"

아스카는 아무런 대답 없이 술잔 표면에 맺힌 물방울을 손으로 문질렀다.

교코가 한숨을 쉬며 말했다.

"너, 혹시 무서워서 그래?"

"그런 건 아니고….."

아스카는 서둘러 부인했다.

"그럼 거절할 이유가 없잖아. 너, 술자리도 좋아하면서."

"누구랑 마시느냐가 중요하지. 불편한 손님이랑 마시면서 웃기만 하는 거, 난 못 할 거 같아. 이상한 손님도 있을 테고."

교코가 다시 담배에 불을 붙였다.

"있기야 하지. 근데 그게 뭐가 중요해. 돈 생각하면 그 정도는 참아야지."

아스카는 술잔을 들이켰다.

"지금처럼 그 카페에서 어린애들 대타나 뛰고 싶은 거야? 앞으로도 계속?"

"그런 건 아닌데…."

"그럼 하고 싶은 게 뭔데?"

"……"

아스카는 또다시 술잔에 맺힌 물방울을 손으로 어루만졌다.

지금 이대로라면 인생이 망가진다는 사실을 아스카도 잘 알았다.

동거하던 남자친구와 헤어지고 갈 곳이 없어 일단 생활비라도 벌 명목으로 시작한 카페 아르바이트였지만 같이 일하는 동료는 대부분 대학생이다. 아스카 혼자만 스물다섯이다. 월급 역시 혼자 살기에도 충분하지 않아 뾰족한 수 없이 대학 친구인 야마무라 에리의 집에 얹혀사는 신세다.

교코의 말처럼 이렇게 계속 친구 집에서 지낼 수도 없는 노릇이다. 당연히 지금 하는 아르바이트로는 생활하기도 빠듯하다. 수입이 더 많은 일을 찾든지 정규직 사원으로 취직하는 방법밖에 없다.

정규직으로 고용해 주는 회사를 말처럼 그리 쉽게 찾을 수 있는 것도 아니다. 운 좋게 취직에 성공한다 해도 교코가 소개한 일에 비하면 수입이 턱없이 부족하다. 금전적인 면만 따지면 교코가 제안한 방법이 제일이다.

그렇지만 그 길로 막상 들어서려니 차마 발이 떨어지지 않는다. 두 가지 이유가 있다.

하나는 '교코와 같이'라는 게 걸린다.

가령 교코의 제안을 거절하고 비슷한 일을 다른 가게에서 한다고 해도 어차피 교코와 비슷한 유형의 사람은 있기 마련이고 그런 곳에서 잘 버틸 자신은 더더욱 없다.

그리고 또 하나, 더 큰 이유는 교코가 말한 대로 무섭기 때문이다.

아무 술자리나 좋아하면야 문제가 없겠지만, 남자 손님과 같이 술을 마시는 상상만으로도 괴롭고 아프다.

이유는 누구보다 아스카 자신이 제일 잘 안다.

아스카의 부모님은 아스카가 초등학교 4학년 때 이혼했다. 아스카의 아버지는 술만 마시면 난폭해졌다. 어두운 방에서 혼자 이불을 뒤집어쓰고 아버지의 성난 목소리와 그런 아버지를 말리는 어머니의 울부짖는 목소리에 벌벌 떨며 수많은 밤을 지새웠다.

어른이 된 지금도 깜깜하고 무서웠던 이불 속의 기억을 잊을 수가 없다. 그래서 아스카는 지금도 방에 불을 켜 둔 채 잠자리에 든다.

"술만 마시면 저러네. 평소에는 좋은 사람인데….."

엄마는 입버릇처럼 말했다.

술을 마실 수 있는 나이가 되자 아스카 자신에게도 아버지를 닮아 술을 즐기는 성향이 내재해 있다는 걸 알았다. 그렇지만 남자가 섞인 술자리는 되도록 피해 왔다.

어쨌든 교코가 권한 일은, 솔직히 정말로 하고 싶지 않은 일이다.

그렇지만 돈을 위해서 한 번 참아볼까? 자립하려면 목돈이 필요하다.

"살기 위해서라면 무슨 일이든 할 수 있다는 각오가 필요하겠지…?"

아스카의 마음이 크게 요동치고 있었다.

"미리 말해 두는데 점장님도 나도 마냥 기다릴 수는 없어. 어떻게 할지 오늘은 꼭 대답을 들어야겠어."

"알아. 나도 내 마음을 정리 중이니 조금만 기다려 줘."

아스카가 씁쓸히 웃으며 대답했다.

그때 교코의 핸드폰이 울렸다.

"남자친구네. 잠깐 통화하고 올게. 어떻게 할지 생각하고 있어."

교코는 빠르게 말하고 자리에서 일어나며 전화를 받았다.

"끝났어? 지금? 왜 전에 말했던 친구 있잖아. 같이 알바했던…,

어, 어. 음, 아마도?"

교코가 자리를 벗어나 가게 밖으로 나갔다.

말투로 봐서는 교코를 정말 연인으로 여기는지 의심스러웠지만 그런 걸 따지고 있을 때가 아니다.

타고난 복 따위 없는 인생에서 벗어나려면 다시 첫발을 내디뎌야 한다. 그런데 과연 그 첫발이 이래도 되는 걸까?

어쩌면 가끔은 세상이 흘러가는 대로 몸을 맡겨도 될지 모른다. 두둑한 수입이 보장된다면 교코의 말처럼 하고 싶은 게 생길 때까지 그 일을 해 보는 것도 의외로 괜찮을 수 있다.

그렇지만 마음이 썩 내키지 않는다. 하루하루 견디다가 그 일에 익숙해져 버리면 본래의 내 모습으로 영영 돌아오지 못하는 게 아닐까?

아스카의 이성적인 사고는 다람쥐 쳇바퀴 돌 듯 앞으로 나아가지 못하고 헛돌기만 했다.

고민하고 또 고민해도 아무런 진전이 없다. 어떻게 하면 좋을지 도저히 모르겠다.

이제까지의 경험으로 미루어 볼 때, 이대로 조금만 더 옆에서 누가 밀어붙이면 자기 입으로 'OK'하는 건 시간문제다.

그런 방식으로 지금까지 살아왔다.

생각하기 귀찮아서 사고가 정지된 상태로 되는대로 살았다.

아스카가 크게 한숨을 쉬고는 고민을 떨쳐내기라도 한 듯 남아 있던 술을 다 마셔버리고 잔을 테이블에 내려놓은 그때였다. 오른쪽에서 인기척을 느꼈다.

고개를 돌리니 위아래 모두 새하얀 정장에 새하얀 중절모까지 쓴 키 큰 청년이 서 있었다. 그 뒤편에는 똑같은 복장을 한 중년 남자도 있었다.

아스카는 두 사람을 차례대로 쳐다보았다.

두 사람 모두 아스카를 향해 미소를 지었다.

"시마 아스카 씨 되시지요?"

아스카는 자신의 이름을 듣고 숨이 멎을 만큼 놀랐지만 젊은 남자의 부드럽고 편안한 인상에 품고 있던 경계심을 단숨에 누그러뜨렸다.

"네? 그런데요."

"저희는 이런 사람입니다."

남자가 명함을 내밀었다.

"주식회사 타임캡슐의 요시카와 가이토…씨?"

"네."

"무슨 일이시죠?"

"지금부터 10년 전, 당신이 미래의 당신에게 쓴 편지를 전해주러 왔습니다."

가이토는 깊숙이 머리를 숙였다.

"네?"

아스카는 가이토가 대체 무슨 말을 하는 건지 어리둥절했다.

"중학교 3학년 때, 모리시타 유키 선생님 반에서 10년 후에 자신에게 보내는 편지를 썼던 걸 기억하십니까?"

가이토는 정중한 말투로 차분하게 이야기하며 슈트 안 주머니에서 편지 한 통을 꺼냈다.

"이 편지입니다."

아스카가 조심스레 손을 뻗어 편지를 받았다.

그런 편지를 쓴 기억은 나지 않았지만, 중학교 3학년 때 담임선생님 성함이 모리시타 선생님이 맞았고 봉투에 또박또박 적힌 주소와 이름의 필체는 기억 저편으로 사라져가는 10년 전 자신의 글씨와 닮아 있었다.

어른이 된 지금의 글씨체와는 닮은 구석이 없지만, 그 시절 일부러 둥글둥글하게 글씨를 쓰려고 애쓰던 기억이 되살아났다. 봉투에 쓰인 주소는 번지까지는 몰라도 어렸을 때 잠시 살던 정겨운 동네의 이름이 분명했다.

가이토는 반대쪽 안 주머니에서 또 다른 종이를 꺼냈다.

"번거로우시겠지만 편지를 받으셨다는 확인의 의미로 사인을 부탁드립니다."

아스카에게 종이와 펜을 내밀었다.

어안이 벙벙해진 아스카는 종이와 펜을 받아 이름을 써서 가이토에게 돌려줬다.

"그럼 이만 실례하겠습니다. 궁금하신 점이 있으면 명함에 적힌 연락처로 연락 바랍니다."

가이토는 모자에 손을 대고 천천히 허리를 숙여 깍듯하게 인사했다. 그 동작을 따라 뒤에 서 있던 중년 남성도 똑같이 허리를 숙였다.

꿈을 꾸고 있는 건가?

아스카는 그저 멍하니 앉아 있었다.

머리부터 발끝까지 온통 하얗게 빼입은 두 남자가 가게 밖으로 유유히 사라지고 난 뒤, 손에 쥔 편지를 물끄러미 바라보았다. 편지의 감촉이 손에 전해졌다. 그러니 꿈은 아니다. 편지를 보고 있으니 졸업 기념으로 이런 편지를 쓴 것 같기도 했다.

아스카는 슬쩍 창밖을 내다보았다. 하얀 정장을 입은 두 사람은 이미 사라지고 없고, 아직 통화 중인 교코의 모습이 눈에 들어왔다.

아스카는 편지 봉투를 뜯었다.

낮에 익은 귀여운 편지지가 나왔다. 친구들과 편지를 주고받을 때 즐겨 쓰던 편지지였다. 그리움이 물밀듯 몰려와 가슴을 짓눌렀다.

봉투 안에는 꽤 여러 장이 들어있었다. 10년 전의 아스카는 생각보다 훨씬 똑 부러지는 소녀였을지도 모른다.

아스카는 떨리는 손으로 네모반듯하게 접힌 편지지를 천천히 펼쳤다.

어른이 된 나에게

10년 후의 나야, 안녕? 나는 10년 전의 너야. 이렇게 말하니 기분이 좀 이상하네.

난 지금 중학교 졸업을 앞두고 이 편지를 쓰고 있어.

곧 졸업이라니 너무 아쉽다.

이제 난 섬을 떠나 고등학교에 가게 되었어.

걱정스럽기는 하지만 재밌는 일도 많이 생길 것 같아서 기대되네.

어떤 하루하루가 기다릴지 너무 신나고 떨려.

그래도 이 편지를 읽고 있을 나는 어떤 고등학교 시절을 보냈는지 이미 다 알겠구나.

10년 후의 나는, 행복하니?

어떤 일을 하고 있을까? 혹시 벌써 결혼한 거 아니야??? 꺄~!

분명 유명한 헤어 디자이너 아니면 메이크업 아티스트로 성공했을 거야.

텔레비전에 나오는 유명 연예인의 헤어 스타일을 담당하거나 메이크업을 맡

겠지. 어쩌면 예쁜 배우와 친구로 지내고 있을지도 몰라.

왜냐하면 나 마음속으로 이미 약속했거든.

꼭 유명한 사람이 되어 돈을 많이 벌면 혼자 힘으로 고생하며 날 키워준 엄마한

테 보답하겠다고 말이야.

아, 그렇지만 10년 후 25살이면 아직 한창 일을 배우고 있으려나?

만약 그렇다면 이 편지를 읽고 더 힘내서 열심히 노력해 봐!

지금의 나는···, 싫으면 쉽게 도망치고 힘들면 금방 포기하거든.

이렇게 말하면 10년 후의 나에게 좀 부끄러운가. 그럼 반성할게.

도망가지 않고 맞서고, 하고 싶은 말을 당당히 할 수 있는 사람이 되어야
할 텐데….

미안해. 지금의 내가 약해빠진 탓에 혹시라도 10년 후의 너를 곤란하게 하고
있지 않을까 걱정이야.

그래도 어른이 된 나라면, 지금 내가 하지 못하는 것들 분명히 할 수 있을 거라 믿어.

도망가지 않고 꿈을 이룰 강인한 용기가 있는 나.

그렇게 되려면 지금의 내가 변해야 하겠지?

무슨 말인지 점점 어려워지네. 흐흐.

그래도 나, 모리시타 선생님이 해 주신 말을 믿어. 절대로 잊어버리지 않겠어.

이 편지를 읽고 있을 10년 후의 너도 물론 기억하고 있겠지?

'아스카는 아스카만이 해낼 수 있는 걸 하기 위해 이 세상에 태어난 거
란다.'라는 말.

나조차 그 말을 믿지 않으면 내가 너무 불쌍하잖아.

10년 후의 나는 나만이 해낼 수 있는 일을 꼭 찾아서 행복하게 살고 있기를 바랄게.

혹시 아직 그걸 찾기 전이라면 내가 잘할 수 있는 일이 무엇인지를 어렴풋이나
마 꼭 발견하면 좋겠다.

어때? 미래의 나.

그때를 위해 앞으로 내가 뭘 해 두면 좋을까?

이렇게 물어봐도 소용없겠지? 대답을 들을 수 있는 것도 아닌데···.

아무튼 10년 후의 내가 지금의 나에게 고마워할 수 있도록 고등학교에 가서 더 열심히 할게.

그리고, 어, 이건 좀 자신 있는데, 10년 후의 나는 아직 준이치로를 좋아하고 있을까? 이 마음만큼은 언제까지나 변하지 않기를.

주저리주저리 썼지만 10년 후의 내가 부디 행복하기를.

그럼 10년 후에 보자. 뿅~!

아스카로부터.

편지를 다 읽을 무렵에는 이미 쏟아지는 눈물을 멈출 수 없었다.

아스카는 간신히 울음을 참으며 자리에서 일어나 화장실로 뛰어들어갔다. 화장실 안으로 들어가 문을 닫고 처음부터 다시 편지를 읽었다.

중학교 시절에 있었던 일들이 새록새록 떠올랐다. 10년이 지나도록 잊고 지낸 수많은 추억이 선명하게 되살아났다.

사춘기 소녀의 풋풋함이 잔뜩 묻어나는 필적이 현재의 자신을 힘껏 응원하는 것 같아 그 시절로 돌아가 어린 자신을 꼭 안아주고 싶었다.

아스카는 흘러넘치는 눈물을 닦는 것도 잊어버린 채 편지를 마저

읽고는 여린 목소리로

"미안해, 정말 미안해."

하고 끊임없이 사과했다.

더 소중히 여겨야 했다.

그 아이의 순수한 꿈과 장래 희망을, 그리고 미래를 향한 부푼 기대를.

이 모든 것을 저버린 자신이 너무나 한심스럽고 부끄러워 속이 상했다. 어린 시절의 나에게 그저 미안하기만 해서 연신 사과하며 눈물을 흘렸다.

"미안해. 엄마도 나 때문에…."

보답하고 싶던, 아스카의 학비를 벌기 위해 고군분투하던 어머니는 이제 이 세상에 없다. 아무도 과로 때문이라고 말하지 않았지만, 아스카는 어머니가 돌아가신 이유가 과로라고 믿었고 그 원인을 제공한 사람이 자신이라는 사실에 양심의 가책을 느꼈다.

대학에 진학해서도 어머니의 고생을 모른 척하고 그저 놀기만 했다. 아스카는 갖은 고생을 마다하지 않고 자신을 뒷바라지하는 어머니를 위해 최선을 다해야 하는데도, 그러지 못하는 자신을 탓하며 고통스러워했다. 그러나 고통을 자각하던 아스카의 통각은 점점 무뎌지더니 어느새 마비되고 말았다.

아스카의 어머니는 일을 무리해서 하다가 건강을 잃고 이 세상을 떠났다.

어머니가 하나뿐인 딸을 위해 얼마나 아등바등 살았을지 조금만 생각하면 금방 그 마음을 헤아릴 수 있었을 텐데, 아스카는 그러지 못했다. 그런 자신이 원망스러울 뿐이었다.

어머니가 어렵게 보내 준 대학을 졸업하기는 했지만, 결국 재학 중에 몸에 익힌 재주라고는 하나도 없이 원하는 일자리를 구하지 못했다. 아스카는 그런 자신을 더욱 심하게 책망했다.

그 무렵부터 아스카는 그런 자신이 점점 싫어졌다.

준이치로에 대해 끄적이던 날의 기분도 이해가 간다.

준이치로는 그때 사귀던 남자친구다. 사귄다고 해도 시골 중학생의 연애다. 기껏해야 '널 좋아해. 나랑 사귈래?' 하는 고백에 '그래, 그러자' 하고 대답한 게 전부인 연애. 그 이상도 그 이하도 아니다. 복도에서 마주쳐도 수줍어서 서로의 눈을 쳐다보지 못했고 학교가 끝나고 나란히 하교하는 일은 꿈도 못 꾸었다. 그래도 서로 좋아한다는 사실 하나만으로도 이 세상에서 제일 행복할 수 있던 시절이었다.

하지만 아스카와 준이치로는 고등학생이 되자 섬을 떠나 서로 다른 학교로 진학했다. 그 사실이 괴롭고 불안했다. 헤어지는 게 두려웠다.

10년 후의 자신에게 쓰는 편지에 당당하게 남길 만큼의 각오가 없다면 이대로 멀리 떨어져 지내다가 헤어지게 될 것 같은 불안한 마음에 굳이 편지에 썼던 거다. 앞으로도 오래오래 준이치로를 좋아하겠다는 맹세를.

하지만….

아스카는 코를 훌쩍였다.

"준이치로랑은 고등학교 1학년 여름에 헤어졌어. 그래도 준이치로를 정말 많이 좋아했단다."

아스카는 15살의 자신을 보듬어주듯 말했다.

그리고 작은 소리로 '뿅~!'하고 속삭였다.

중학교 때 친구들 사이에서 유행하던 작별 인사였다.

15살의 아스카와 작별 인사를 나눈 후, 편지를 소중히 접어 넣었다.

***

차 안에서 가이토와 히데오는 가게 안을 살피고 있었다.

"자리를 떠난 지 한참 지났어요."

히데오가 중얼거렸다.

가이토는 딱히 아무 말도 하지 않았다.

"그건 그렇고, 실장님이 말씀하신 배달 곤란자일수록 이 편지가 꼭 필요하다는 말의 의미를 왠지 알 것 같아요."

가이토가 창밖에 시선을 고정한 채 대답했다.

"배달 곤란자라고 해도 사정이 다 달라요. 이번 의뢰인처럼 섬마을 중학교의 졸업 기념이라면 편지를 쓴 직후에 섬을 떠나 이제 그 섬으로 돌아가지 않는 경우가 많죠. 봉투에 남긴 주소에 부모님이 살고 계시면 모를까 가족이 모두 섬을 떠난 후라면 조사부가 다시 찾아봐야 해요.

시마 씨처럼 부모님도 안 계시고 돌아갈 집도 없고, 의지할 친척조차 없는 사람이 많거든요. 그럴 땐 항상 이런 생각이 들어요. 이 편지가 편지 주인의 미래를 비춰줄 밝은 빛이 되면 좋겠다고….”

가게 안을 바라보는 가이토의 옆 모습이 유난히 쓸쓸해 보였다.

“저기 왔네요.”

가이토의 목소리에 히데오도 가게 안으로 시선을 돌렸다.

가이토의 얼굴에 미소가 피어났다.

“음, 괜찮아 보이네요.”

히데오는 가이토를 보며 물었다.

“뭐가요?”

“우리가 전해준 편지가 그녀의 인생에서 중요한 편지가 된 것 같아요.”

“그걸 어떻게 아세요?”

“감이죠.”

가이토는 짧게 대답하고 차에 시동을 걸었다.

“자, 그럼 이제 가시죠.”

“어디를요?”

“도쿄요.”

히데오는 주저하며 물었다.

“오사카에서 자고 가는 거 아닌가요?”

“예정대로라면 벌써 도쿄로 향하고 있을 시간이에요. 시간이 좀 지체되었어요. 아라이 씨는 주무셔도 괜찮아요. 저는 아까 많이 잤으니까요."

"네, 알겠습니다. 감사합니다. 그런데 아까는 정말 사람들이 빤히 쳐다보지, 키득키득 웃지, 얼마나 당황스러웠는지…. 이동도 많고 쉴 시간도 없는 꽤 힘든 일이네요."

가이토가 '하하하' 하고 크게 웃었다.

"고된 업무인 건 맞는데 사람들이 키득키득 웃은 건 저 때문이 아닌 것 같은데요."

듣고 보니 길에서 만난 사람들은 하나같이 자신을 보고 웃던 것 같기도 하다.

"역시 이 하얀 양복이 제게는 영 안 어울리는 걸까요?"

"아니요. 아주 잘 어울리세요. 근사해요. 그런데 저도 하마터면 웃음이 나올 뻔하긴 했어요."

"왜요?"

"알록달록한 꽃무늬 팬티가 흰 바지에 다 비쳐서요."

히데오는 창피함에 얼굴이 후끈 달아오르는 게 느껴졌다.

"일찍 좀 말해주시지, 이제 알려주시면 어떻게 해요."

"말씀드려도 옷 갈아입을 시간이 없을 것 같아서요. 우리 그럼 팬티부터 사러 갈까요?"

"네, 제발 부탁이에요."

히데오가 애원하듯 대답했다.

아스카가 화장실에서 돌아와 보니 테이블에는 통화를 마친 교코가 혼자 앉아 핸드폰을 만지작거리며 분홍빛 칵테일을 마시고 있었다. 아스카를 기다리다 술을 새로 주문한 모양이다.

"미안. 많이 기다렸지?"

아스카가 웃으며 말했다.

"너도 더 마실래?"

교코의 권유에 아스카는 고개를 저었다.

"아니, 난 됐어."

"아까 하던 얘기인데, 점장님이 오늘에라도 당장 너랑 같이 오라고….."

"그 이야기 말이야."

아스카는 교코의 말을 끊으려고 일부러 큰 목소리로 끼어들었다.

"내가 하고 싶은 일이 아니야. 그러니까 그 이야기는 이제 그만하자."

아스카는 교코의 얼굴을 똑똑히 보며 단호하게 거절했다. 이제껏 본 적 없는 아스카의 당찬 태도에 당황한 교코는 굳은 표정으로 뒤로 주춤 물러났다.

"그러니까 하고 싶은 게 생길 때까지만 같이 하자고. 돈 많이 번대도."

아스카는 고개를 좌우로 흔들었다.

"약속…했던 게 생각났어."

"약속?"

아스카가 고개를 끄덕였다.

"어렸을 때부터 꿈, 목표를 가지라는 말은 많이 들었는데 그럴 때마다 힘든 일을 겪은 탓에 꿈이나 목표는 아무나 쉽게 가질 수 있는 게 아니라고 생각했어. 그래서 꿈이 뭐냐는 질문을 받으면 꿈이 없는 게 내 잘못인 것 같아서 늘 괴로웠거든. 그런데 중학교 3학년 때 담임선생님이 '없는 게 당연해'라고 말씀하시는 거야. 놀란 얼굴을 하고 선생님을 쳐다보니까 선생님이 '네 나이 때는 꿈이 없는 게 당연해. 그러니 아무 걱정도 하지 마.'라고 말씀해 주셨어. 그리고 '꿈이 없으면 지금 당장 눈앞에 놓인 걸 열심히 해 보는 거야. 뭐든 푹 빠져서 실컷 해 봐. 꿈을 갖지 않아도 괜찮으니 지금 네 주위의 사람에게 행복을 줄 수 있는 걸 해 보렴.'이라고도 말씀하셨어. 그 말을 듣고 얼마나 내 마음이 편해졌는지…, 선생님 말씀대로 해 보기로 결심했지. 내가 주변 사람을 기쁘게 해 줄 수 있는 일이라곤 고작 머리를 예쁘게 땋아 주는 것밖에 없었거든. 친구들 머리를 정성스레 땋아 주다 보니 사람을 예쁘게 꾸미는 일이 재밌어졌어. 그런 일을 하면 다른 사람을 행복하게 만들 수 있을 테고, 머리에 어울리는 메이크업을 연구하는 것도 재밌어서 그 길을 장래 희망으로 정했어."

"아, 그래."

교코는 흥미 없다는 듯 칵테일 잔을 문지르며 대꾸했다.

"이제야 알았어. 하고 싶은 일이나 꿈은 찾는다고 찾아지는 게 아니야. 지금 내게 주어진 일을 열심히 하다 보면 자연스레 하고 싶은 일과 꿈이 생기는 거야. 선생님은 그걸 가르쳐주시려고 한 거야."

"그런 옛날이야기가 무슨 상관이야?"

"그때, 나, 자신에게 약속했었어. 앞으로 최선을 다해 살 거라고. 그 약속이 떠올랐어. 다쿠야랑 헤어진 것도 결국 내가 나약했기 때문이었어. 하고 싶던 일을 단념하고 자포자기 상태로 살다가 다쿠야랑 같이 살 수만 있다면 지금 이대로라도 괜찮다고 생각해서, 아무런 노력도 하지 않았어. 전혀 빛나지 않는 모습으로 다쿠야에게 실망을 안긴 건 나였어. 약속을 까맣게 잊고 아무것도 지키지 못했어. 다시 한 번 그 약속을 지켜보려고 해."

"중학교 때 선생님하고 한 약속을 지금 와서 지키겠다고?"

아스카는 고개를 절레절레 저었다.

"나와의 약속."

교코는 코웃음을 쳤다.

"중딩이던 너와의 약속? 그런 유치한 약속에 얽매여서 언제까지 애처럼 굴려고 그래? 그러다가 대체 언제 어른이 되겠니…?"

"어른이 되지 못할지도 모르지."

아스카는 강한 어조로 교코의 말을 끊었다.

"지금의 나보다 중학생 시절의 내가 더 야무진 건 사실이니까."

교코는 한숨을 쉬었다.

"이번에 거절하면 다시 부탁해도 소용없어."

아스카는 고개를 끄덕였다. 아스카의 거침없는 시선에 교코는 어깨를 움츠렸다.

"그렇다면 어쩔 수 없지. 가서 전화 한 통만 하고 올게."

교코는 실망한 기색이 역력한 얼굴로 자리에서 일어나 핸드폰을 들고 밖으로 나갔다. 가게 밖에서 전화를 거는 교코의 모습을 보며 아스카는 가방 속에 넣어 두었던 10년 전에 자신이 보낸 편지를 다시 꺼냈다.

편지를 읽으면 또 눈물이 쏟아질 것 같아 봉투에 쓰인 글자를 가만히 보다가 손끝으로 쓰다듬었다. 어린 딸의 머리를 다정하게 쓰다듬는 엄마의 얼굴처럼 포근한 미소를 한가득 머금고 있었다.

아스카는 마음속으로 속삭였다.

"고마워. 다시 한번 제대로 살아볼게."

***

자동차는 교토 방면을 향해 메이신고속도로(*나고야와 고베를 잇는 고속도로–역주)를 북쪽으로 달렸다.

가이토로부터 한숨 자라는 말을 듣긴 했지만 히데오는 좀처럼 잠들지 못하고 창밖을 보고 있었다. 그저 멍하니 조금 전에 만난 시마 아스카를 떠올렸다.

"잠이 안 오세요?"

"예. 자꾸만 딴생각이 나서요. 나쁜 버릇이죠. 한번 신경이 쓰이기 시작하면 점점 생각이 꼬리에 꼬리를 물다가 오만 가지 생각이 다 들어요."

"무슨 생각을 하셨는데요?"

가이토는 히데오를 힐끗 쳐다보고 입을 다물고 웃었다.

"미인이었죠? 시마 씨."

"네."

히데오는 부정하지 않았다. 예쁘장한 외모의 아가씨였다.

"그런 생각을 한 게 아니에요."

"그럼 무슨…?"

"편지를 받고 펑펑 울었어요. 저는 과거에서 온 편지를 받으면 반가워서 같이 있던 친구에게도 보여주고 재밌어하는 모습을 상상했거든요. 그런데 반응이 그렇지 않았어요. 배달 곤란자일수록 과거의 자신이 쓴 편지가 필요하다는 실장님 말씀이 가슴 깊이 와 닿았어요. 그 사람들은 편지를 쓴 날부터 지금까지 인생을 살아오면서 많은 일을 겪었겠죠. 살던 집을 이미 떠난 뒤라 수소문해서 찾아도 소식이 닿기 어렵다는 건 평범한 사람보다 몇 배나 더 힘들게 우여곡절을 겪으며 살았겠다는 생각이 들었어요. 그래서 시마 씨도 이제 행복해지면 좋겠어요."

가이토는 미소를 띠며 전방을 주시한 채 "그러네요." 하고 무심하게 대답했다.

밤이 깊어지자 고속도로에는 차량 통행이 뜸해졌다. 주위를 달리는 차라고는 장거리를 뛰는 대형 트럭이 대부분이었다. 부드러운 곡선을 그리며 왼쪽으로 빠지는 고가를 비추는 조명이 아름다웠다.

가이토가 주머니에서 불쑥 핸드폰을 꺼냈다.

"메일이 왔나 봐요."

가이토는 힐끗 화면을 확인한 후, 히데오에게 핸드폰을 건넸다.

"시마 씨한테 온 메일이에요. 좀 읽어주시겠어요?"

메일 제목은 '고맙습니다'였다. 히데오는 천천히 소리 내어 읽었다.

안녕하세요? 시마 아스카예요. 오늘 정말 감사합니다.

10년 전에 쓴 편지를 일부러 전해주러 오시다니 정말 놀랐어요. 사는 곳이 일정하지 않아서 찾는 데 노고가 많으셨으리라 생각해요. 그렇지만 덕분에 운명의 순간에 까마득히 잊고 있던 소중한 기억을 떠올릴 수 있었습니다.

뜻대로 되는 일은 하나도 없고 꿈도 이루지 못해서 '어차피 나 같은 건…'이라는 부정적인 생각이 점점 짙어져서 거의 자포자기하기 직전이 었거든요.

그런데 순서가 거꾸로였다는 걸 알았어요. '어차피 나 같은 건…'이라는 생각이 강하게 자리 잡은 다음부터 되는 일이 없고 자꾸 실패만 되풀이하게 된 거였어요.

어떤 상황에도 그런 생각을 해서는 안 된다는 걸 10년 전의 어린 제가 알려주었어요.

다시 한번 인생을 새롭게 출발하려고 해요. 그러려면 저 스스로 더 강해져야겠죠.

제 인생을 구해준 편지를 배달해 주셔서 정말 감사합니다.

지금 이 결심을 잊지 않기 위해 또다시 10년 후의 저에게 보내는 편지로써 두려 합니다.

오사카에 오실 일이 있을 때, 꼭 연락 부탁드릴게요.

시마 아스카 드림

히데오는 메일을 다 읽고 핸드폰을 가이토에게 돌려주었다.

가이토가 말했다.

"시마 씨에게 운명의 편지가 되었나 보네요. 잘 됐죠?"

"예…….."

히데오는 아직 무거운 표정을 하고 창밖을 내다보고 있었다.

"왜 그러세요? 또 무슨 걱정거리라도?"

"실은 이 회사에 들어오기 전에 회사를 경영했었어요."

"네? 정말요?"

가이토는 약간 놀란 얼굴이었다.

"네. IT 관련 회사였어요. 회사가 순조롭게 잘 돌아가서 몇 년 새 규모도 꽤 커졌어요. 개발한 콘텐츠가 유저들의 지지를 받기 시작하면 매출이 기하급수적으로 늘거든요. 3개월 만에 매출이 10배로 늘어난 적도 있었어요. 그렇지만 유저의 관심과 지지가 사그라드니 어김없이 위기가 찾아왔어요. 이제까지의 콘텐츠와는 차원이 다르면서 크게 주목받을 만한 새로운 콘텐츠를 개발하지 못하면 이미 몸집이 커진 회사를 유지하기가 더 어려워지죠. 겨우 새 콘텐츠를 선보여도 곧바로 혁신적인 무언가를 만들어내야만 할 때가 찾아와요. 이런 과정을 되풀이하다 결국 회사가 망했죠. 회사가 잘 나갈 때 비축해 둔 여유 자금이 있어서 큰 빚 없이 회사를 정리하긴 했어도 종업원을 전부 해고해야 하는 상황을 막을 수는 없었어요. 그게 제일 괴로웠어요. 그중에는 시마 씨 또래의 젊은 직원도 많았거든요. 아까 낮에 시마 씨가 가게에서 일하는 모습을 지켜보고 있으니 우리 회사 직원이던 젊은 친구들도 저렇게 고생하고 있겠다는 생각에 가슴이 미어지듯 아팠어요. 시마 씨가 우리 회사 직원은 아니지만 마치 제가 그런 상황으로 몰아넣은 것 같은 착각마저 들더라고요."

히데오는 크게 한숨 쉬었다.

"우리 회사 직원들에게도 시마 씨처럼 정말 중요한 타이밍에 누군가가 나타나 도움의 손길을 뻗어서, 다시 행복해질 기회가 생기면 좋겠다는 생각이 머릿속을 떠나질 않네요."

"아라이 씨 잘못이 아니에요."

가이토가 짧게 말했다.

"네?"

"아라이 씨의 마음은 충분히 이해해요. 그렇지만 그분들의 행복을 결정하는 건 아라이 씨의 몫이 아니에요. 자기 자신이죠. 그 책임 역시 아라이 씨가 아니라 그분들께 있어요."

"뭐 굳이 따지면 그렇겠지만, 자꾸만 제 책임이라는 생각이 들어요."

"그런 말씀 마세요. 모두 행복하게 지내고 있을 거예요."

"그럴까요?"

"이 일을 하면서 깨달았어요. 모든 사람에게는 스스로 고통이나 역경을 헤쳐 나갈 힘이 있다는 사실을요. 그리고 그건 만남이라는 기적에서 싹터요. 우리가 그 기적을 만드는 사람 중 한 사람일지도 모르지만, 기적의 만남을 만들어내는 건 우리만 할 수 있는 일이 아니에요. 많은 사람이 저마다 누군가를 만나 기적을 이루어내며 이 세상을 살아가고 있거든요."

"모든 사람에게 스스로 일어설 힘이 있다는 말씀이세요?"

"네, 맞아요. 자신에게 그런 힘이 있다는 걸 깨닫게 해 주는 운명적인 만남이 있다면요."

"누구에게나 그런 만남이 있겠죠?"

"그렇게 믿는 게 더 중요하지 않을까요?"

가이토는 시원시원한 미소를 지어 보였다.

히데오는 덤덤한 표정으로 운전하는 가이토의 미소를 따라 똑같이 미소 지었다.

"그러네요. 그렇게 믿는 게 더 중요하겠네요."

자동차는 어느새 집도 한 채 보이지 않는 어두컴컴한 산속을 달리고 있었다.

시게타 다쓰키
@도쿄 하라주쿠

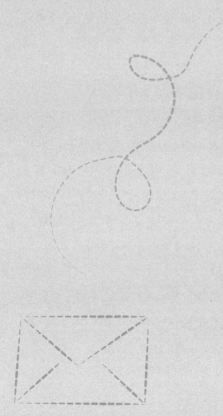

이소카와 다쓰키는 객실 문을 열고 벽에 있는 열쇠 투입구에 카드 키를 꽂았다.

객실이 바로 환해졌다.

객실 안 선반에 세탁이 끝난 와이셔츠가 놓여 있었다.

이 호텔에 머문 지 한 달쯤 지났다.

가방을 침대 위로 집어 던지고 다쓰키는 텔레비전 전원을 켰다. 스포츠뉴스에서 응원하는 야구팀의 소식이 흘러나왔지만 상대 팀의 신인 투수가 공을 던지는 영상의 모서리에 표시된 '신인 투수에 꼼짝 없이 묶여'라는 문구를 보고 결과가 패배라는 걸 금방 알 수 있었다.

다쓰키는 한숨을 내쉬고 냉장고에서 맥주를 꺼내 뚜껑을 땄다.

"다음 뉴스는 반가운 소식입니다."

TV 화면에 전년도 최다승 투수가 여러 예능 프로그램에서 한창 인기몰이 중인 여성 탤런트와 결혼한다는 뉴스가 이어졌다. 화면 속에서 미남미녀 커플이 나란히 서서 플래시 세례를 받고 있었다.

"모토야마 선수의 어떤 점이 좋았습니까?"

"믿음직스러운 점이요."

여성 탤런트가 수줍게 대답하며 최다승 투수를 바라보자 여기저기서 카메라 셔터 소리가 일제히 터져 나왔다.

"모토야마 선수는 사치 씨의 어떤 점에 이끌렸습니까?"

"사치는 평소 모습도 텔레비전에서 볼 때랑 똑같아요. 꾸밈없고 한결같은 사람이라는 점에 매력을 느꼈습니다."

두 사람이 서로를 바라보자 또다시 셔터음이 울려 퍼졌다.

끊이지 않는 플래시의 불빛이 두 사람을 비추는 영상은 다쓰키를 15년 전, 결혼식을 올리던 그 날로 되돌려 놓았다.

다쓰키와 아야노도 플래시 세례를 받고 있었다.

본 예식이 끝나고 피로연에서 친구들에게 둘러싸여 기자회견을 여는 이벤트를 했다. 친구들이 각자 카메라와 마이크를 준비하고 두 사람에게 질문을 퍼붓는다. 다쓰키와 아야노가 한 마디 한 마디 대답할 때마다 일제히 셔터를 누르고 플래시가 터진다. 고작 그게 전부인 이벤트였지만 피로연 분위기는 한층 무르익었다.

"아야노 씨는 시게타 씨의 어떤 점이 마음에 들었습니까?"

"소년같이 순수한 점에 이끌렸다고나 할까요?"

"오오……"

일부러 더 놀란 시늉을 하며 친구들이 한꺼번에 셔터를 누른다. 쏟아지는 플래시 세례는 생각보다 훨씬 눈부셨고 실감이 나서 다쓰키는 이벤트인 줄 알면서도 긴장의 끈을 놓지 못했다.

"다쓰키 씨는 아야노 씨의 어떤 점이 좋았습니까?"

"요조숙녀처럼 보이면서도 의외로 말괄량이 같은 점…이라고나 할까요?"

"예를 들면 어떤?"

"음…, 저한테 보내려는 메시지를 실수로 어머니한테 보내기도 하고…."

"그런 얘기를 왜 여기서 하고 그래…."

아야노는 얼굴이 새빨개져서 다쓰키의 팔뚝을 손바닥으로 툭 때렸다.

다시 한번 일제히 셔터 소리가 터져 나왔다.

지난 추억을 떠올리고 다쓰키는 씁쓸한 웃음을 지었다.

"너희도 살아 봐라. 지금이나 좋지."

그렇게 중얼거리고 다쓰키는 텔레비전 채널을 돌렸다. 요새 자주 매스컴에 등장하는 개그맨 여럿이 요란하게 웃으며 떠들어대고 있었다.

목의 뻐근함과 손 저림을 느끼고 잠에서 깬 다쓰키가 시계를 보았다. 새벽 2시 반이었다.

의자에 앉은 채로 잠들어버렸다. 전원이 그대로 켜진 텔레비전에서는 언제 시작했는지 모를 옛날 영화가 방영되고 있었다.

"내일 외출할 준비라도 해 놓고 자야겠다."

다쓰키는 자리에서 일어나 이제야 양복을 벗기 시작했다.

***

가이토와 히데오를 태운 자동차는 아쓰기IC를 지난 지점부터 정체에 휘말렸다. 순조롭게 달리던 자동차가 멈추어서인지 조수석에서 눈을 붙이고 있던 히데오가 잠에서 깼다.

"죄송해요. 실장님. 잠들어버렸네요."

"괜찮아요. 그것보다 이제 곧 요코하마에 도착할 텐데 아라이 씨, 댁에 잠깐 들르지 않으셔도 괜찮으세요?"

"네. 딱히…."

"아라이 씨만 괜찮으시면 이대로 곧장 도쿄로 가려고요. 가도 괜찮을까요?"

"그럼요."

"네, 그럼 그냥 바로 도쿄로 갈게요."

가이토는 제일 가장자리 차로에 있던 차를 서서히 한 차선씩 중앙선에 가까운 차로로 움직였다.

"이번엔 도쿄입니까."

히데오가 혼잣말인지 질문인지 모를 모호한 말투로 말했다.

가이토가 찔끔 웃었다.

"아라이 씨, 혹시 몰라 미리 말씀드리는데요. 각오하셔야 해요. 회사가 우리 부서를 좀 거칠게 다루거든요."

"그게 무슨 말씀이세요?"

"편지를 전달하는 순서는 효율이 먼저가 아니라 가능성이 우선이에요."

"가능성이요?"

"네. 지난번 출장 때는

오카야마까지 갔다가 다시 후쿠시마로 갔는데, 다음 목적지가 다시 오카야마 옆 히메지였어요."

"네, 정말요?"

"그걸로 끝이면 다행이게요. 히메지 다음 순서는 어디였는 줄 아세요? 또 후쿠시마였다니까요."

"어떻게 그럴 수가 있어요?"

"조사부에서 올린 보고서를 토대로 배달 순서를 결정해요. 분명 경비 절약이나 이동의 효율성 측면에서는 가까운 곳은 한 번에 나눠주는 게 좋은데, 단 몇 시간 차이로 편지를 전하지 못하거나 거주지를 다시 파악해야만 하는 경우가 많아요. 그래서 저희는 지시받은 순서대로만 배달해야 해요. 만약 우리가 오늘 만날 예정인 시게타 씨를 하루 먼저 만났다면, 어제 오사카에서 시마 씨를 만나 편지를 전해줄 수 없었겠죠. 그렇다면 과연 시마 씨에게 적절한 순간이었다고 할 수 있을까요?"

"그러네요."

히데오가 이해한 듯 대답했다.

"그 순서는 누가 정하나요?"

"레이코요."

히데오의 머릿속에 와카바야시 레이코의 얼굴이 떠올랐다.

"어떤 기준으로 정하는 걸까요?"

가이토가 웃었다.

"감이죠. 레이코는 조사부에서 제출한 자료를 검토하고 어떤 순서로 배달하면 좋을지를 결정하는 데 타고난 재능이 있어요."

히데오는 '어떤 재능인데요?' 하고 물어보고 싶은 마음을 꾹 참았다.

"실제로 지금까지 단 한 건도 순서가 바뀌었으면 좋았겠다고 생각한 적이 없어요. 지금 이 타이밍이 아니었다면 받는 사람에게 그다지 커다란 의미가 없었겠다 싶은 경우가 대부분이었어요. 와카바야시는 천재예요."

"음, 그렇군요."

히데오는 감탄했다.

틀림없이 비용은 많이 든다. 그러나 그 편지를 가장 필요로 하는 사람에게 가장 중요한 타이밍에 전하고자 하는 의지가 마치 기업 철학처럼 느껴져 듣는 히데오의 마음을 뜨겁게 했다.

"아라이 씨가 업무에 적응하시면 저와 따로 움직이시게 될 거예요. 아까 말씀드렸던 출장에 비유하면 제가 오카야마와 히메지를 오가는 동안 아라이 씨가 후쿠시마의 두 건을 담당할 수 있게 되니, 지금만큼

고생스럽지는 않겠죠?"

"제가 하루빨리 제 몫을 할 수 있어야겠네요. 분발하겠습니다."

핸들을 잡고 전방을 주시하는 가이토의 옆모습을 보며 히데오는 꾸벅 고개 숙여 인사했다.

자동차는 어느새 정체 구간을 벗어나 도쿄를 향해 시원하게 달리고 있었다.

"자, 그럼 다음에 편지를 전해 줄 사람은 어떤 사람인가요?"

"도쿄에 사는 시게타 다쓰키 씨, 36세 남성입니다."

"어? 25살 아닌가요?"

"단체로 의뢰한 편지라 그중에는 선생님이 쓴 편지도 있어요. 시게타 씨는 당시 그 섬마을 중학교에서 기간제 교사로 일했어요. 조사부의 보고에 따르면 현재는 '회사원'이네요. 파악한 거주지로 편지를 발송했더니 다른 사람이 살고 있었다고 해요. 그래서 재조사한 결과, 그가 요즘은 호텔에서 지낸다는 사실을 알아냈어요. 호텔로 편지를 보내긴 했는데 다시 반송되었네요. 대체 왜 돌아왔을까요?"

가이토가 고개를 갸웃거렸다.

"어쩌다가 호텔에서 지내게 되었을까요?"

"그런 자세한 사정까지는 알아내기가…"

"그렇군요. 그럼 이제 그 호텔로 가는 건가요?"

"늦지 않으면 좋겠네요."

"뭐가요?"

"시게타 씨가 외출하기 전에 도착하면 거기서 바로 전달할 수 있는데, 외출한 이후라면 온종일 시게타 씨가 돌아오기만을 기다려야 하잖아요."

히데오는 오싹했다.

"하긴 그러네요."

"오늘 안에 만날 수 있으면 정말 다행이죠. 잘 기억해 두세요. 호텔 살이 하는 회사원이라면 해외 출장이 잦을 수 있어요. 외국을 자주 나가서 집을 오래 비우면 월세가 아까우니 호텔에서 지내는 거죠. 길면 일주일 정도 기다릴 때도 있어요."

"그럴 때는 어떻게 해요?"

"원칙은 기다려야 합니다. 그렇지만 회사에 보고하고 다음으로 넘어가도 좋다는 지시가 있으면 다음 편지의 주인공을 찾아가기도 해요."

"어휴, 정말 고된 일이네요."

"고된 정도가 아니에요. 타이밍이 생명인 아주아주 빡센 일이라고요. 하하."

가이토는 힘껏 액셀을 밟았다.

***

다쓰키는 붐비는 인파를 요리조리 피하며 미우를 뒤따라 걸었다.

평일이라고는 해도 마침 겨울방학이라 다케시타 거리는 사람들로 북적였다.

곧이어 메이지 거리로 나왔다.

"한 번 더 둘러볼래."

미우가 하라주쿠에 도착하고 나서 처음 뱉는 말이었다.

"어, 그래."

두 사람은 걸어온 길을 되돌아 걷기 시작했다.

아까와 마찬가지로 다쓰키는 미우와 거리를 두고 뒤쫓아 걸었다. 잠깐이라도 눈을 떼면 사람들 속에 뒤섞여 미우를 놓칠 것만 같았다.

시나가와역 플랫폼에서 1초라도 빨리 미우를 만나고 싶어 안달하며 기다리던 다쓰키였지만 정작 신칸센에서 미우가 내리자 말 한마디 제대로 걸지 못했다.

오랜만에 만난 딸은 못 본 새 부쩍 어른스러워졌다.

옷차림과 액세서리, 가방에서 '나 오늘 하라주쿠 간다' 하는 열의가 느껴졌다. 조금 과하다 싶을 정도의 패션이었지만 지방에서 한껏 꾸미고 대도시에 놀러 온 중학생이니 그럴 만도 했다. 짙은 화장이 유독 귀엽기도 하고 웃기기도 했다.

다쓰키는 쓴웃음을 지으며 '화장 안 해도 우리 딸이 제일 예뻐'라고 말하고 싶은 걸 꾹 참았다.

"하라주쿠에 가고 싶다고?"

다쓰키는 인사를 대신해서 말했다. 미우는 고개만 까닥였다. 그렇게 두 사람은 입을 다문 채 시나가와역에서 JR 야마노테선을 타고 하라주쿠로 향했다.

"엄마는 잘 있어?"

"응."

예상했던 대답이 돌아오고 두 사람의 대화는 더 이상 진전 없이 끝났다.

'사춘기 딸을 오랜만에 만난 중년 아빠는 어떤 얘기로 대화를 시작하면 좋을까?'

다쓰키는 곰곰이 생각하다가 전철 안을 빙 둘러보며 이야깃거리가 될 만한 광고를 찾아 헤맸다. 입시학원의 광고가 다쓰키의 눈에 들어왔다.

"이제 곧 시험이네. 공부는 잘되니?"

미우가 고개를 끄덕였다.

"괜찮은 거야?"

"응. 학원 다니니까."

"공부하느라 힘들어?"

미우는 고개를 저었다.

"아니. 학원 선생님 덕분에 공부가 재밌어졌어."

"그래?"

결국 전철 안에서의 대화는 이걸로 끝났다.

다쓰키에게 시나가와에서 하라주쿠까지가 이렇게 멀게 느껴지기는 이번이 처음이었다.

하라주쿠역 근처의 다케시타 거리 입구까지 되돌아오자 미우는 다시 발길을 돌려 걷기 시작했다. 미우는 조금 더 가다가 한 가게 앞에 멈추어 섰다. 유심히 가게 안을 쳐다보더니 말없이 불쑥 그 가게로 들어갔다. '스핀즈'라는 가게였다. 미우는 상품을 집었다가 내려놓기를 반복했다.

다쓰키는 미우와 약간 거리를 두고 그 모습을 지켜보다가 가게 안이 온통 중고등학교 여학생뿐이라는 사실을 깨닫고, 아저씨 혼자 덩그러니 있는 게 쑥스러워 얼른 가게를 빠져나왔다.

거리는 변함없이 사람들로 북적였고 몇몇 가게 앞에는 긴 행렬이 생겨났다.

어디서 무슨 정보를 듣고 오는지 인기 많은 가게는 늘 사람이 바글바글 몰려있다. 그런데도 불만 섞인 표정을 지은 사람은 아무도 없었다. 12월 추위에도 아랑곳하지 않고 기꺼이 줄을 선다는 건 젊다는 증거일까?

"겨울방학에 미우가 도쿄에 가고 싶대요. 부탁할게요."

아야노로부터 전혀 부부답지 않은 말투로 메시지가 온 건 몇 주 전이었다.

그 이후 몇 번 더 메시지를 주고받았지만 전부 미우가 보낸 메시지였다.

"어휴."

다쓰키가 한숨을 쉬자, 입김이 공기 중으로 하얗게 퍼져나갔다.

문득 역 쪽을 보니 북적이는 인파를 뚫고 유난히 눈에 띄는 두 사람이 걸어오는 모습이 보였다.

"뭐야? 저 사람들. 연예인인가?"

주위 사람들이 수군거리는 소리가 들려왔다. 범상치 않은 분위기를 감지한 건 다쓰키 혼자만이 아니었다.

"아니, 본 적 없는 사람인데."

"저렇게 입은 걸 보면 분명 연예인이야. 누구지?"

"어머, 무슨 촬영이라도 하는 걸까?"

중학생으로 보이는 여학생 무리의 텐션이 점점 하늘로 치솟았다.

두 사람은 순백색 정장을 입고 새하얀 중절모를 쓰고 백구두까지 신었다. 즉 머리부터 발끝까지 온통 눈처럼 새하얗다.

앞에 걷는 청년은 배우 느낌이 난다. 모델처럼 키가 훤칠하고 학생들이 좋아하는 호감형 얼굴이다. 손에는 알루미늄 서류 가방을 들었다. 그런데 뒤에 걷는 사람도 배우인가? 동년배로 보이는 중년 아저씨는 텔레비전에서 본 기억이 없다.

어쩌면 정말 촬영 중인 걸지도 모른다.

그렇게 추측하며 두 사람을 눈으로 좇던 다쓰키가 갑자기 당황한 기색을 보였다. 두 사람이 자신을 향해 걸어오는 게 아닌가.

다쓰키는 주위를 두리번거렸지만, 딱히 눈에 띌 만한 건 없었다.

갈팡질팡하고 있는 사이 어느새 순백색 정장을 입은 두 사람이 다쓰키의 코앞까지 다가와 걸음을 멈췄다.

다쓰키가 안절부절못하고 주변을 둘러보니 이미 사람들에게 빙그르르 에워싸여 있었다. 마치 눈에 보이지 않는 울타리라도 있는 듯, 바깥쪽은 사람들로 북새통을 이루는데 안으로는 아무도 들어오려 하지 않는 광경이 펼쳐졌다.

"제게 무슨 볼일이라도?"

다쓰키가 조심스레 물었다.

"처음 뵙겠습니다. 저는 주식회사 타임캡슐의 요시카와 가이토라고 합니다. 시게타 다쓰키 씨 맞으십니까?"

젊은 남자가 물었다.

"네, 그런데요. 지금은 아니지만, 시게타 다쓰키였습니다."

다쓰키가 망설이며 대답했다.

***

"이거 뭐야? 지금 뭐 찍는 거야?"

여고생 셋이 호들갑을 떨며 옆에 있는 친구들과 함께 촬영하는 카메라를 두리번거리며 열심히 찾는다.

가이토가 웃으며 대답했다.

"촬영 아니에요. 우리도 일반인이에요."

가이토의 변명 아닌 변명을 듣자 어느새 눈에 보이지 않던 경계선은 허물어지고 몰려있던 사람들도 제 갈 길을 찾아 떠났다. 가만히 서 있는 사람은 흰 정장을 입은 두 남자와 그 모습을 의심스러운 눈초리로 바라보는 다쓰키뿐이었다.

"성함이 바뀌셨나요?"

가이토가 물었다.

"네. 지금은 이소카와 다쓰키입니다."

가이토는 히데오와 얼굴을 마주 보았다.

"아, 그래서 편지가 되돌아왔던 거네요."

가이토는 상의 안 주머니에서 편지 한 통을 꺼내 다쓰키에게 내밀었다.

"10년 전, 세토우치에 있는 미나미중학교에서 근무하실 때 졸업생들과 함께 10년 후의 자신에게 편지를 쓰신 기억이 있으십니까?"

다쓰키는 미간을 찌푸렸다.

"편지…요?"

"네. 저희는 그 편지를 전달하러 왔습니다."

다쓰키는 미심쩍은 듯 눈살을 찌푸리며 가이토가 내민 편지의 수신인을 확인했다. 자신의 필적으로 '시게타 다쓰키'라고 쓰여 있다. 주소는 그 당시 거처하던 집의 주소 같기도 하다. 어떤 집이었고 그곳에서 어떻게 지냈는지는 기억하고 있었지만, 정확한 주소까지는 기억나지 않는다.

"그런 편지를 썼다고요?"

다쓰키는 천천히 손을 뻗어 편지를 받았다.

"그런데 오늘 제가 여기에 있다는 건 어떻게 아셨나요?"

다쓰키는 놀란 표정을 감추지 못했다.

"오늘 아침에 호텔로 찾아갔더니 마침 외출 준비를 마치시고 나오시길래 실례인 줄 알면서 따라왔습니다."

"아빠, 그게 뭐야?"

불쑥 어린 여학생의 목소리가 들려왔다.

가이토와 히데오의 시선을 따라 다쓰키가 고개를 돌리자 어느새 미우가 다가와 서 있었다.

"어, 이거. 아빠가 10년 후의 나에게 쓴 편지라고 그러네."

"오, 그래?"

미우의 목소리가 한결 밝아졌다.

"그런데 왜 지금 여기서?"

"우리는 편지를 맡았다가 훗날 다시 배달해 드리는 회사의 직원입니다."

다쓰키를 대신해 가이토가 대답했다.

"그럼 10년 전에 아빠가 쓴 편지가 지금 여기에 도착했다는 거야? 우와, 진짜 신기해."

흥미로워하는 미우에게 가이토는 명함을 내밀었다.

"요시카와 가이토 님?"

미우가 명함에 쓰인 이름을 읽었다.

"안녕하세요."

미우를 향해 가이토가 정중하게 인사했다.

"안녕하세요."

미우도 웃으며 대답했다.

"편지, 저도 보낼 수 있어요?"

"물론이죠. 명함 뒷면에 QR코드로 접속하면 자세한 설명이 나와요. 관심 있으면 한번….."

"아빠, 이거 재밌어 보이는데 나도 써 보면 안 될까?"

"뭐라고? 지금?"

미우는 초롱초롱한 눈망울로 고개를 끄덕였다.

"응. 하라주쿠에 놀러 온 기념도 되고 미래의 내가 받는 거잖아. 마침 나 이 가게 둘러보고 나서 예쁜 편지지 사러 가려고 했거든.

어쩌면 지금 여기서 편지를 쓸 운명이었을지도 몰라. 게다가 일부러 이렇게 찾아오시기까지 한 걸 보면…, 완전 드라마네, 드라마. 오, 너무 신나."

"그래도 지금 당장은…"

다쓰키는 가이토와 히데오의 얼굴을 번갈아 보며 눈치를 살폈다.

"괜찮으시다면 기다리겠습니다."

가이토는 훈훈한 미소를 지어 보였다.

다쓰키와 미우, 가이토와 히데오 네 사람은 함께 오모테산도에 있는 한 카페로 들어갔다.

미우는 혼자 다른 테이블에 앉아 주문한 팬케이크를 먹으며 펜을 굴렸다. 나머지 세 사람은 통로를 사이에 두고 옆 테이블에 앉아 미우가 편지를 다 쓸 때까지 기다리기로 했다.

2층에 자리한 카페의 창문 너머로 커플들이 크리스마스 일루미네이션을 즐기며 오모테산도 거리를 거니는 모습이 보였다.

"이런 편지를 썼었군요."

다쓰키가 손에 든 편지를 보며 말했다. 아직 편지를 열지 않았다.

"솔직히 그때가 별로 기억나지 않아요. 교사로 있던 것도 딱 그 1년 뿐이었고 학생들을 가르치고 싶어서였기보다 어쩔 수 없이 선택한 길이었거든요."

"어쩔 수 없이 말입니까?"

가이토가 되물었다.

"네. 실은 저 프로골퍼예요."

"프로골퍼요?"

다쓰키는 머리를 긁적였다.

"프로골퍼였다고나 할까요. 두 분이 연상하시는 프로골퍼는 아마 상금이 걸린 대회에 출전하는 '투어프로'겠지만, 저는 투어프로를 꿈꾸는 '티칭프로'였어요. '티칭프로'는 레슨을 전문으로 하는 프로를 말해요."

"그러셨군요."

"그 당시 제게 레슨을 받은 분들 중에 지금의 장인어른이 계셨어요. 아버님을 따라 골프를 배우러 온 따님과 사귀게 되었고 저 아이도 태어났죠."

다쓰키는 미우를 슬쩍 바라봤다.

"미우라고 해요."

"미우."

"장인어른은 이름만 들으면 알 법한 조선회사의 중역이셨어요. 아버님은 결혼을 승낙하는 조건으로 아내 집안의 성姓을 따라 저의 성을 이소카와로 바꾸기를 원하셨어요.(*일본의 민법상, 혼인하면 부부 중 한 사람은 성을 바꾸어야 한다. 대개는 여성이 남성의 성을 따르지만 반대의 경우도 있다. -역주) 그래서 '시게타'에서 '이소카와'로 성이 바뀌게 되었죠. 결혼해서 가장 큰 난관은 경제적인 면이었어요. 처가에 부탁하면 얼마든지 도와주셨겠지만 저는 무슨 일이 있어도 혼자 힘으로 그녀를 행복하게 해 주겠다고 호언장담하고 결혼식을 올린 터라 차마 그럴 수는 없었어요. 엎친 데 덮친 격으로 경기 불황으로 골프를 즐기는 인구 자체가 급격히 줄어드는 바람에 티칭프로를 고용하는 연습장이 점점 사라지는 추세였어요. 그래도 몇 년은 티칭프로를 하며 근근이 먹고 살 수 있었지만 일하던 골프장이 문을 닫은 다음부터는 저도 일자리를 잃게 되었죠. 하는 수 없이 대학 시절의 친구에게 부탁해서 시간강사 자리를 소개받았어요. 교육학부를 졸업해서 교원 자격이 있기도 했고 친구 중 몇몇은 학교에서 학생들을 가르치고 있었거든요. 그런데 소개해 준 친구의 말이 자꾸 뒤바뀌더니 결국 외딴섬에 있는 중학교에서 근무하게 되었어요. 어차피 1년짜리 기간제니까 조금만 참으면 되겠다 싶어 가족과 떨어져 혼자 섬으로 들어갔어요. 아마 이 주소는 그때 살던 집의 주소일 거예요."

다쓰키는 턱을 치켜올려 테이블 위에 놓인 편지 봉투의 주소를 가리켰다.

"그때 대학 친구가 저를 '시게타'라는 이름으로 그 학교에 소개하는 바람에 성이 이미 바뀐 후였지만 모두가 '시게타 선생'이라고 불렀어요. 자세한 사정은 잘 모르지만 교장 선생님이 그게 좋겠다고 하셔서."

"그런데 왜 1년 만에 그만두셨어요?"

가이토가 물었다.

"원래는 1년간 임용 공부를 열심히 해서 꼭 합격하겠다고 와이프와 장인어른께 약속했었어요. 그런데 도저히 못 하겠더라고요."

"왜요?"

"직접 교단에 서 보니 교사라는 일이 저랑 잘 맞지 않는 것 같았어요. 학생들과 계속 같이 있는 것도 그렇고 선생이라는 직업 특성상 늘 주변에 신경을 써야 하는 것도 피곤하고 괴로웠거든요. 역시 저는 자신과 겨루고 실력을 쌓는 일이 제격이라고 생각했어요. 그리고 실제로는 다른 이유가 또 있었어요. 그 이유가 가장 커서, 교사가 적성에 맞지 않는다고 생각했어요."

"그 이유를 여쭤봐도 될까요?"

가이토는 그 이유가 무엇인지 대강 짐작이 가면서도 굳이 다쓰키에게 물었다.

"골프요."

"……"

"어린 시절부터 줄곧 투어프로로 대회에 나가서 좋은 성적을 거두고 상금을 타는 인생을 꿈꿨어요. 교사가 되려고 공부해야지 할 때마다 머릿속에서 골프 생각이 떠나지를 않았어요. 공부한답시고 허투루 시간을 보낼 때, 경쟁 상대들은 죄다 매일 같이 실력을 갈고닦고 있을 거라는 생각에 점점 더 괴로웠어요. 저보다 훨씬 어린 선수들이 새로 등장해 매서운 활약을 보이며 상금 경쟁을 하고 있다는 뉴스도 마음을 어지럽혔어요. 그런 마음을 달랠 수 있게 퇴근길에 골프연습장에서 스윙 연습이라도 할 수 있었다면 좋았을 텐데 아쉽게도 그 작은 섬에 골프연습장이 있기나 했겠어요? 결혼하고 아이까지 생겼으니 오랫동안 꿈꿔온 길을 이대로 포기할 것인가, 늘 고민이었어요. 선생 노릇을 하며 학생들에게 꿈을 가져라, 포기하지 않으면 꿈은 이루어진다, 이런 말을 하는 제가 한없이 부끄러웠죠. 정작 저는 단념하고 포기했으니까요. 학생들에게 그런 말을 할 자격이 제겐 없었어요. 그 이후로는 학생들에게 잘난 듯 그런 말을 떠들어대는 걸 멈추고 이제 학생의 미래에 관여하지 말자고 다짐했죠. 그저 학교에서의 하루하루를 아무 탈 없이 넘기는 것에만 집중하며 시간을 보냈어요. 어느 날은 그 모습을 보다 못한 같은 학교 선생님이, 저와 같이 테니스부 고문을 맡고 있던 그 선생님이 지나가는 저를 향해 테니스공을 연달아 던지는 거예요. 그 선생님이 던진 공을 하나씩 받다가 그만 다섯 번째 공을 놓치고 말았어요. 그랬더니 그 선생님이 저에게 '그렇게 양손에 공을 계속 잡은 채로 다른 공을 받을 수 있겠어?'라고 말하는 거예요. 저는 그 말을 듣고 꽉 막힌 체증이 가신 듯한 기분이었어요. 정말 투어프로가 되고 싶다면 다른 걸 포기하고서라도 그 꿈을 향해 달려가야 하는 거였어요."

"그 말은…."

히데오는 하마터면 다쓰키의 열변에 끼어들 뻔했지만 쓸데없는 말은 말자고 바로 입을 다물었다. 다쓰키가 옆에서 히데오를 힐끗 보고 씩 웃었다.

"알아요. 그 선생님은 '골프'라는 공을 계속 쥐고 있으면 '교사'라는 새로운 공을 잡을 수 없다는 사실을 깨닫게 해 주고 싶었던 거예요. 맞아요. 지금은 아는데, 그 당시의 저는 제 마음대로 해석하고 받아들였어요. 제 안에 이미 답이 정해져 있었던 거죠. 그저 누군가가 살짝 등 떠밀어 주기를 기다린 거예요. 그래서 상대방의 의도를 완전히 반대로 이해하고 억지로 구실을 찾았던 거죠. 아무튼 그리곤 다시 처가에 죄송하다고 말씀드리러 갔어요. '투어프로로 반드시 우승해서 따님을 행복하게 하겠습니다. 그런데 다른 일을 하면서 병행하기는 어렵습니다. 골프에만 전념하려고 하니 그때까지만 생활비를 보태주시겠습니까?' 하고 여쭤봤지요. 장인어른은 '자네에게 투어프로는 무리네.'라고 말씀하시며 거세게 반대하셨어요. 아버님께서 반대할 만하셨죠. 결혼하고 나서도 4년을 더 기다리셨으니까요. 끝내는 '딱 3년만 더'라는 조건으로 허락하셨어요."

다쓰키는 가이토와 히데오의 얼굴을 차례대로 쳐다보고 씁쓸한 웃음을 지어 보이고는 양팔을 옆으로 벌렸다.

"결과는 아시다시피…."

히데오는 어떤 표정으로 다쓰키의 이야기를 들으면 좋을지 몰라 일부러 다쓰키의 시선을 피해 가이토를 쳐다보았다. 가이토는 시종일관 미소 지은 얼굴로 다쓰키를 바라보았다. 당황한 히데오도 얼른 얼굴에 미소를 장착하고 다시 다쓰키 쪽으로 고개를 돌렸다.

"결국 투어 본선에는 한 번도 출전하지 못하고 3년이 지났어요. 조금만 더 하면 될 것 같았는데…. 겨우 한 타 차이로 본선 문턱에서 아쉽게 실패한 적이 한두 번이 아니었거든요. 그래도 약속은 약속이니까, 전 투어프로의 꿈을 접고 아버님 회사로 들어갔어요. 그 이후에는 거의 회사의 노예나 다름없어요. 처음에는 혼자 도쿄로 부임해서 원룸을 장만해서 살았지만 결국 국내는 물론 해외로도 자주 출장을 가야 해서 집은 다른 사람에게 빌려주고 호텔에서 지내고 있어요. 다행히 호텔 숙박비는 회사가 부담해 주니 저야 아쉬울 게 없죠."

"사모님과 따님이 있는 자택에는 안 가시나요?"

다쓰키는 고개를 저었다.

"최근 몇 년 동안 한 번도 간 적 없어요. 사실 별거 중인 셈이죠."

다쓰키는 커피를 마시고 미우가 있는 쪽을 슬쩍 바라보았다.

"사모님께서 그러길 바라셨나요?"

가이토가 점점 심도 있는 질문을 던졌다. 히데오는 신경을 곤두세우고 대답을 기다렸다.

"······"

다쓰키는 아무 말 없이 고개를 저었다.

"잘 모르겠어요. 골프에 전념하느라 계속 떨어져 지냈잖아요. 가족도 딸도 다 내팽개치고 골프만 했는데도 결과가 이 모양 이 꼴이라, 염치가 없어서 다시 아무 일도 없었다는 듯 돌아가기도 좀 그렇더라고요. 체면이 안 선다고나 할까요, 제가 무슨 낯짝으로 거기를 가겠어요. 와이프도 돌아오라는 말은 한마디도 안 하고, 아마 저 같은 남편은 차라리 집에 없는 게 낫다고 생각하고 있을지도 모르죠."

다쓰키는 이야기를 마치고 커피로 목을 축였다.

"편지 쓰는 데 시간이 꽤 걸리네요. 기다리시게 해서 죄송해요."

다쓰키는 미우의 모습을 확인하며 말했다. 가이토는 웃는 얼굴로 고개를 가로저었다.

"천천히 써도 괜찮아요. 기다리는 건 익숙해서요. 그것보다···."

가이토는 테이블 위에 놓인 편지로 시선을 옮겼다.

"읽어보시지 않네요? 직접 쓰신 편지?"

다쓰키가 쓴웃음을 지었다.

"어차피 타임캡슐에 넣을 편지 따위 장난으로 썼을 테고, 곧 그만둘 직장인데 저한테 다시 돌아올 리 없으니 대충 끄적였겠죠, 뭐."

"그래도 본인이 직접 쓰신 편지잖아요. 읽어보시는 게 어떨까요? 저희는 잠시 자리를 비켜드리겠습니다."

"그럼 한 번 읽어나 볼까요?"

다쓰키는 쑥스럽다는 듯이 머리를 긁적이며 편지를 집었다. 가이토는 히데오에게 눈으로 신호를 보내고 자리에서 일어나 미우가 있는 테이블로 향했다.

"어때? 잘 써지니?"

미우는 쓰고 있던 편지를 얼른 팔로 가렸다.

"부끄러우니까 보지 마세요."

"미안, 미안. 아버지가 편지 읽으실 동안만 여기 있어도 될까?"

가이토가 미소 지으며 부탁했다.

"네, 그러세요."

미우는 테이블 위에 잔뜩 늘어놓은 편지지 세트를 차곡차곡 모아 한쪽으로 정리했다. 히데오는 자리에 앉으며 다쓰키에게 눈을 돌렸다. 봉투를 열고 안에서 편지를 꺼내려던 참이었다.

"이제 곧 끝나가니 잠깐만 고개 돌리고 계세요."

미우가 해맑게 웃으며 말했다.

가이토와 히데오는 약속이라도 한 듯 둘 다 일부러 과장되게 고개를 빳빳하게 들고 천장을 바라보았다.

"이제 다 썼으려나?"

"네. 그 상태로 잠깐만 기다리세요. 자, 이제 됐어요."

미우는 다 쓴 편지지 여러 장을 양손으로 모아들고 테이블 위로 통통 내리치며 가지런히 만든 다음, 봉투에 쏙 들어가도록 세 등분해서 접었다.

"받는 사람은 제 이름을 적고, 주소는 지금 사는 곳을 쓰면 되죠?"

"응, 맞아."

미우는 가이토의 대답을 기다렸다가 봉투에 주소를 쓰기 시작했다.

"아버지를 만나러 자주 오니?"

가이토는 고개를 숙인 채 바삐 펜을 움직이고 있는 미우에게 말을 걸었다.

"아니요. 오늘 거의 1년 반 만에 만나는걸요."

미우는 태연하게 대답했다.

가이토와 히데오는 눈을 마주 보았다.

"그렇게나 오래 못 만난 거야?"

미우는 아무 대답도 하지 않았다.

"다 썼어요. 이제 됐나요?"

"응, 물론이지. 몇 년 후에 받고 싶니?"

가이토가 웃음 지으며 편지를 받았다.

"10년 후에 받을래요."

"그래. 그럼 10년 후에 배달해 줄게."

"부탁드릴게요."

"물론이지."

가이토는 미우가 준 편지를 재킷 안 주머니에 고이 집어넣었다.

"아버지도 이제 편지 다 읽으신 것 같으니 잠시 다녀올게. 미우는 잠깐 여기서 이 아저씨하고 기다리고 있을래?"

가이토는 히데오의 어깨에 손을 가볍게 얹어 미우를 부탁한다는 의향을 전하고 자리를 떠났다.

히데오가 애원하는 듯한 눈으로 가이토의 뒷모습을 바라보았지만 금방 돌아올 것 같지 않자 어쩔 수 없이 눈앞에 있는 미우를 쳐다봤다. 마찬가지로 히데오를 쳐다보던 미우와 눈이 딱 마주쳤다.

히데오는 황급히 웃는 표정을 지었지만 어색했다는 걸 본인이 더 잘 알았다.

"이름이 미우라고…. 중학교 2학년?"

"아뇨, 3학년이요."

"그렇다면 이제 곧 시험이겠네."

미우는 코를 찡긋하고 고개를 끄덕이더니 곧바로 표정이 어두워졌다.

히데오는 고심 끝에 고른 이야깃거리가 별로였다는 사실을 깨닫고 입을 다물었다. 잠시 침묵이 흘렀다. 하지만 이대로 입을 꾹 다문 채 시간이 가기만을 기다릴 수도 없는 노릇이었다. 히데오가 겨우 말을 꺼냈다.

"아저씨도 중학교 3학년에 올라가는 딸이 있어."

"와, 정말요?"

미우는 뜻밖이라는 얼굴로 히데오를 보았다. 그런데 미우보다 더 놀란 건 히데오였다. 어쩌다가 그런 말이 나왔는지 당황스러웠다.

"사이가 좋아요?"

히데오는 씁쓸히 웃으며 고개를 가로저었다.

"너랑 똑같아. 마지막으로 본 게 1년 전이야."

"그렇다면 아저씨 따님도 아저씨가 많이 보고 싶을 거예요."

"정말 그럴까?"

"그럼요. 그런데 왜 만나러 가지 않으세요?"

"좀 부끄러운 이야기인데, 실은 아내가 딸을 데리고 집을 나갔어. 그래서 내가 먼저 만나러 가기가 좀 그래."

"아무 상관 없잖아요."

미우가 거친 말투로 말했다.

"뭐?"

"상관없다고요. 만나고 싶지 않다고 한 건 부인이지 따님이 아니잖아요. 부인과는 만나지 않더라도 따님이랑은 만날 수 있잖아요. 보고 싶지 않으세요?"

히데오는 미우가 자신이 아니라 다쓰키에게, 평소에 하고 싶던 말을 털어놓고 있는 것처럼 느껴졌다. 미우도 히데오가 그렇게 생각하는 줄 알면서도 아빠에게 하고 싶던 말을 쏟아냈다.

"보고 싶지. 물론."

"그럼 만나러 가세요. 그렇지 않으면…."

미우의 눈망울이 점점 촉촉해지기 시작했다.

"아마도 따님은 내가 사랑받지 못하고 있구나, 내가 걸림돌이 되나, 나 때문에 아빠가 떠나버린 게 아닐까, 이런 생각으로 살고 있을지도 몰라요."

미우는 눈물을 펑펑 쏟으며 고개를 떨구었다.

히데오는 주머니에서 손수건을 꺼내 미우에게 내밀었다.

미우의 우는 모습에 가슴이 아려온다.

"그러네. 미우 말이 맞네. 아저씨가 꼭 연락해 볼게."

속 시원히 울고 난 미우는 마음을 차분히 가라앉히고 코를 훌쩍였다.

"죄송해요. 제가 초면에 너무 심했죠. 성함도 아직 못 물어봤어요."

"아라이라고 해."

"아라이 아저씨한테도 아저씨만의 사정이 있으실 테니 너무 무리하지는 마세요."

히데오는 견디기 힘들 만큼 마음이 아팠다. 앞에 앉아 있는 미우가 마치 히데오의 딸이 하고 싶은 이야기를 대신 말해 준 것 같았다.

'아저씨한테도 아저씨만의 사정이 있으실 테니…'라니 고작 중학교 3학년짜리 소녀의 입에서 나온 말이라고는 믿기 힘든 말이다. 그만큼 아빠와의 관계로 많이 괴로워하고 깊이 상처받았다는 뜻이다. 어린아이처럼 속마음을 다 쏟아내고 싶은 자아와 부모에게 짐이 되고 싶지 않은 자아가 공존하며 싸우고 있었다.

몇천 번, 몇만 번 자문하고 자답했음이 틀림없다.

히데오는 '미안해'라고 대신 사과라도 하고 싶은 심경이었다.

"아저씨, 이 팬케이크 드셔보셨어요?"

미우는 눈물을 닦으며 이야기 주제를 바꾸었다.

"아니, 아직."

"꼭 드셔보시는 게 좋아요. 저는 이제 배가 터질 것 같거든요. 괜찮으시면 한번 드셔보시겠어요?"

미우는 그렇게 말하고 테이블 위에 놓인 작은 접시에서 새 포크를 하나 집어 히데오에게 건넸다. 히데오는 미우의 웃는 얼굴에 차마 거절하지 못하고 포크를 받아 크림이 잔뜩 올라간 팬케이크를 한입 크게 베어 물었다.

"응. 정말 맛있네."

"제 말이 맞죠?"

미우는 웃었지만 조금 전까지 펑펑 울었던 탓에 눈과 코가 아직 빨갰다.

"고마워."

히데오는 솔직한 마음을 털어놓고 고개를 떨구었다.

미우는 고개를 좌우로 빠르게 휘저었다.

"아니에요. 정말 배가 터질 것 같아서 못 먹겠어요. 맛있게 드셔서 다행이에요."

히데오는 미우의 마음 씀씀이가 고마웠다. 히데오의 모습에서 미묘한 변화를 재빨리 알아차리고 팬케이크로 화제를 돌린 건 미우의 배려였을 것이다.

히데오는 당장에라도 울음이 터질 것 같은 마음을 가까스로 억눌렀다.

"많이 기다렸지?"

히데오와 미우가 동시에 소리가 나는 쪽으로 고개를 돌리자 가이토가 서 있었다.

"아빠는요?"

미우가 물었다.

"잠깐 화장실에 가신다고 하셨으니 곧 오실 거야."

가이토가 앉지 않고 대답했다. 히데오가 눈치를 채고 얼른 자리에서 일어났다.

"그럼 우리는 이만 가 볼게."

"아…, 네."

"아까 써 준 편지는 10년 후에 꼭 배달해 줄게. 그때까지 우리를 기억할 수 있겠니?"

"그럼요! 물론이죠."

미우는 활짝 웃으며 고개를 끄덕였다. 가이토도 환하게 웃었다.

"아빠랑 데이트 잘하렴."

미우는 작게 고개를 끄덕였다.

가이토는 모자의 차양에 가볍게 손을 얹고 천천히 미우를 향해 인사했다. 히데오도 급히 가이토를 따라 고개를 숙였다. 그렇지만 히데오가 고개를 들었을 때, 이미 가이토는 뒤돌아 카페 밖으로 나가는 중이었다.

다쓰키는 한참이 지나고 나서야 화장실에서 나왔다.

"아빠, 왜 이렇게 늦었어. 나 혼자 여기 두고 간 줄 알았잖아."

"미안, 미안. 그게 잘 안 나와서….'

"아이, 더럽게."

"이제 우리 뭐 할까? 어디 가고 싶은 곳 없어?"

"음….'

미우는 골똘히 생각에 잠겼다.

"아빠랑 골프연습장 갈래?"

"지금?"

그렇게 대답하면서도 미우의 표정은 밝았다.

"옷차림이 좀 그런데….'

"좋아. 그러면 먼저 옷부터 사러 가자."

"일부러 옷까지 사 입고 갈 필요는 없는데….'

"아니야. 운동은 옷발이지. 그래야 운동할 맛이 난다고."

미우는 한숨을 쉬긴 했지만 아주 달갑지 않은 얼굴은 아니었다.

"근처에 괜찮은 가게라도 있는 거야?"

"물론 있고말고. 중학생 소녀가 좋아하는 가게는 몰라도 골프용품

점이야 아빠가 빠삭하지.”

“그게 무슨 자랑이라고.”

“자, 그럼 결정한 거지? 가자.”

다쓰키는 주문서를 들고 자리에서 일어났다. 미우가 총총 그 뒤를 따라갔다.

***

차에 올라탄 두 사람은 아무 말이 없었다.

가이토가 히데오를 힐끔힐끔 보긴 했지만 히데오는 어두운 얼굴을 하고 조수석에서 창밖만 바라보았다.

“다음 목적지는 어디인지 물어보시지 않네요.”

“아, 그랬나요. 다음은 어디로?”

가이토가 픕하고 웃었다.

“이제 도마코마이로 가야 하니, 하네다공항으로 가시죠.”

“예, 알겠습니다.”

히데오의 무덤덤한 반응에 가이토가 대답했다.

“와, 도마코마이요? 홋카이도네요. 우리 가서 대게 먹을까요?’처럼 좀 더 뜨거운 리액션을 기대했는데 의외로 순순히 받아들이시네요.”

“아, 제가 그랬나요? 죄송합니다.”

“아까부터 계속 표정이 어두우세요. 무슨 일 있으세요?”

가이토는 해맑게 물었다.

"아까 시게타 씨의 따님이랑 이야기를 나누다 보니 제 딸 생각이 나서요."

"앗, 뭐라고요? 따님이 있으셨어요? 하긴 있다고 해도 이상한 나이는 아니지만… ."

히데오는 씁쓸하게 웃었다.

"내년에 중학교 3학년에 올라가는 딸이 있어요. 1년 반 정도 얼굴을 못 봤네요."

"그러셨군요."

"회사가 부도가 난 이후로는 거의 매일 집에도 못 들어가고 바쁘게 일했거든요. 밤낮 가리지 않고 일만 시켜준다면 무슨 일이든 닥치는 대로 했어요. 가족들과 보내는 시간이 점점 줄더니 어느 날인가 문득 정신을 차려보니 아내가 딸을 데리고 집을 떠났더라고요."

자동차는 수도고속도로로 접어들었다.

"시게타 씨의 이야기를 듣고 있자니 뭐랄까, 계속 불편한 느낌이 들었어요."

"알아요. 얼굴에 다 쓰여 있었어요."

히데오는 당황스러웠다.

"정말요?"

"네. 화도 살짝 나신 것 같던데요."

"죄송해요. 앞으로 조심하겠습니다."

"괜찮아요. 저도 아마 얼굴에 티가 났을 거예요."

가이토가 웃었다.

"회사를 경영해 본 경험 때문인지 시게타 씨의 이야기에 동정은 해도 동의는 못 하겠더라고요."

"어떤 점이요?"

"그는 아직도 투어프로가 되지 못한 걸 후회해요. 하지만 그것 말고는 보통 사람이 들으면 그저 부러울 따름인 인생을 살았어요. 부잣집 따님과 결혼했지, 좋아하는 골프에 전념할 수 있는 시간도 많았지, 골프는 뜻대로 되지 않았어도 큰 조선회사에 취직했지, 도쿄에 집도 있어서 월세가 꼬박꼬박 나오지, 회사가 돈 대주는 호텔에서 편히 지내기까지. 그저 평범하게 사는 사람이 들으면 눈물 나게 기쁘기만 한 행운이 넘치는 인생 아닙니까? 그런데 '회사의 노예'라니…."

히데오는 굳은 표정으로 하던 말을 이어갔다.

"'날 도와줘, 나 좀 어떻게 해 줘'라는 마음가짐으로 직장 생활을 하는 사람에게 직장은 자신을 노예로 다루는 곳에 불과하죠. 하지만 '내 직장을 살려야겠다, 직장을 위해 무언가를 이루고 싶다.' 하는 사람은 결코 회사의 노예가 될 수 없어요. 오히려 직장의 주인이자 영웅이죠. '회사의 노예'라는 말을 입에 달고 사는 사람은 스스로 노예가 되길 자처하며 직장에 다니는 거나 마찬가지예요. 오직 자기만을 위해 직장에 다니는 거죠. 회사로서는 짐이나 마찬가지예요, 짐."

"이야, 꽤 날카롭게 말씀하시네요."

"일반적으로 그렇다는 이야기예요. 시게타 씨가 그렇다는 게 아니라."

히데오는 살며시 목소리 톤을 낮췄다.

"이야기를 듣고 있다 보니 시게타 씨가 회사에 징징대는 소리로만 들려서 마음속에서부터 화가 부글부글 끓어올랐어요. 자신만의 세계에 갇혀버린 것을 남이 뭐라고 나무랄 수 없지, 내 알 바 아니다, 그가 문제다, 이렇게 생각하려고 했어요. 그런데…."

"그로 인해 고통을 겪는 사람이 바로 그 아이였군요."

가이토가 히데오의 말을 이었다. 히데오는 눈물을 머금고 고개를 끄덕거렸다.

"미우는 자신이 태어나서 아버지가 꿈을 단념했고, 자기 때문에 아빠가 행복하지 않다고 생각하고 있겠네요."

히데오가 가이토의 말을 듣고 대답했다.

"저도 시게타 씨를 나무랄 자격이 없어요. 딸한테 똑같은 짓을 했으니까요. 그런 사실을 뒤늦게 깨닫고, 애꿎은 시게타 씨만 세상 나쁜 사람으로 만든 죄책감도 들고…, 제가 딸에게 어떻게 하고 있는지를 마치 거울에 비춰 본 것 같아서…."

"미우, 눈물을 흘리던데요?"

"네. 딸을 꼭 만나러 가라고 제게 당부했어요. 딸이 부모에게 사랑받지 못하고 있는 게 아닐까, 내가 걸림돌이 되는 게 아닐까, 아빠가 나 때문에 떠난 게 아닐까, 이런 생각으로 지내고 있을 거라고 했어요.

마치 제 딸이 제게 하는 말처럼 들렸어요."

히데오가 고개를 푹 떨구었다. 가이토가 다정하게 말을 건넸다.

"언뜻 보기에 미우가 쓴 편지도 어머니와 아버지 이야기 같았어요. 시게타 씨에게 말하고 싶은 이야기였겠죠? 아마 시게타 씨도 다시 일어설 기회 혹은 생각을 바꿀 계기를 열심히 찾는 중일 거예요."

"그럴까요…?"

"그랬으면 좋겠어요. 저는 그렇게 믿을래요. 오늘 일이 꼭 그 계기가 되기를요."

"저도요."

"남 얘기처럼 듣고 계시지만, 아라이 씨에게도 꼭 드리고 싶은 말씀이기도 해요. 잘 들으셨죠?"

"……"

"미우 말이 맞아요. 1년 반이나 못 봤으니까 연락 한번 해 보시는 게 어떠세요?"

"네, 저도 그러려고 생각 중이에요. 이야기를 나누다 보니 지금까지 연락을 왜 못 했는지 알았어요. 부끄러운 얘기지만 용기가 나질 않고 무서워서 피하기만 했어요. 만나고 싶지 않다고 하면 어떻게 하나, 날 용서하지 않으면 어쩌나, 저 자신만 생각했어요. 그런데 미우를 만나고 나서 깨달았어요. 딸이 저보다 훨씬 많이 상처받았다는 걸요. 그래서 날 거부해도 괜찮으니 너를 많이 사랑하고, 네가 있어서 내가 힘낼 수 있다고 말해주고 싶은 마음이 생겼어요."

"어쩌면 오늘의 이 만남으로 인생이 바뀐 건 시게타 씨가 아니라 아라이 씨였는지도 모르겠네요."

자동차는 하네다공항을 향해 달리고 있었다. 도로 정체도 거의 없었다. 이대로라면 20분 후면 공항에 도착한다.

"자, 그러려면 얼른 일을 끝내버릴까요? 이제 남은 기간은 12일, 편지는 세 통입니다."

"옙."

가이토의 미소에 이끌려 히데오의 얼굴에도 저절로 미소가 피어났다.

고작 이틀 같이 있었을 뿐인데 히데오는 가이토가 존경스러웠다.

히데오보다 스무 살이 훨씬 넘게 나이가 어린 청년임에도 의젓하다.

어디 하나 모난 구석이 없고 누구라도 좋아할 만한 타입이다. 일도 잘하고 재치가 넘친다. 이렇게까지 능력이 빼어나면 콧대가 높아질 법도 한데 그런 면은 조금도 없다. 신입사원 히데오를 대할 때도 어른에 대한 예의를 지킬 줄 알며 능숙하게 일을 알려준다. 가이토의 웃는 얼굴은 보는 사람의 마음마저 가볍고 따스하게 만든다.

어떻게 하면 이런 훌륭한 청년으로 키워낼 수 있는지 자꾸 경영자의 시점에서 바라보는 자신을 발견한다. 히데오가 회사를 경영할 때 가장 고심했던 분야가 인재 육성이었다. 눈앞에 있는 요시카와 가이토와 같은 사원을 길러내려 했지만, 번번이 실패했다.

"왜 그러세요?"

히데오의 시선을 느끼고 가이토가 말을 걸었다.

"아니요, 아무것도 아녜요. 그건 그렇고 지금부터 도마코마이라 면, 홋카이도라고요? 정말요? 이 일은 진짜 예측 금물, 상상 불가한 나날의 연속이네요."

가이토가 소리 높여 웃었다.

"아라이 씨, 반응이 진짜 느리세요."

모리카와 사쿠라
@홋카이도 도마코마이

"혼다, 그거만 마무리하고 퇴근해요."

점장 안도가 말했다.

"네, 알겠습니다."

혼다 사쿠라는 업소용 식기세척기 안에 빼곡하게 늘어선 깔끔해진 식기를 선반에 차곡차곡 정리하며 대답했다.

식기 정리를 마치고 탈의실로 간 사쿠라는 머리에 두르고 있던 수건을 벗었다. 땀에 젖은 머리가 이마에 착 달라붙어 있었다.

라면 가게 아르바이트 일에는 제법 적응이 되었건만 옷과 피부에 밴 돼지뼈 육수의 냄새만은 도저히 견디기가 힘들다. 아르바이트를 마친 사쿠라는 항상 집에 들어가기가 무섭게 욕실로 직행한다.

옷을 갈아입고 가게 밖으로 나오자 좌우로 정신없이 거세게 몰아치는 눈바람이 얼굴을 마구 때린다.

도마코마이에서 맞이하는 첫 겨울이다.

아직 12월인데 이렇게 추위가 매섭다니 2월에는 대체 얼마나 더 추워지려나, 생각하기조차 두려웠다.

서둘러 주차장에 세워 둔 노란 자동차로 달려가 안에 올라탔다. 그런데 차는 아무리 시동을 걸어도 드드득 둔탁한 기계음만 내다가 급기야 아무 반응도 없어졌다.

"아, 제발 꿈이라고 해 줘."

당황한 사쿠라가 점장이나 다른 누군가에게 도움을 요청해야겠다고 결심한 순간, 창문 옆에서 인기척을 느꼈다.

창문 밖에서 새하얀 슈트를 입고 하얀 중절모를 쓴 젊은 남자가 온화한 얼굴로 차를 들여다보고 있었다. 그 뒤로 똑같은 복장을 한 중년 남자가 한 명 더 서 있었다.

***

"이 가게네요."

가이토는 신치토세 공항에서 빌린 차를 라면 가게 주차장에 세웠다. 공항을 막 나왔을 무렵부터 먹구름이 낮게 깔리고 잔뜩 찌푸린 하늘에서 눈이 내리기 시작했다. 바다에서 불어오는 세찬 바람에 눈이 사방으로 흩날렸다.

"오사카에서 시마 아스카 씨를 만날 때처럼 아르바이트가 끝날 때까지 여기서 기다리나요?"

"네. 그렇죠. 다행히 여기는 주차장도 널찍하고 차도 여러 대 있으니 계속 있어도 괜찮겠어요."

"가게가 훤히 보이는 곳에 멀찍이 세우면 가게 앞에 주차한 다른 차들 때문에 사각지대가 생길 텐데 어디가 좋을까요?"

가이토는 히데오의 말에 아무 말도 하지 않고 주차장 전체를 빙 둘러보더니 어딘가를 가리키며 말했다.

"저기로 하죠."

"저기는 가게 뒤잖아요, 가게 안이 하나도 안 보이는데…."

"저 뒷문으로 퇴근할 거예요. 보세요, 저기 저 자동차. 저 차 번호판만 지역명이 고베잖아요."

히데오는 가이토가 손가락으로 가리킨 방향에 서 있는 노란 경차를 보았다.

"아, 그러네요."

"저 차일 거예요. 모리카와 사쿠라 씨는 여기로 이사 오기 전에 고베에 살았다고 했거든요."

히데오는 가이토의 관찰력에 새삼 놀랐다.

가이토는 고베 번호판이 붙은 노란 차가 대각선으로 마주 보이는 자리에 차를 세웠다. 이 위치라면 자동차 운전석과 가게 뒷문이 막힘없이 잘 보인다.

"나오면 바로 전달할 건가요?"

히데오의 질문에 가이토는 조금 시원찮은 표정을 지었다.

"음, 고민 중이에요."

"왜요?"

"배달곤란자 중에는 특별히 주의가 필요한 인물이 있어요. 오늘 만날 모리카와 사쿠라 씨처럼요."

가이토는 파일 표지를 히데오에게 내보였다. '요주의'라는 빨간 도장이 또렷하게 찍혀 있다.

"이유가 뭘까요?"

"그때그때 달라서 뭐라 단정할 수는 없는데, 모리카와 씨의 경우는 거주지를 찾아내기 어려웠던 이유가 본인의 의지였을 가능성이 커요. 자신의 거처를 알리고 싶지 않은 거죠."

"야반도주 같은 건가요?"

"그건 아닌 것 같아요."

가이토가 자료를 넘기며 대답했다.

"자세한 사정은 몰라도 여하튼 사쿠라 씨는 스스로 행방을 감추고 이제까지 친분이 있던 사람들과도 일부러 연락을 끊고 지내요. 조사부는 그런 경우까지 철저히 조사해서 어떻게든 거처를 알아내죠. 그런데 우리가 갑자기 나타나서 편지만 건네고 홀연히 사라지면 당사자는 두려움에 떨게 돼요. 아무에게도 행방을 알린 적이 없는데 어떻게 알고 찾아왔을까 불안해하면서요. 우리야 편지를 전해주기만 하면 그만이지만 상대는 또다시 겁에 질린 삶을 살아야 할지도 몰라요."

"하긴 그렇겠네요."

"이 일을 하다 보면 적잖이 그런 사람들을 만나요."

"편지를 받는다고 모두가 다 행복해지는 건 아니군요."

가이토는 허탈한 웃음을 지으며 고개를 끄덕였다.

히데오는 오사카와 도쿄에서 편지의 주인과 만나면서 비록 장거리 이동이 힘들긴 해도 감동의 여운이 남는 이 일이 만족스러웠다. 그 이유가 이 일의 좋은 면만을 봤기 때문이라 생각하니 갑자기 온몸에 긴장감이 몰려왔다.

"싫어하지 않을지도 모르니 일단 가서 분위기를 살펴보죠."

가이토는 긍정적으로 생각하며 말했다.

"무슨 좋은 방법이라도…?"

가이토는 히데오의 대답이 끝나기도 전에 고개를 가로저었다.

"정답은 없어요. 그때그때 상황에 맞게 최선을 다할 뿐이죠."

조심스럽고 민감한 업무임에도 가이토는 늘 침착했다.

"그건 그렇고 조사부는 정말 대단하네요. 대체 어떻게 다 알아내는 걸까요?"

가이토가 검지손가락을 입에 갖다 대며 히데오의 말을 끊었다.

"저기 나왔어요."

가이토가 턱을 치켜올려 가게 뒷문을 가리켰다.

가게에서 나온 사쿠라는 서둘러 자동차가 있는 곳으로 달려가 운전석에 앉았다. 가이토는 노란 차가 움직이면 바로 뒤쫓아가려고 자동차 기어를 D로 바꿨지만, 사쿠라의 자동차는 꼼짝도 하지 않았다. 가이토는 다시 기어를 P에 놓고 주차 브레이크를 걸었다.

"시동이 안 걸리나 봐요. 지금 가 보죠."

"네? 네."

가이토를 따라 히데오도 후다닥 차에서 내렸다.

거센 바람이 급격하게 체온을 떨어트렸다. 체감온도는 이미 영하이다. 매서운 추위에 등과 어깨가 저절로 움츠러들지만 가이토는 마치 봄기운이 완연한 햇살 아래를 걷는 듯 꼿꼿한 자세로 성큼성큼 사쿠라의 자동차로 다가갔다.

가이토가 다가온 것을 알아차린 사쿠라가 창문을 살짝 내리려다가 버튼이 제대로 작동하지 않자 하는 수 없이 차 문을 살짝 열었다.

"시동이 안 걸리세요?"

"네, 그런 것 같아요."

사쿠라는 당황한 낯빛이었다.

"다시 한번 시동을 걸어보시겠어요?"

사쿠라는 가이토가 말한 대로 열쇠를 돌려보았지만 차는 아무 반응도 없었다.

"배터리 문제 같아요."

"배터리 문제라면 어떻게 하면 좋을까요?"

어쩔 줄 몰라 하는 사쿠라에게 가이토가 다정하게 말했다.

"괜찮아요. 제가 한번 해봐도 될까요?"

사쿠라는 잠깐 가게를 향해 시선을 옮겼다가 아직 영업 중인 시간에 점장에게 부탁하기보다는 여기 있는 하얀 정장의 젊은이에게 부탁하는 편이 조금 더 마음이 편할 거라 결론지었다.

'나쁜 사람처럼 보이지 않으니까', 가이토에 대한 사쿠라의 첫인상이었다.

"괜찮으시겠어요?"

사쿠라는 조심스레 물었다.

"저희는 요코하마에서 왔어요. 저 차를 타고 왔죠. 렌터카에요."

사쿠라는 자동차의 번호판에 쓰인 글자로 렌터카임을 확인했다.(* 우리나라의 렌터카가 '하, 허, 호' 번호판을 사용하듯이 일본의 렌터카는 '와わ, 레れ' 번호판을 사용한다. -역주)

"여기로 오는 길에 카센터를 보았어요. 제 동료가 저 차로 거기 가서 점프케이블을 빌려올게요. 그런 다음, 이 차와 저 차의 배터리를 연결해서 시동을 걸어보죠. 어떠세요?"

차분한 가이토의 설명을 들은 사쿠라는 이제야 겨우 마음이 놓이는지 "그렇게 해 주시겠어요?" 하고 대답했다.

둘의 대화를 듣고 있던 히데오가 가이토의 등 뒤에서

"그럼 얼른 다녀올게요."

하고 시동이 걸린 차로 돌아가 운전석에 올랐다.

"무슨 얘기를 어떻게 시작하는지 듣고 싶었는데…."

히데오는 이렇게 중얼거리고는 자동차를 움직였다.

"조금만 기다리세요."

가이토는 밖에 그대로 서서 자동차가 떠난 방향을 보았다. 어지러이

흩날리며 내리는 세찬 눈이 가이토에게 부딪히더니 또다시 바람에 실려 날아갔다.

눈바람이 거센데 달랑 양복 한 벌만 입고 밖에 있으면 얼마나 추울까, 시동이 꺼진 차 안도 이리 꽁꽁 얼어버릴 만큼 추운데 밖은 더 춥겠지, 사쿠라의 예상을 뛰어넘는 매서운 추위였다.

"저기, 춥지 않으세요?"

사쿠라의 물음에 가이토는 그저 웃을 뿐이었다. 사쿠라가 망설이며 말을 건넸다.

"안에서 기다리시겠어요?"

사쿠라의 말에 가이토가 활짝 웃으며 얼른 조수석으로 달려가 차 안으로 올라탔다.

"휴, 정말 고맙습니다. 진짜 추워서 죽을 뻔했거든요."

가이토가 벌벌 떨며 말했다. 그 모습을 본 사쿠라는 '가게 안에서'라고 다시 말하려던 걸 포기했다.

"괜찮아요. 금방 올 거예요. 10분이면 올 테니 너무 걱정하지 마세요."

사쿠라의 불안을 덜어주기 위해 가이토가 말했다. 사쿠라는 빼꼼히 열어두었던 운전석 문을 조심히 닫았다.

"저희는 일 때문에 여기 왔는데요. 혹시 괜찮으시면 제 동료가 올 때까지 제 업무에 관한 이야기 좀 들어주시겠어요?"

"네? 네⋯, 그러죠."

사쿠라가 흠칫 경계하는 눈치를 보였다.

"감사합니다. 저는 이런 사람이에요."

가이토가 정중하게 고개를 숙여 인사하고 명함을 내밀었다.

"주식회사 타임캡슐⋯, 깃카와 씨?"(*일본의 한자는 읽는 방법이 여러 가지라 혼동하기 쉽다. 특히 성이나 이름의 경우에는 예외가 더 많다.-역주)

"다른 분들도 자주 한자 읽기를 헷갈리세요. 요시카와라고 합니다."

가이토가 웃으며 말했다.

"어머, 죄송해요. 요시카와 씨."

사쿠라가 곧바로 예의 바르게 이름을 고쳐 불렀다.

"어떤 일을 하시나요? 주식회사 타임캡슐에서는."

행여 말이 끊기기라도 할까 염려한 사쿠라가 먼저 물었다.

"우리 회사에서는 고객이 미래의 자신에게 쓴 편지를 맡았다가 5년 후나 10년 후, 지정하신 시기에 편지를 다시 보내 드려요. 저와 아까 보신 제 동료는 그 편지를 배달하는 일을 해요."

가이토는 사쿠라의 표정을 찬찬히 읽어가며 최대한 부드러운 표정으로 대답했다.

"우체국을 이용하시지 않나요?"

"기본적으로는 우체국을 이용하지만, 편지를 쓰고 한참 시간이 지난 뒤라 편지에 적은 주소에 고객이 살지 않는 경우가 있어요. 그럴 때는 이사한 곳을 알아내서 다시 보내지만 그렇게 해도 편지를 전할 수 없을 때는 저희가 직접 배달하고 있어요."

"그렇군요."

사쿠라는 상대방에게 실례가 되지 않도록 호의적인 대꾸를 적절히 섞어가며 가이토의 이야기를 들었다. 가이토는 입을 다물고 싱글벙글 웃으며 사쿠라의 얼굴을 바라보기만 했다. 사쿠라의 마음이 점점 술렁거리기 시작했다.

히데오가 그 미묘한 변화를 알아차리기라도 한 듯,

"네, 그래요. 오늘 저희는 그 일로 당신을 만나러 왔어요."

라고 말하며 재킷 안 주머니에서 편지를 꺼냈다. 사쿠라는 운전석에서 뒤로 멀찍이 몸을 빼고 의심 가득한 눈초리로 가이토와 편지를 번갈아 바라보았다.

"지금부터 10년 전, 중학교 졸업 기념으로 10년 후의 자신에게 편지를 썼던 걸 기억하시나요?"

사쿠라는 필사적으로 뒤엉킨 머릿속을 정리하려고 애썼다. 지금 눈앞에서 일어나고 있는 일이 소름 끼쳐 호흡이 가빠졌다.

"기억은 안 나지만 그건 제 글씨가 맞으니 제가 쓴 편지가 맞겠죠. 그런데 제가 여기 있는 걸 어떻게 아셨죠?"

사쿠라의 목소리에 분노가 묻어났다.

"어떻게 아는지는 모릅니다. 회사에서 찾아냈어요. 고객님이 어디에 계시든 반드시 찾아 편지를 전달하는 게 우리 회사의 좌우명이니까요."

"그렇다면 찾고자 하는 마음만 먹으면 간단히 찾을 수 있다는 말씀이시네요."

사쿠라가 잔뜩 맥이 빠진 목소리로 말했다.

"아니요. 실제로 그리 간단하지는… 않다고 합니다."

사쿠라는 가이토의 말을 가로막기라도 하듯 가이토의 손에서 편지를 빼앗아 봉투를 거침없이 뜯기 시작했다.

"자리를 피해드릴까요?"

가이토가 당황해하며 물었다.

"아니요. 그러실 필요 없어요."

사쿠라가 무미건조한 목소리로 말했다. 사쿠라는 봉투 안에서 편지지를 끄집어내 조금도 망설이지 않고 펼쳤다.

내용은 몰라도 아주 정성껏 쓴 편지라는 게 느껴지는 글씨였다. 가이토는 얼굴을 반대 방향으로 돌리고 창 너머로 마구 흩날리는 눈발을 조용히 바라보며 히데오가 돌아오기를 기다렸다.

10년 후의 나에게

안녕하세요?

즐겁기만 했던 미나미중학교도 이제 곧 졸업이에요.

전 이 학교가 정말 좋고 친구들도 정말 좋은 친구들뿐이라 이 학교에서 보낸 하루하루가 보물처럼 소중한 추억으로 가득합니다. 이제 머지않아 졸업이라는 사실이 아쉽기만 해요. 10년이 지나도 나는 나일 테니 지금의 내 기분을 잘 알 거라 믿어요.

그래도 어쩌면 10년이 지나고 나면 중학교 시절의 기억을 모두 잊었을지도 모르겠네요. 10년이 지나도 이 학교에서 보낸 시간이 오래오래 값진 보물로 남기를 바라며 이 편지를 씁니다.

고민 끝에 오사카에 있는 사립고등학교에 진학하기로 했어요.

왜 그렇게 정했는지는 알죠? 그 결정이 좋은 결정이었는지 나쁜 결정이었는지는 이 편지를 읽고 있을 나는 이미 잘 알겠네요. '그러길 잘했어'라는 말을 들을 수 있도록 앞으로의 10년을 유익하게 보내려고 해요.

전 아직 아무한테도 말하지 않은 꿈이 있어요.

이 꿈도 아마 알고 있겠죠? 국제선 승무원이 되는 꿈이에요.

그 꿈을 이루기 위해 다른 친구들이 놀 때도 열심히 공부했고 다른 사람들보다 훨씬 많이 영어 공부도 했답니다.

친구들에게 "모리카와, 뭘 그렇게 열심히 해?"라고 놀림당할 때도 있었지만, 누가 뭐라고 해도 꼭 승무원이 될 거라 다짐하며 노력했어요.

하지만 아무에게도 제 꿈을 밝히지는 않았어요. 물론 부모님께도요.

우리 반 학생 중 유일하게 세리자와만이 모든 친구 앞에서 장래 희망을 떳떳하게 밝혔어요. "난 스타가 될 거야!" 하고 말이에요. 그럴 때마다 친구들이 깔깔 웃어요. 저도 같이 웃었죠.

"네가 무슨 스타가 되냐?"

"네가 스타면 나는 빅스타다."

친구들이 아무리 놀려대도 세리자와는 "어디 계속 놀려 봐라."하며 더 큰소리를 쳐요. 저도 친구들이랑 같이 웃으며 그 모습을 지켜봤지만, 마음속으로는 사실 그런 세리자와가 부럽고 존경스러워요. 세리자와는 정말 대단해요.

전 그런 용기가 없어요. 처음에는 '넌 안돼'라는 소리를 들을까 봐 겁이 났어요. 그런데 실은 '승무원이 되지 못하면 창피해서 어쩌지'라는 마음이 더 컸다는 걸 최근에야 깨달았어요.

그런 나약한 자신에게 지고 싶지 않아요.

요즘 그런 생각이 들어 이 편지에 써 두려고 해요.

"난 이다음에 커서 꼭 국제선 승무원이 될 거야."

꿈을 이루기 위해 앞으로 더 열심히 노력할게요. 10년 후의 제가 '승무원이 됐단다' 하고 말하며 이 편지를 웃는 얼굴로 읽을 수 있기를 고대합니다.

그럼 10년 후에 만나요.

모리카와 사쿠라가 모리카와 사쿠라에게

사쿠라는 깊은 한숨을 내쉬며 편지를 덮었다.

"이런 편지….."

이어갈 말을 찾지 못한 채 편지지를 봉투 안에 그대로 집어넣었다. 그리고 나지막한 목소리로 가이토에게 물었다.

"받고 기뻐하는 사람이 있기는 하나요?"

"50:50입니다."

가이토는 온화한 미소를 지으며 대답했다.

"그래도 대부분이 편지를 받을 당시에는 기쁘지 않았어도 나중엔 그 편지를 전해줘서 고마웠다고 말씀하세요."

사쿠라는 마지못해 웃었다.

"이 편지를 계기로 새로운 인생을 살라는 말이네요."

"글쎄요. 사람마다 편지 내용이 다르니 해석도 제각각이지 않을까요?"

"그래도 뻔하잖아요. 이 편지를 계기로 오래전에 품었던 꿈이나, 잊고 지낸 열정을 떠올리고 지금 이대로는 가망이 없으니 새로운 각오로 다시 인생을 살라는 거잖아요. 그럼 언젠가 누군가에게는 행복한 날이 찾아올 거고, 그런 다음 과거의 어느 날, 그 편지를 받지 않았다면 행복해지지 못했을 거라고 말하겠죠. 그런 날이 미래에 언젠가 꼭 찾아올 거라 믿으니 편지를 전해줘서 고마웠다고 하는 거죠."

"물론 그런 분도 계시지만….."

가이토의 말이 채 끝나기도 전에 사쿠라가 딱 잘라 말했다.

"저에게 그런 날은 없을 거예요."

가이토는 아무 말 없이 전방만 주시했다. 사쿠라도 운전석에 앉아 앞만 바라보았다. 자동차 앞 유리가 뿌옇게 흐렸고 밖에서는 여전히 바다에서 불어오는 거친 바람이 눈을 실어 날랐다. 어느새 라면 가게 앞 도로에 서서히 정체가 시작되고 있었다.

얼마 후 사쿠라가 코를 훌쩍이는 소리가 들렸다.

"저, 지금은 볼품없어도 중학교 3학년 때는 학생회장도 했어요. 우등생이고 공부도 제법 잘했어요."

"그러셨군요."

가이토는 조용히 맞장구를 쳤다.

"국제선 비즈니스클래스, 퍼스트클래스를 담당하는 승무원이 꿈이라 영어 공부도 죽기 살기로 했죠. 그런데 보시다시피 아직 25살인데 기혼에다가 라면 가게 아르바이트나 하고 있다고요."

사쿠라의 뺨에 눈물이 흘렀다.

"그 시절엔 자신감이 넘쳐서 뭐든 될 수 있을 거라고 믿었어요. 그 때의 저에게는 미안하지만, 이제 두 번 다시 그런 자신감은 가질 수 없어요. 지금은…, 이 세상에서 제일 자신을 못 믿을뿐더러, 행복해질 자격 따위 제겐 없어요."

"행복해질 자격이 없는 사람이라니요, 그런 사람은 이 세상에 없어요."

가이토가 부드러우면서도 단호한 말투로 대답했다.

"혹시 사쿠라 씨는 본인 잘못으로 불행해진 사람이 있다고 믿으시나요? 그 죄책감 때문에 자신은 행복해질 자격이 없다고 말씀하신 건가요?"

사쿠라는 모든 사정을 알 리 없는 가이토가 자신의 마음을 꿰뚫어 본 듯한 느낌에 깜짝 놀라 입을 다물지 못하고 그 자리에서 그만 굳어 버렸다.

"그렇지만, 정말…, 저 때문에….'"

"무슨 일이 있었는지 모르지만, 당신의 탓이 아니라고는 말할 수 없어요. 하지만 당신만의 잘못이 아니에요. 세상 사람은 누구나 다른 누군가에게 피해를 주기도 하고 때로는 고통을 주고 살아요. 그 아픔을 떠안고 하루하루 앞으로 나아가는 거죠. 그렇기에 다른 사람을 배려할 수 있는 거예요."

"저는 배려한 적 없어요."

"그렇지 않아요. 모리카와 씨가 자신을 못 믿게 된 건 전에는 아무에게도 불편을 주지 않고 살아갈 수 있다고 자신했기 때문이 아닌가요? 거짓말도 한 적 없고 사람들이 싫어하는 행동은 절대로 하지 않았죠. 그렇게 살아갈 자신이 있었어요. 다른 사람에게 피해를 주거나 거짓말을 하는 사람, 다른 사람이 꺼리는 행동을 일삼는 사람을 용납할 수 없었죠. 그랬는데 막상 자신이 다른 사람에게 피해를 주고 거짓말을 하고 타인이 꺼리는 행동을 하고 있다는 사실을 자각했어요. 그래서 스스로를 경멸하게 된 거예요. 용납할 수 없던 부류의 사람들과 자신이 결국 똑같아졌다는 사실을 깨닫고, 이 세상에서 가장 신뢰할 수 없는 사람이 바로 자신이라고 생각하게 된 거 아닌가요?"

사쿠라는 놀란 눈으로 가이토를 보았다. 동그랗게 뜬 눈에 울분이 섞여 있다.

"제 뒷조사라도 하신 건가요?"

가이토가 고개를 저었다.

"약간은…, 하지만 모리카와 씨의 마음을 읽을 수 있던 이유는 딱 하나입니다."

"……"

사쿠라는 아무 대답 없이 가이토를 그저 바라볼 뿐이었다.

"모두 마찬가지예요."

"모두 마찬가지라고요?"

"그래요. 사람은 다 똑같아요. 자신을 믿지 못하는 사람은 대개 주변에 피해를 주거나 남에게 고통을 주는 사람을 용서할 수 없어요. 그러다 그 사람들보다 자신이 더 다른 사람을 고통스럽게 하고 피해를 주며 살아간다는 사실을 깨닫게 되면 몹시 괴로워하죠. 그런 이유로 괴로워하는 건 세상에 나 뿐이라는 착각에 빠지면 이상한 종교에 홀라당 넘어가기 쉬워요."

가이토가 농담을 뒤섞어 말했다.

"괴로워할 필요 없어요. 그건 모리카와 씨가 전보다 훨씬 더 많은 사람을 깊이 이해할 수 있는 자질을 갖추었다는 증거잖아요. 그게 바로 배려지 뭐가 배려겠어요?"

사쿠라는 눈을 더 크게 뜨고 가이토를 쳐다보았다.

"대체 나에 대해서 어디까지 알고 있는 거예요?"

"이 라면 가게에서 일하시고, 결혼하신 후에 성함이 혼다 사쿠라로 바뀌었다는 것, 그리고… ."

가이토는 잠시 호흡을 멈추었다.

"사랑하는 사람과 함께 살던 곳을 떠나 홋카이도로 오신 것"

사쿠라는 고개를 숙인 채 자기 자신을 비웃는 듯한 미소를 지었다.

"요즘 같은 시대에 사랑의 도피라니 한심하죠? 남편은 제 고등학교 동창이에요. 고등학교를 졸업하기 직전에 사귀기 시작했어요. 그 사람은 의대로 진학했고 저는 다른 대학 영문과에 들어갔어요. 그러다 그의 장래 희망이 의사가 아닌 낙농업으로 바뀌었어요. 제가 먼저 동아리로 승마클럽에 들어갔다가 그도 같이 말을 타기 시작했는데 결국 그길로 동물과 더불어 사는 삶에 발을 들여놓게 된 거죠. 그의 부모님은 화가 많이 나셨어요. 그가 아버지의 병원을 물려받을 거라 철석같이 믿고 계셨는데, 아들이 여자를 잘못 만나 공부를 등한시하더니 결국 의사라는 꿈도 포기하고 다른 길을 걷겠다고 한다며, 전부 제 탓이라며 교제를 강하게 반대하셨어요. 어른들이 반대한다고 순순히 헤어지는 연인이 얼마나 있겠어요? 저희는 양쪽 부모님 몰래 계속 사귀기로 했어요. 비밀 연애는 많고 많은 거짓말을 낳았어요. 물론 처음에는 사소한 거짓말이었죠. 좋아하는 사람과 같이 있으려고 부모님을 속이는 거짓말. 양심의 가책은 없었어요. 대학 친구들이랑 모임이 있다, 연구 세미나로 밤을 새운다 등등. 그런데 완벽한 거짓말을 위해서는 더 큰 거짓말이 필요했어요. 어느새 저희는 매일매일을 거짓말로 도배한 인생을 살고 있었어요. 정신을 차려보니 아무렇지 않게 거짓말을 입에 담고 살고 있더군요. 그런 사실이 저희 둘에게 엄청난 스트레스였어요. 그도 저처럼 중고등학교에서 모범생이었거든요. 그런 우리가 어느새 아무렇지 않게 거짓말을 내뱉는 인간으로 변해있던 거예요. 그 사실을 깨달은 저희는 크게 상처받고 낙심했어요. 요시카와 씨의 말씀이 맞아요. 저는 뻔뻔하게 거짓말을 달고 사는 사람이 싫었어요. 그런 사람을 무시했고 입만 열면 그런 사람을 질책했어요. 제가 그런 사람이 될 줄도 모르고 말이죠. 정작 거짓말쟁이는 저였다는 사실을 알고 점점 소심해져 갔어요. 그 스트레스가 결국 저희 사이를 갈라놓더라고요. 사랑이 식어서가 아니라 서로의 마음에 쌓여가는 죄책감을 견디지 못하고 결국 우리는 헤어졌어요. 그 후에 그는 부모님이 소개해 준 다른 여성과 교제를 시작했어요. 전 그때 이미 국제선 승무원이 되겠다는 꿈을 포기한 상태였어요. 그와 같이 있을 수만 있다면 다른 건 아무래도 상관없었어요. 그게 저의 가장 큰 꿈이었어요. 그가 원하는 낙농업을 도우며 오래 함께 있고 싶었어요. 그와 헤어졌을 때 대학교 4학년이던 저는 입사 예정이던 회사를 포기하고 다시 전문대에 입학해서 승무원 공부를 시작하기로 다짐했어요. 그렇게라도 하지 않으면 그를 잊을 수 없을 것 같았거든요. 그렇게 다시 새로운 인생을 위해 재출발하고 반년이 좀 지난 크리스마스이브였어요. 집에 가니 그가 절 기다리고 있었어요. 같이 살자고 하더군요. '부모님도 고향도

다 떠나 너랑 가축을 돌보며 살고 싶어. 같이 갈래?'라고 말했어요. 저는 그 사람과 함께라면 어디든 상관없었어요. 그와 같이 있을 수만 있다면 제 모든 걸 버릴 수 있고, 그 사람만 옆에 있으면 어떤 일이든 헤쳐 나갈 수 있다고 믿었어요. 그래서 그 제안을 수락했어요."

사쿠라는 그날을 떠올리는 아련한 눈빛으로 자동차 앞 유리 너머의 흐린 하늘을 올려다보았다.

"그날부터 일주일이 지나고 12월의 마지막 날, 우리는 오사카를 떠났어요."

사쿠라는 자신을 경멸하듯 웃었다.

"드라마 마지막 장면 같죠? 그날 그 분위기에 흠뻑 빠졌었나 봐요. 드라마와는 달리 현실은 해피엔드가 아니었어요. 끝이 아니라 시작이었죠. 그다음부터는 계속 현실과의 싸움이에요. 드라마의 주인공처럼 심장이 쫄깃하고 가슴이 두근거린 건 오사카를 떠나 홋카이도에 도착하기까지, 딱 그때까지가 전부였어요. 홋카이도로 오면서 그가 저를 찾아오기까지 있었던 일, 그의 집에서 일어난 일에 대해 들었어요. 결혼을 전제로 사귄 여자친구가 있었고 결혼식 날짜도 예식장도 이미 다 정해서 청첩장까지 돌렸다는 사실요. 결혼식을 올릴 예정이던 날 바로 사흘 전이 집 앞에서 절 기다리던 날이라고 했어요. 그의 얘기를 들을수록 제가 그 여자의 행복을 짓밟았다는 생각이 머리에서 떠나지 않았어요."

사쿠라는 말문이 막혔다.

"괴로운 나날이 시작된 건 바로 그날부터였어요. 소소한 일로 기뻐하는 저를 막아서는 또 다른 제가 제 안에 있어요. 단 한 번도 만난 적이 없는, 심지어 얼굴도 모르는, 그와 결혼을 약속했던 그 여자가 고통받는 모습이 떠올라 자꾸 제가 행복해지면 안 된다는 생각이 들었어요. 저도 이 지경인데 그 사람은 아마 저보다 훨씬 더 괴로웠을 거예요. 그 사람이 저보다 훨씬 더 본인은 결코 행복해져서는 안 된다고 믿고 있어요. 여기 오고 나서 그 사람은 웃을 때조차 슬퍼 보여요. 주변 사람 모두를 밝게 만들 만큼 태양처럼 환하게 웃던 그는 이제 제 곁에 없어요. 저랑 같이 있어서 그런 거예요. 제가 그 사람을 그렇게 만들었어요."

"유령이에요."

가이토는 끝날 기미를 보이지 않는 사쿠라의 호소를 멈추려고 말을 던졌다.

사쿠라는 하던 이야기를 멈추고 가이토를 바라보았다. 호흡을 가다듬고 가이토의 말을 받아냈다.

"유령…이라고요?"

가이토는 웃으며 끄덕였다.

"인간의 뇌는 매우 우수해요. 다른 동물에게는 없는 능력이 있어요. 그중 하나는 자신이 쌓은 경험과 지식을 결합해 이 세상에 없던 새로운 것을 창조하는 힘이에요."

가이토의 이야기는 그때까지 사쿠라가 하던 이야기와는 전혀 다른 엉뚱한 주제였다. 어쩌면 화제를 바꾸려는 시도일지 모른다. 사쿠라는 잠자코 가이토의 말에 귀를 기울였다.

"예를 들면 원숭이는 학습 능력이 매우 뛰어나다고 알려져 있죠. 직접 경험한 건 기억하고 반복할 수 있지만 경험하지 않은 걸 상상해서 새롭게 만들어내지는 못해요. 본능과 경험으로 살아가는 거죠. 하지만 인간은 본능과 경험을 넘어서 상상력을 발휘하며 살아요. 오직 인간만이 그런 능력이 있어요. 경험으로 학습한 것 그 이상을 머릿속에서 만들 수 있으니까요. 오로지 경험을 통해서만 학습하는 동물과는 차원이 다르죠. 정말 놀랍죠? 경험도 하지 않고 생각만으로 뚝딱 뚝딱 해결할 수 있다니…. 과학도 기술도 더 발전하겠죠. 그 덕에 우리 사회에서도 과학이 점점 더 진화해 왔고요. 그런데 그에 비해 발전이 좀 더디다는 생각 안 드세요?"

"더디다고요?"

사쿠라는 그런 생각을 해 본 적이 없었다.

"일본을 예로 들면 조몬시대가 거의 만년쯤 계속됐다고 하죠. 그 사이에 생활양식은 하나도 변하지 않았어요. 그렇게 시간을 오래 거슬러 올라갈 필요 없이 에도시대만 해도 약 260년쯤 이어졌어요. 서양 여러 나라들이 증기기관 등을 발명하면서 점점 진보했는데 일본의 생활양식은 그동안 거의 변하지 않았어요. 인간에게는 누적된 경험을 종합해서 세상에 없는 새로운 걸 만들어내는 능력이 있었는데도 그 260년간이나 생활양식이 변하지 않았다는 사실은 일본인이 새로운 걸 만들어내는 힘이 약했기 때문일까요?"

사쿠라는 오랜만에 삶의 현장에서 한발 물러나 무언가를 논리적으로 골똘하게 사고하는 기분이 들었다. 나쁘지 않았다.

"그러게요. 일본만 진화하지 않고 멈추었다는 사실이 이상하긴 하네요."

"인간이 만들어내는 새로운 것이 모두 세상에 도움이 되는 훌륭한 발명품만 있는 게 아니기 때문이라고 생각해요."

"무슨 말씀이신지…?"

"유령이요. 우리에겐 지나치게 용감한 상상력이 있어서 경험을 종합해서 이 세상에 존재하지도 않는 유령을 만들어냈어요. '이렇게 되지 않을까, 저렇게 되지 않을까, 아마 그렇겠지, 아니야, 그게 맞을 거야.' 하며 아직 벌어지지도 않았고 일어날 가능성도 없는 상황을 머릿속으로 부풀려 생각해서 괜한 무서움에 떨며 인생을 낭비해요. 사회 전반에 걸쳐 유령을 만드는 분위기가 팽만한 시대였기 때문에 새로운 발명이나 발견을 위해 에너지를 쓰지 않고 오히려 다른 걸 만드는 데 쓴 게 아닐까요. 예를 들면 있지도 않은 유령을 만드느라 바빴다거나…. 지금 모리카와 씨처럼요."

"저…요?"

가이토가 온화하게 웃으며 대답했다.

"모리카와 씨가 걱정하고 두려워하는 건 현실이 아니고 모리카와 씨의 머릿속에서 마음대로 만들어낸 상상 속 유령이에요. 그걸 무서워하며 살고 있잖아요. 우리는 인간이라 이제껏 경험하고 학습한 내용을 바탕으로 늘 새로운 걸 머릿속에 떠올리고 만들어내며 살아가요. 좋고 나쁨을 떠나, 아직 이 세상에 존재하지 않는 것이죠. 만들어내는 능력이 있어야 만들 수 있어요. 아직 이 세상에 존재하지 않는 것을 만들어내려면 노력이 필요해요."

"노력⋯?"

"네. 훌륭한 발명품도 누군가가 머릿속에 떠오른 '이런 게 있으면 좋겠다'라는 생각에서 출발해요. 그 시점에서는 아직 이 세상에 존재하지 않죠. 그렇지만 이제 상상은 노력으로 창조할 수 있게 돼요. 좋은 걸 만들려고 노력하면 좋겠지만 자신이 상상한 유령을 실제로 만들려고 노력하는 건 좀 볼품없지 않나요? 이왕이면 참신한 걸 만들기 위해 상상력을 발휘하세요. 당신이 굳이 유령을 만들려고 애쓸 필요는 없어요."

"제가 유령을⋯?"

"그래요. 자신에게 행복감을 선사하는 하루하루를 상상하며 사는 게 더 낫지 않나요? 사람은 그냥 내버려두면 머릿속에서 본인의 경험을 토대로 상상을 시작해요. 그게 긍정적인 상상이면 '희망'이라 부르고 부정적인 상상이면 '불안'이라 부르죠. '희망'이나 '불안'이나 아직 세상에는 존재하지 않고, 오직 머릿속에서만 존재해요. '불안'만을 사실처럼 착각하면 유령에 사로잡혀 두려움 속에 살아요. 자기 내면에 스스로 유령을 만들어놓고, 역시 정말로 유령이 있었다고 착각하면서 말이에요."

"……"

가이토의 이야기가 맞았다. 스스로 만들어 낸 공포에 갇혀 제멋대로 무서워하고 자신은 행복해지면 안 되는 사람이라고 못을 박아버렸다.

가이토의 입가에서 웃음이 피식 새어 나왔다.

"잘난 듯이 떠들었지만 실은 저도 제 안에서 유령과 함께 살아요. 그대로 가만히 두면 '불안'을 만들어낼 것 같아서 의도적으로 '희망'을 가지려고 노력해요. 어차피 둘 다 제 경험으로 빚어낸, 아직 이 세상에 존재하지 않는 거라면 기왕이면 '희망'을 가득 품는 게 낫지 않을까요?"

사쿠라는 눈물을 흘리며 고개를 끄덕였다.

누구라도 좋으니 '넌 행복해도 된단다' 하고 말해 줄 사람을 이제껏 기다려 온 걸지도 모른다. '당신은 행복해져도 괜찮아요'라며 등을 토닥여주는 듯한, 자신보다 훨씬 어려 보이는 가이토의 말에는 앞으로 사쿠라가 인생을 살아가는 데 있어 버팀목이 될 만한 강인한 힘이 담겨 있었다.

"당신 잘못이 아니에요. 누군가에 대한 죄책감을 덜어낼 필요도 없어요. 그건 당신의 친절함과 겸허함의 근원이죠. 그렇기에 당신이 다른 사람의 아픔에 공감할 줄 아는 다정한 사람이 된 거예요. 행복해질 자격이 없다는 말은 당치 않아요. 이제 유령 만들기를 멈추고 희망을 만들어보세요. 당신은 꼭 행복해지셔야 해요."

사쿠라는 고개를 끄덕였다.

"물론 행복하다고 느낄 때마다 자신 때문에 불행해진 사람을 떠올리고, 내가 이렇게 행복해도 괜찮은가 싶은 생각을 깨끗하게 지우려면 시간이 좀 더 필요하겠죠. 그렇지만 언젠가는 꼭 이겨내서 이만하면 됐다, 내 인생이 틀리지 않았다고 깨닫게 될 날이 올 거예요. 정말로요. 게다가 그 여자분이 그때의 충격을 언제까지 영원히 껴안고 살 것 같으세요? 상처받고 화나고 속상한 일이었다는 건 사실이지만, 그분도 그 일을 계기로 깨달음을 얻고 반성하고 다시 일어나서 더 나은 자신이 되기 위해 스스로를 돌보다 보면 전보다 훨씬 매력적인 사람이 되었을지도 모를 일이잖아요. 아픈 경험이 때로는 약이 되어 고맙기도 하니까요. 아픈 경험이 있기에 오늘의 행복을 더 소중히 여길 수 있는 그런 멋진 만남이 벌써 있었을지도 모르고요. 그렇게 충분히 상상할 수 있잖아요."

사쿠라는 흘러넘치는 눈물을 닦지도 못하고 아무 말 없이 고개를 끄덕였다.

"언젠가 꼭 아무 걱정 없이 상쾌한 파란 하늘 아래에서 햇살을 가득 머금은 대지를 실컷 달리고 싶을 만큼 행복한 아침이 올 거예요. 그러니 그날이 올 때까지 최선을 다해서 마음속 유령을 만드는 걸 멈춰 보세요. 그러다가 그런 아침이 오면 제게도 꼭 알려주시겠어요?"

사쿠라는 이제야 겨우 옷소매로 눈물을 닦았다.

"그런 날이 온다면…, 정말 좋겠네요."

"꼭 올 거예요."

"유령 만들지 않기…, 이것부터네요."

"우선 '사랑의 도피'를 했다는 생각부터 잊으시는 게 좋겠어요.

'도피'라고 하니까 괜히 죄지은 사람 같고 어감도 안 좋잖아요. '사랑의 나들이' 어떠세요? 실제로 이렇게 멀리 추운 홋카이도까지 오셨으니까요."

눈물을 흘리던 사쿠라가 웃음을 터뜨렸다.

"요시카와 씨는 편지를 전해주기만 하면 될 텐데 왜 이렇게까지 정성껏 말씀해 주시는 건가요?"

가이토가 쓸쓸해 보이는 얼굴을 하고 다시 한번 미소 지었다.

"죄송해요. 제가 너무 주제넘게 굴었죠. 물론 마음이 내키지 않으면 이렇게까지 하지 않아요. 제 누나를 닮으셔서 그만…."

"누나요?"

"도대체 제 동료는 언제쯤 올까요? 많이 늦네요."

가이토가 화제를 바꿨다. 사쿠라도 이제야 떠오른 듯 목소리를 높였다.

"정말 그러네요. 뭐 하시느라 아직 안 오시는 걸까요?"

"글쎄요. 어디서 뭘 하고 오는 걸까요?"

시계를 보니 히데오가 떠난 지 이미 30분이 지났다. 사실 가이토도 모리카와와 대화를 나누면서도 좀처럼 돌아오지 않는 히데오가 궁금하긴 했다.

"앗, 저기요."

사쿠라가 라면 가게의 주차장 입구를 보며 말했다.

"드디어 왔군요."

가이토도 안도하는 목소리로 말했다.

***

두 대의 자동차를 마주 보게 세우고 부스터 케이블을 연결해 동시에 시동을 걸었다.

"한참 걸리셨네요. 여기로 오는 길에 있던 카센터는 5분이면 도착하실 테고 케이블만 빌려서 금방 오실 줄 알았거든요."

눈앞에서 작업에 한창인 사람은 카센터 직원이었고, 사쿠라의 차와 연결된 차는 카센터 직원이 타고 온 차였다.

"그러려고 했는데, 신호 대기 중에 엔진이 꺼졌어요."

"예? 뭐라고요?"

"배터리 방전이었어요."

"그래서였군요."

"뭐가요?"

"치토세 쪽으로 가는 차가 굉장히 밀렸거든요."

가이토가 소리 높여 웃었다.

"웃을 일이 아니에요. 무슨 렌터카가 빌리자마자 배터리 방전이라니…"

"그래서 어떻게 하셨어요?"

"어쩔 수 없이 내려서 걸었죠."

"이런 눈보라 속을요?"

가이토가 놀라서 물었다.

"농담 아니고 정말 추워 죽을 뻔했어요. 게다가 옷도 이렇게 입고…. 카센터까지 가서 사정을 말하고 우리 차까지 다른 차로 왔죠, 렌터카를 다시 견인해서 카센터로 가서 케이블을 연결하고 배터리를 충전했죠. 괜히 배터리 골골대는 차 끌고 와서 모리카와 씨 차에 연결했다가 두 대 다 옴짝달싹 못 할까 봐, 다시 사정을 설명하고 이쪽으로 오시게 부탁드렸어요. 말도 마세요. 고생이 이만저만이 아니었다니까요."

"렌터카 업체에는요?"

"그야 당연히 연락했죠. 지금 여기로 다른 차를 가지고 온대요."

추워서 덜덜 떠는 히데오를 보며 가이토가 말했다.

"아라이 씨, 우리 라면이나 한 그릇 먹고 갈까요?"

"네, 저야 좋죠. 그리고…, 라면 다 먹고 나서 잠깐 들르고 싶은 데가 있는데, 시간 괜찮으세요?"

"오늘은 늦어서 어차피 치토세에서 하룻밤 자고 내일 출발할 거라 괜찮아요. 그런데 대체 어딜 가시려고요?"

"유니클로요. 여기 오는 길에 봤어요. 거기 가서 히트텍(*일본의 대표적인 SPA 브랜드 '유니클로'가 겨울마다 선보이는 기능성 발열내의─역주) 좀 사야겠어요."

세리자와 마사시
@NY Manhattan

"대체 비행기표는 언제 산 거예요?"

"그저께요. 치토세에서 호텔에 머물 때 샀어요. 비자가 늦어질까 걱정했는데 다행히 출발 전에 나왔네요."

"비자…요?"

"어? 전에 미국으로 출장 다녔다고 하셨잖아요."

"네, 그렇긴 한데 다른 사람이 다 준비해 줘서…."

가이토가 수긍했다.

"아, 그러셨군요. 앞으로는 필요하실 때마다 직접 신청하세요. ESTA 비자가 없으면 미국에 못 가거든요."

가이토가 서류와 탑승권을 받았다.

"36A."

히데오는 좌석번호를 읊었다.

히데오와 가이토는 보안검색대 앞에 섰다.

"이번에는 미국이라니…."

"의뢰인이 어디 계시든 저희는 기필코 갑니다. 이만하면 훌륭하죠.

뉴욕 맨해튼이니까 직항편이 있잖아요. 더 어마어마한 곳도 있거든
요. 비행기를 몇 번이나 갈아탄다거나….”

히데오는 움찔움찔 떠는 시늉을 했다.

“생각만 해도 아찔하니 그만 하세요. 그보다 제 자리는 A인데 실
장님은 창가가 아니라도 괜찮으세요?”

“저는 통로 자리가 좋아요.”

가이토는 히데오에게 항공권을 내밀며 말했다.

“36C.”

“왜 B가 아니에요?”

가이토가 웃었다.

“군데군데 공석이 보여서 A와 C로 했어요. 이렇게 해 두면 만일 B
자리에 누가 오더라도 A와 바꾸자고 하면 기꺼이 바꿔줄 테니까요.
그렇지만 A와 B로 예약하면 통로 C에 누군가 앉을 확률이 아주 높잖
아요. B까지 자리가 차는 경우는 A와 C가 전부 찬 다음일 테니….”

“아하, 그렇군요.”

히데오는 감탄했다.

“그저께까지는 비어 있었으니 누가 앉는다면 어제나 오늘 비행기
표를 샀겠네요. 어지간히 여행을 즐기는 사람이 아니면 아무도 안 오
지 않을까요? 그건 그렇고 영어는 좀 할 줄 아세요?”

“예, 아주 조금….”

“다행이네요. 혹시라도 누가 B에 앉으려고 하면 아라이 씨가 A와

바꾸자고 해 주세요."

"네, 알겠습니다. 그 정도야 뭐, 어렵지 않죠."

히데오는 환한 얼굴로 대답했다.

두 사람은 보안검색대를 통과했다.

"편지 한 통을 배달하러 정말 미국에 가네요. 회사는 진짜로 남는 게 있나요?"

"지금처럼 우리 둘이 계속 같이 다니면 남는 게 없겠죠. 지금은 일을 배우시는 중이니 저희가 같이 움직이고 있지만 기본적으로 이 업무는 혼자 하시는 거예요."

히데오는 무심코 심호흡했다.

"앞으로 계속 혼자라니…, 힘들겠네요."

가이토는 미소를 지으며 대답했다.

"금방 익숙해지실 거예요."

"혼자 다니게 되기 전에 한 가지 물어보고 싶은 게 있어요. 그 서류 가방에 들어 있는 자료, 제가 보면 안 되나요?"

"개인정보라 세심한 주의가 필요해요. 한 장짜리 자료를 혼자 읽는 게 회사 방침이에요. 만일 아라이 씨도 보셔야 하는 자료라면 본부에서 아라이 씨에게도 똑같은 서류를 준비해 주셨을 거예요."

"못 본다는 말씀이시네요."

가이토는 고개를 위아래로 움직였다.

"하지만 혼자 움직이시게 되면 아라이 씨도 자료를 보시게 될 거예요. 물론 그때는 다른 사람에게 함부로 보여주시면 곤란하니 주의하시고요."

"아, 알겠습니다. 그럼, 미국에 가서 누구를 만나는지 아직 알려주실 수 없겠네요."

"그 정도야 괜찮죠. 세리자와 마사시라는 남성이에요. 나이는 25세, 우리가 만난 모리카와 씨, 시마 씨와 동창이니까 당연한 소리겠지만…."

"네? 누구라고요?"

히데오는 미간을 찌푸리고 먼 곳을 응시하며 말했다.

"들어본 적이 있는 이름이에요."

"세리자와 마사시라고, 몇 년 전에 반짝 인기가 있던 배우예요."

가이토는 무표정한 얼굴로 말했다.

"아, 맞다!"

히데오의 목소리가 커졌다.

"영화 《하루카와 요스케》에서 '요스케' 역을 했던 배우!"

"잘 아시네요. 그 영화보다 그전에 출연한 영화가 더 유명한데…."

히데오가 어린아이처럼 눈을 반짝였다.

"그 영화, 제게 아주 특별한 영화거든요. 사실 어제도 오랜만에 집에 가서 그 영화를 보고 왔어요."

히데오가 잔뜩 흥분했다. 가이토는 표정을 바꾸고 무슨 말을 하려다 멈칫하더니 다시 미동 없는 얼굴로 돌아왔다.

"그러셨어요? 신기한 인연이네요. 저도 그 영화가 각별하거든요."

그렇게 말하고 가이토는 자리에서 일어났다.

"자, 이제 비행기 타러 갈까요?"

"네, 그러죠."

히데오는 자신의 인생 영화의 주연 배우를 만나러 간다는 기적 같은 우연에 몹시 들떠 있었다. 마치 춤을 추듯 잔뜩 신이 난 발걸음으로 가이토를 따라 탑승구로 향했다.

36열은 아직 텅 비어 있었다. 36B 좌석에도 아무도 없었다. 탑승권에 쓰인 대로 히데오가 창가에 앉고 가이토는 자리를 하나 비워두고 통로 쪽에 앉았다. 잠시 후 탑승객의 발길이 뜸해졌지만 히데오와 가이토 사이에 앉으려는 승객은 보이지 않았다. 히데오가 주위를 둘러보니 창가와 통로 자리는 공석이 없었지만 가운데 자리는 거의 비어 있었다.

'아무도 안 앉겠군.'

하고 마음속으로 생각한 순간, 앞쪽에서 성큼성큼 다가오는 한 청년과 눈이 마주쳤다.

그 청년은 손에 든 항공권과 가이토와 히데오 사이에 있는 좌석을 번갈아 보며 번호를 확인했다. 가운데 좌석에 앉으려는 의도를 알아차린 가이토가 자리에서 벌떡 일어났다. 청년은 웃는 얼굴을 내비쳤다. 내국인으로 보여서 히데오가 얼른 말을 걸었다.

"죄송하지만, 괜찮으시다면 제 자리와 바꿔주시겠어요?"

그러나 청년은 히데오의 말을 무시하고 그대로 히데오의 옆자리에 앉았다. 히데오는 못 들었나 싶어 조금 더 큰 소리로 말했다.

"저기요. Excuse me?"

혹시 몰라 영어로도 말을 걸었지만 반응이 없었다. 청년은 자신이 지나갈 수 있도록 자리에서 일어난 가이토에게는 싱긋벙긋 웃으며 몇 번이나 고개를 끄덕이며 인사했다.

청년이 팔걸이에 팔을 기대려던 순간 이미 팔걸이를 차지하고 있던 히데오의 팔에 닿았다. 그는 당황한 듯 히데오를 보더니 몸짓으로 '죄송합니다'라는 뜻을 전했다. 히데오는 웃는 얼굴로 다시 말을 건넸다.

"괜찮으시면 자리를 바꿔주시겠어요?"

청년은 검지로 본인의 귀를 가리킨 다음 얼굴 앞에서 작게 좌우로 손을 흔들었다.

"귀가 들리지 않는군요."

히데오는 이제야 그의 귀가 불편하다는 사실을 깨달았다.

"아, 그럼, 저랑 자리 바꿀래요? 저랑 이 사람이랑 똑같은 옷 입었죠? 같은 회사 다녀요. 저랑 자리를 바꿔서 여기 창가에 앉으시겠어요?"

히데오는 말의 속도를 줄여 또박또박 말하면서, 과연 제대로 전달될까 염려하는 마음으로 수화 비슷한 제스처를 반복했다. 청년은 의외로 히데오가 말하려던 의도를 곧바로 알아차리고 기뻐하는 표정으로 자리에서 일어났다. 두 사람의 자리 이동이 이렇게 무사히 끝났다.

「Doors for departure.」

곧이어 승객 탑승이 모두 끝났다는 기내 방송이 흘러나왔다.

**

세리자와 마사시는 택시 창문 너머로 보이는 7번가의 경치를 무심히 바라보았다. 택시 기사는 남아시아 어디쯤에서 돈을 벌려고 미국에 왔는지 영어 발음이 영 엉망이었다. 마사시는 대화를 나누기가 문득 귀찮아졌다.

이윽고 택시가 아파트 앞에 멈췄다.

마사시가 건물 입구를 열쇠로 열고 들어가, 바로 이어진 계단을 올라 집 앞에 섰다. 건물 입구 열쇠와는 또 다른, 현관 열쇠가 좀처럼 청바지 주머니에서 나오지 않았다. 열쇠를 뒤적거리는 사이, 복도의 맞은편 집에서 엄마가 아이를 혼내는 소리가 집 밖까지 쩌렁쩌렁하게 울린다. 간신히 열쇠를 찾아 문을 열고 집 안으로 들어갔지만, 이웃집 아줌마의 성난 목소리가 끊이지 않고 들려왔다.

불을 켜고 주방 조리대 위에 열쇠를 휙 던져놓고 창가로 다가갔다. 커튼이 활짝 열려 있어 바깥에서 안이 훤히 들여다보인다.

창밖 크리스토퍼 거리에서 상점 앞을 지키는 남자가 오가는 사람들을 주시하는 모습이 보였다. 그 남자는 늘 같은 자리에서 온종일 가게 앞을 거니는 사람들을 감시하듯 쳐다본다.

마사시는 그와 눈이 마주치지 않도록 시선을 돌리며 커튼을 닫았다. 주방으로 가서 냉장고에서 맥주를 하나 꺼내 들고 소파 깊숙이 몸을 기댔다.

맨해튼에서 지낸 지 벌써 반년이 지났지만 조금도 뉴요커가 된 기분이 들지 않았다. 처음 3개월은 호텔에서 지내다가 최근 3개월은 친구의 집을 빌려 지내고 있다. 그리스 출신의 사진작가 친구, 안토니오가 유럽에 작업하러 다녀올 동안 이 집을 써도 좋다고 했다.

이제 다음 주면 안토니오가 미국으로 돌아온다. 마사시가 또 다른 결정을 내려야 할 시간이 다가오고 있었다.

호텔로 들어갈 만한 자금은 이미 바닥이 났다. 다른 집을 구하든 일자리를 찾아 돈을 벌든 해야 한다. 아니면 뉴욕을 떠나 할리우드나 다른 지역으로 거처를 옮기거나 일본으로 돌아가는 선택지도 있다.

오디션에 합격하기만 하면 새로운 돌파구가 생길지도 모른다.

오디션을 계속 봤지만 하나도 합격하지 못하고 벌써 6개월이 지났다. 내일 보는 오디션이 아마 현 상황에서 받을 수 있는 마지막 오디션일 것이다. 내일 합격하지 못하면 이제 정말 결단을 내려야 한다.

마사시는 맥주를 캔째로 마시고 나서 벽난로 위에 놓인 사진을 바라보았다. 몇 해 전, 출연한 영화로 최우수 신인상을 받았을 때의 시상식 사진이다.

'다시 한번 저 자리에 올라가야지. 이번에는 미국에서 정상에 서야지.'

사진을 보며 마사시는 자신을 북돋아보았다. 하지만 곧이어 그 목표를 가슴에 품고 이런 생활을 계속해야만 하는가에 대한 의문이 자신의 마음 깊숙한 곳에서 강하게 솟구치는 걸 느꼈다.

마사시는 크게 한숨을 쉬고 캔이 텅 빌 때까지 단숨에 맥주를 들이켰다.

이웃 빌딩 1층 바에서 들리는 큼지막한 베이스 소리가 벽을 타고 2층 마사시의 방에도 울려 퍼졌다. 밤새도록 이어지는 시끄러운 이 소리에 이제 겨우 적응했는데….

***

가이토와 히데오는 공항에서 나오자마자 택시에 올라탔다.

"그게 뭐예요?"

가이토가 히데오의 손에 든 물건을 물끄러미 쳐다보며 물었다.

"아, 이거요? 아까 옆에 앉은 청년이 줬어요."

'No Book, No Life!'라는 로고가 쓰인 빨간색 스티커였다.

"그 친구는 여행을 좋아해서 비록 귀는 들리지 않지만 돈과 시간이 허락하면 틈틈이 세계 각지를 다닌대요. 짐도 기내에 가지고 탄 작은 배낭이 전부라고 했어요."

"오호."

가이토가 놀라며 말했다.

"대화를 나누지 않아도 그런 걸 알 수 있군요."

"정말 그렇네요. 신기하죠? 말을 하지 않아도 여러 이야기를 주고 받을 수 있었어요. 이 스티커는 그 청년이 창가 자리를 양보해 준 고마움의 표시라고 했어요. 아니, 그렇게 말하는 것 같았어요."

"그렇군요. 세리자와 씨를 금방 만나면 좋을 텐데…."

가이토의 얼굴에 긴장이 감돌았다.

"정말 놀랍고 신기해요. 어떻게 세리자와 마사시를 만날 수가 있죠? 게다가 여기 미국까지 와서."

"……"

가이토는 아무런 대답도 하지 않았다.

"실은 저와 아내가 결혼하기 전에 제일 처음 같이 본 영화가 《하루카와 요스케》였거든요."

히데오는 창밖을 바라보며 입을 열었다.

"우리 부부가 둘 다 원작 소설 팬이었어요. 첫 데이트 때 좋아하는 책 이야기를 나누다가 서로 마음이 통한다는 걸 알았어요. 그래서 영화는 그다지 인기가 없었지만 우리는 영화를 보러 가기로 약속했어요. 세상에 잘 알려진 작품은 아니었어도 우리 부부는 손꼽아 기다린 작품이었거든요. 영화는 기대한 대로 훌륭했어요. 처음에는 출연한 배우에게 별로 관심이 없었는데 영화를 보는 내내 배우의 연기에 푹 빠져서 나중에는 팬이 되었어요. 당시 세리자와 마사시는 전작으로 최우수 신인상을 막 받았을 때라 엄청난 주목을 받았죠. 그에 비해 영화《하루카와 요스케》의 평은 좋지 않았어요. 우리 부부는 재미있게 잘 봤는데 말이에요. 요즘 TV에도 안 나오고 소식도 안 들려서 그렇지 않아도 궁금했는데 뉴욕에 있었군요. 오늘처럼 유명 인사에게 편지를 전달하는 일도 종종 있나요?"

히데오는 흥분 탓인지 나이도 잊고 혼잣말처럼 주저리주저리 말을 이어갔다.

"저도 처음이에요. 그렇게 흔한 일은 아닙니다."

가이토는 평소보다 냉정한 말투로 답했다. 가이토의 차가운 태도에 히데오는 지나치게 들떠 있는 자신을 깨닫고 뉘우치듯 말하는 속도를 늦추었다.

"그렇군요. 역시 굉장한 우연이었을 뿐이네요."

"그러게요."

가이토는 여전히 창밖을 바라보고 있었다.

"만나거든 너무 좋아하는 내색은 하지 마세요. 저희는 팬으로 세리자와 마사시를 만나러 온 게 아니라 업무 차원에서 편지를 전해주러 온 것뿐이라는 사실을 잊지 마세요."

"네, 그럼요, 물론이죠. 알겠습니다."

히데오는 표정을 가다듬고 가이토를 바라보았다.

"저 터널만 지나면 맨해튼이에요."

전방에 뉘엿뉘엿 지는 석양과 그 빛으로 물들어 일렁이는 고층 빌딩군이 보였다.

*　*　*

히데오는 벽돌로 만든 건물 앞에 섰다.

"여기 2층이에요. 초인종을 눌러 볼까요?"

"그럴까요? 대답하지는 않겠지만 안에 사람이 있는지 없는지 확인할 수 있을지도 모르니까요."

가이토는 일방통행의 좁은 도로를 사이에 두고 건너편 거리의 인도까지 물러나서 커튼이 닫힌 2층 방의 모습을 살폈다.

히데오는 가이토가 반대편으로 다 건너갈 때까지 기다렸다가 초인종을 두어 차례 눌렀다.

역시 반응이 없었다. 가이토도 2층을 잠시 살펴보다가 히데오의 곁으로 다시 돌아왔다.

"집에 없나 봐요."

"어떻게 하면 좋을까요?"

"기다려야겠어요."

"저기 바에서 기다리는 게 어떨까요?"

히데오가 아파트 맞은편에 있는 상점을 가리켰다. 가이토는 시계를 보았다. 이제 곧 오후 6시다.

"택시로 돌아온다면 아파트 입구에 택시가 멈출 테니 이 근처에서 기다리는 게 좋겠네요."

가이토가 다시 한번 거리를 세심히 둘러보았다.

"다른 대안이 없네요. 그 바에서 기다리죠."

단념하고 바로 자리를 옮기려던 순간, 아파트 앞에 노란 택시 한 대가 멈추어 섰다.

택시에서 세리자와 마사시가 내렸다.

"아라이 씨, 세리자와 씨가 왔어요."

가이토는 그렇게 말하고 곧바로 발길을 돌려 길을 건넜다. 가게 입구로 들어가려던 히데오도 허둥지둥 가이토의 뒤를 쫓았다.

마사시는 택시값을 지불하고 차에서 내렸다. 눈앞에 새하얀 슈트를 입은 젊은이가 서 있다. 언뜻 보기에 일본 사람 같다.

"세리자와 씨."

마사시는 이름을 듣자마자 거북스러운 표정을 지었다. 뉴욕에서도 간혹 일본 관광객들이 자신을 알아보고 술렁였다. 말을 거는 일은 거의 없지만 '어? 세리자와 마사시다!' 하고 수군거리는 게 틀림없었다.

누군가에게 늘 감시당하는 듯한 얽매인 생활을 피해 일본을 떠났건만, 고등학교를 졸업하고 극단에 들어간 이후, 프로덕션의 눈에 띄어 이리저리 끌려다니는 사이 TV 드라마 주인공, 영화 주연으로 스타덤 반열에 오른 마사시는, 배우라는 일을 제외하고는 세상을 살아갈 아무런 방법도 터득하지 못한 채 미국에서도 다시 스타로 떠오르기만을 꿈꾸는 자기모순에 빠져 지내고 있다.

마사시는 자신이 할 수 있는 일이라곤 오직 연기밖에 없다고 믿는다.

일본에 있을 때, 일부 극성팬은 집에도 여러 번 쫓아왔다. 그때마다 이사를 되풀이했다. 작은 섬에서 나고 자란 마사시에게는 자유로움을 박탈당한 상황이 가장 견디기 힘든 스트레스였다. 물론 뉴욕까지 도망쳐 오게 될 줄은 미처 몰랐지만.

"그냥 모른 척하세요."

마사시는 싸늘한 말투로 가이토를 타이르며, 무시하고 현관문을 열려고 했다.

"저희는 당신을 만나기 위해 일본에서 왔습니다."

"그러니까 그런 게 싫다고."

거칠게 대답한 마사시의 눈에 똑같은 옷차림을 한 히데오의 모습이 들어왔다. 벌컥 문을 열고 서둘러 안으로 들어가려고 했다.

"저를 기억하시겠습니까?"

가이토의 말투에서 팬들에게서 느낄 수 없는 차분함을 느낀 마사시는 건물 출입구를 열려던 손을 잠시 멈추고 가이토를 바라보았다.

"4년 전, 8월 6일입니다. 당신은 주위의 반대를 무릅쓰고 제 누나를 만나러 와 주셨습니다."

가이토의 말에 마사시의 표정이 확 바뀌었다.

"아…."

마사시는 자기도 모르게 할 말을 잃었다.

"그럼 혹시, 그녀의 동생…?"

"요시카와 가이토입니다."

히데오는 어안이 벙벙해져서 두 사람의 대화를 가만히 듣고만 있었다.

"왜 여기에…?"

"일 때문에 왔습니다."

가이토가 명함을 내밀며 말했다.

"주식회사 타임캡슐?"

명함을 읽는 마사시의 모습에 히데오는 마치 영화의 한 장면을 보는 듯한 기분이었다.

"세리자와 씨가 10년 전에 자신에게 쓴 편지를 전달하기 위해 이곳에 왔습니다. 제가 당신을 만나러 온 것은 우연에 불과합니다."

가이토는 편지를 내밀었다. 마사시는 편지를 받으며 주위를 둘러보았다.

"이 시간에 밖에 서서 이야기하기도 좀 그러니, 안으로…."

마사시의 제안에 가이토가 고개를 끄덕였다. 히데오는 갑작스러운 전개에 당황하며 뒤따라 들어갔다.

건물 출입문 바로 앞에는 주민들이 공용으로 사용하는 대형 쓰레기통이 늘어서 있고 그 안쪽으로 계단이 있었다. 사람이 겨우 비켜 갈 수 있을 만큼 비좁다. 마사시가 계단을 올라가다 말고 히데오에게 말을 걸었다.

"뒤에 계신 분은…?"

"아라이라고 합니다."

"아라이 씨, 문을 좀 닫아 주시겠어요?"

"아, 예. 알겠습니다."

히데오가 잔뜩 긴장한 채로 대답했다.

세 사람은 한 사람이 겨우 지나갈 만한 좁다란 계단을 올라갔다. 층계참에서 양쪽으로 나눠진 계단을 우측으로 끝까지 올라간 다음, 오른쪽 맨 첫 번째 집 앞에 멈춰 섰다. 맞은편 집에서 아이의 울음소리와 엄마의 다그치는 목소리가 문밖으로 새어 나왔다.

"매일 저런다니까."

마사시가 짜증 섞인 목소리로 말하며 현관문을 열었다.

집 안에서 아늑함과는 거리가 먼 차디찬 기운이 느껴졌다. 원래 있던 가구를 빼고는 일용품 몇 가지만이 주방 조리대 위에 굴러다니는 정도였다. 사람이 사는 흔적이라곤 거의 찾아볼 수 없었다.

"이게 대체 뭐지?"

마사시가 조금 전에 받은 편지를 손에 들고 거실 소파에 털썩 앉았다.

가이토와 히데오는 현관 바로 옆에 붙어있는 주방 조리대 근처에 서서 설명했다.

"지금부터 10년 전에 중학교 졸업 기념으로 미래의 자신에게 쓴 편지입니다. 저희는 그 편지를 보관했다가 전달하는 회사에서 왔습니다."

"그럼 이게 내가 쓴 편지라고?"

"예."

가이토가 대답했다.

"편지를 배달하는 일을 하다가 우연히 내가 쓴 편지를 전달하게 되었다?"

"네. 저도 믿기 어렵지만…. 무슨 인연이라도 있나 봅니다."

"우연 따위, 있다고 한들 누가 믿겠어…."

마사시는 그렇게 중얼거리며 봉투를 열었다. 지금의 글씨체와는 닮은 구석이 없었지만, 예전에 쓰던 글씨라는 게 기억났다. 직접 쓴 편지가 확실했다. 마사시는 시큰둥한 얼굴로 편지를 읽기 시작했다.

Hello! 10년 후의 나.

지금부터 10년이 지나서 내가 이 편지를 읽을 때,
'세리자와 마사시'라고 하면 일본에서 누구나 다 알 만큼 유명한 사람이 되었을까?

나는 빅스타가 될 거야.

아주아주 유명한 사람이 되어서

텔레비전에도 나오고 영화에도 나오는

부자가 될 거야.

그게 내 꿈이야.

큰 인기를 얻는 스타가 되어서

돈도 엄청 많이 벌 거야.

그래서 부모님께 효도 하고

반드시 누구에게나 인정받는 성공한 사람이 될 거라고.

나는 그렇게 되기로 정했어.

그래서 모두에게 말하고 다니는 거야.

어때?

10년 후의 나.

꿈을 이뤘어?

아니면 아직 이루는 중?

아무튼 난 열심히 할 거야.

10년 후의 내가 지금의 나에게 고마워할 만큼

열심히 노력할 테니까.

기대하라고.

그럼 10년 후에…….

우주 대스타 세리자와 마사시

마사시가 콧방귀를 뀌며 편지를 가이토에게 되돌려주었다.

"멍청하기는….."

마사시의 몸짓에서 읽어보라는 의향이 전해진다. 가이토가 편지를 받아 아무 말 없이 편지를 읽었다.

"'Hello' 스펠링 틀린 것 좀 보라고. 한심하기 짝이 없군."

마사시는 마치 자신을 비웃기라도 하는 얼굴로 말했지만, 가이토는 편지를 다 읽고도 눈 하나 깜박이지 않고 다시 편지를 마사시에게 내밀었다. 마사시는 거칠게 낚아채서 그대로 소파 앞에 놓인 둥근 테이블 위로 내던졌다.

"지금도….."

마사시는 혼잣말하듯 입을 열었다.

"그렇게 착각하는 애들이 많다고. 텔레비전이나 영화에 나와서 유명해지고, 주위의 환호성이나 들으면서 그저 돈만 많이 벌면 행복한 줄 아는 애들, 그걸 꿈이랍시고 갈망하는 애들 말이야."

"당신도 그 모든 걸 손에 넣었었잖아요."

가이토가 나지막이 말했다.

"물론 그랬지. 놀랄 만큼 순식간에. 근데 그거 알아? 정말 순식간이었어. 심지어 막을 수도 없어. 마치 눈사태처럼. 무서울 정도로 삽시간에 유명해지더니 텔레비전이랑 영화에서 서로 섭외하려고 난리였지. 다시 예전으로 돌아갈 수 없어. 물론 그 대가로 돈이야 잘 벌었지. 그렇지만 그게 다가 아니었어."

가이토는 우수에 찬 눈으로 마사시의 넋두리를 들었다.

"세리자와 씨가 지나치게 진심이었기 때문이 아닐까요?"

"내가?"

마사시가 쓴웃음을 지었다.

"당신을 향해 날아오는 공을 전부 잡을 필요는 없었는데 그러려고 했어요."

마사시는 표정 변화 없이 입을 꾹 다문 채 정면만 바라보았다.

잠시 침묵이 흘렀다. 가이토가 침묵을 깨고 말했다.

"누나도 그랬어요."

마사시가 고개를 끄덕이고는 자리에서 일어나 창가로 자리를 옮겼다. 커튼을 열자 바 앞에 모인 젊은이들이 시끌벅적대는 거리의 모습이 눈에 들어왔다.

"난 꿈을 이루려고 최선을 다했어. 꿈만 이루면 행복해질 거라 믿었지. 어린 시절부터 '꿈을 포기하면 안 돼, 포기하지 않으면 꿈을 이룰 수 있어'라는 말만 믿었는데…. 정작 꿈을 이루고 난 이후의 삶에 관해서는 아무도 가르쳐주지 않았어. 나 역시 꿈을 이루는 데에만 급급해서 꿈을 이룬 다음의 인생에 대해서는 아무 생각이 없었어. 한 연극 무대에 올랐다가 그 무대를 계기로 영화 출연을 제의받았어. 처음 출연한 영화에서 강렬한 인상을 남긴 덕에 주인공보다 더 화제에 오르더니 드라마, 영화에 줄줄이 캐스팅되고 곧바로 영화 주연을 차지했지. 한 마디로 출세한 거지. 이제 성공했다고, 꿈을 이뤘다고 생각했어. 앞으로 승승장구할 일만 남은 줄 알았지. 그런데 뜨거운 사랑을 받으며 커다란 붐을 일으킨 영화 다음에 주연으로 출연한 차기작이 실패하고 말았어. 그러자 세상 모든 사람이 등을 돌리고 손가락질하기 시작했어. 매스컴에서는 온통 '세리자와 마사시의 짧은 전성기가 끝났다'라고 떠들어대더군. 더 이상 주연으로 섭외되는 일은 없었지. 온 세상을 들썩이게 하는 유행의 물결은 거스르기 어렵고 한 번 놓친 사람에게는 절대 다시 돌아오지 않아. 나는 완전히 과거의 사람으로 묻혔어. 22살에 인생의 정점에 섰다가, 그 이듬해에 인생의 나락으로 곤두박질쳤지. 그 이후에는 아무리 무대 위에서 실력을 갈고닦아도, 누구 하나 좋은 말을 써 주는 사람이 없었어. 비슷한 실력의 그만그만한 녀석들은 넘쳐났지. 주위를 자세히 둘러보니 손에 넣은 성공을 하루아침에 잃어버릴지 몰라 두려움과 불안에 떨며 지내는 사람이 많아. 다들 이름만 들어도 아는 유명 연예인이면서…. 난 도무지 성공이 뭐고 행복이 뭔지 알 길이 없어서 점점 길을 잃고 헤매기 시작했어. 부와 인기를 손에 넣는다고 행복해지는 게 아니었어.

성공은 그렇게 단순하게 찾아오지 않아. 내가 한창 그런 생각을 할 때였지."

"이제 그 이야기는 그만두죠."

가이토가 표정을 누그러트리고 말했다.

마사시가 뒤돌아 가이토를 쳐다보았다.

"너는 이제 괜찮나? 다 이해했다는 건가?"

마사시가 갑자기 큰 목소리를 냈다. 가이토는 무언가를 삼키기라도 하듯 잠시 멈추었다가 유유히 미소 지었다.

"'아무도 원망하지 마라, 사람을 미워하지 마라.'가 아버지가 남기신 마지막 말씀이었어요. 괜찮다는 게 어떤 건지, 뭘 이해한 건지 솔직히 저도 잘 모르겠어요. 하지만 행복이 무엇인지는 끊임없이 고민하며 살고 있어요. 그리고 전···."

가이토의 눈에 어느새 눈물이 그렁그렁 맺혔다.

"오늘 하루만 살기로 했어요."

"오늘 하루만···?"

가이토가 고개를 끄덕였다.

"최근에서야 깨달았어요. 유명한 사람이건 그렇지 않은 사람이건 우리는 모두 인생에 어떤 일이 닥칠지 몰라요. 한번 흘러간 시간은 다시 제 자리로 돌아올 수 없고요. 좋게든 나쁘게든 인생이 한순간에 바뀔 수도 있어요. 한 치 앞도 보이지 않을 만큼 암울하다가도 느닷없이 반가운 일이 찾아오기도 해요. 인생은 그런 날의 연속이에요.

행복하게 살기 위해서는 오늘 이 하루를 정성껏 최선을 다해 살아야
한다는 생각이 들었어요."

히데오는 가이토와 마사시의 대화를 전혀 이해할 수 없어 그저 문
옆에 선 채 귀만 기울이고 있었다. 무엇보다 놀란 건 이 두 사람이 구
면이라는 사실이었다.

'4년 만이라고? 실장님 누나?'

히데오의 머릿속은 온통 물음표로 가득했지만 지금 할 수 있는 건
두 사람이 나누는 대화에 귀를 쫑긋 세우는 게 전부다.

"아침에 일어나면 크게 숨을 내쉬어요. 살아 있는 게 실감이 나
요. 살아 있다는 건 분명 제게 아직 할 일이 있다는 거예요. 그게 뭔
지는 잘 모르지만 제가 살아 숨 쉬는 한, 이 세상에 새로운 무언가를
만들어낼 수 있는 하루가 아직 제게 남아 있다는 뜻이에요. 그래서
불안함과 두려움을 잊고 과거와 미래에 대한 잡념을 떨쳐버리고 오늘
하루를 최선을 다해 사는 거예요. 제가 웃음을 되찾을 길은 그 방법
뿐이었어요."

마사시는 미동도 하지 않고 가만히 가이토의 말을 들었다.

"세리자와 씨, 당신도 지금 여기 살아 숨 쉬고 있어요. 세리자와
씨의 인생에 오직 당신만이 해낼 수 있는 역할이 있다는 뜻이에요."

"내게 아직 할 일이 있다고…?"

"조금 전에 여기로 올 때, 택시를 타고 오다가 지하철 크리스토퍼
스트리트역에 내렸어요. 남쪽을 보니 유난히 높은 고층빌딩이 솟아

있더군요.”

“아, 그라운드 제로에 들어선 원 월드 트레이드 센터를 말하는 거군.”

“네. 그 건물 꼭대기에서 종이 한 장을 떨어트리면 어디에 떨어질까요?”

“그야 당연히 모르지.”

“그래요, 불가능해요. 인간의 행위로 일어날 일도 역시 예측하기 어려워요. 다들 떨어진 곳만 바라보며 처음부터 여기로 떨어질 줄 알았는데 대체 왜 그랬냐고 물어요. 떨어트리기 전에는 어디로 떨어질지 전혀 알지도 못하면서…. 진짜로 떨어트려 보지 않으면 아무도 모르는 거잖아요.”

“당신 아버님도 내게 똑같이 말씀하셨어.”

마사시가 기억을 더듬으며 말했다.

“아버지가요?”

“‘포켓볼을 친다고 가정해보세. 흰 공으로 처음에 노린 공을 칠 수는 있어. 하지만 그다음 흰 공이나 처음 맞힌 공이 어느 공을 맞혀서 어떤 영향을 주고받을지까지는 예상하기 어렵네. 전혀 예상하지 못한 엉뚱한 공이 포켓으로 떨어질 수 있어. 그렇다고 해서 흰 공을 치는 걸 두려워하면 영영 게임을 시작할 수 없다네. 어떻게 될지 몰라도 쳐 보는 거지. 그게 바로 인생이라네. 놓친 공을 바라보며 과거의 행동을 후회할 필요가 없어. 예측 따위 할 수 없는 게 우리 인생이라네.’ 이런 말씀을 해 주셨지.”

가이토의 눈에서 눈물이 뚝뚝 떨어졌다.

"세리자와 씨, 일본에 돌아오는 게 어때요? 살아있는 한 해야 할 일이 있다고요. 그 역할을 오늘 하루를 열심히 사는 것으로 대신하면 어떨까요? 과거의 명성, 타인의 이목이 뭐가 중요해요? 누가 뭐라 하든 신경 쓸 필요 없잖아요. 저는 숨결이 붙어있는 한, 하루하루를 성심성의껏 사는 게 가장 큰 행복이라 믿어요."

세리자와 마사시는 가이토의 눈을 바라보다가 이윽고 체념했다는 듯 미소를 보였다.

"넌 강인한 사람이네."

가이토가 고개를 저었다.

"제가 약하다는 걸 알기 때문에 다른 사람을 미워하지도, 싫어하지도 않을 수 있었어요."

"약하다니…, 그게 무슨 말이지?"

"일하다 보면 편지를 맡긴 고객이 이미 이 세상 사람이 아닐 때가 있어요. 한번은 편지의 주인이 세상을 떠나고 없어서, 그 편지를 혼자 사시는 고객의 아버님께 가져다드린 적이 있어요. 그 아버님은 자식을 잃고 홀로 긴 시간을 외롭게 지내셨는지, 아드님과의 추억이 깃든 이야기를 열심히 들려주셨어요. 저는 그 이야기에 도무지 집중할 수 없었어요. 왜 그랬는지 아세요?"

"지루해서?"

가이토는 고개를 좌우로 흔들었다.

"그분 콧구멍에서 코털이 삐져나와 있었어요. 한두 가닥이 아니라 뭉텅이로….”

마사시는 웃음을 뿜어냈다.

"그건… 자꾸만 눈이 갔겠네.”

"네, 자꾸 거슬리는 바람에. '일부러 쳐다보는 거 아니다. 신경 쓰지 말자.' 하고 속으로 다짐하고 또 다짐해도 자꾸만 눈이 가는 거예요. 쳐다보지 않으려고 애쓰면서 일부러 시선을 위로 향했는데, 이번에는 귀에도 털이 나와 있었어요. 옳지 못한 행동인 걸 알면서도 간신히 웃음을 참느라 그분 말씀이 하나도 귀에 들어오지 않았어요. 대놓고 말할 수도 없는 노릇이고…. 그때 깨달았어요. 저도 역시 그저 그런 녀석이었다는 사실을요.”

마사시는 잠시 생각에 잠겼다. 가이토가 무슨 이야기를 꺼낸 건 나름대로 추측해 보는 듯했다.

잠깐의 침묵이 흐르고 무언가 깨달았는지 마사시가 웃음을 띠고 두어 번 크게 고개를 끄덕였다.

"아, 그런 뜻이었군. 나도 마찬가지네. 결국 그 녀석들이랑 도긴개긴이란 말이군.”

마사시는 털썩 소파에 주저앉았다.

마사시의 이런 모습을 히데오는 그저 바라보기만 했다. 영문을 알리 없는 히데오에게는 마사시와 가이토의 대화가 마치 드라마의 한 장면처럼 느껴졌다.

"어떻게 그런 깨달음을 얻을 수가 있지. 대단하네."

"어떤 사람을 만난 덕분입니다."

"그래? 다음에 나한테도 소개해 줄 수 있나?"

"물론이죠."

가이토와 마사시는 이제야 서로를 바라보며 웃었다.

히데오는 두 사람의 과거에 어떤 일이 있었는지 알 길이 없었다.
두 사람이 나눈 대화가 어떻게 연결되는지 알 수 없었지만, 오늘 이
만남이 둘에게 뜻깊은 만남이었다는 사실만큼은 짐작할 수 있었다.

"배달부라고 불러야 하나? 굉장한 일을 하네. 계속 날 기다린
거야?"

마사시는 주방에 들어가 선반에서 커피를 꺼냈다.

"아뇨. 다행히 저희가 여기 도착하고 얼마 지나지 않아 세리자와 씨가
오셨어요."

"만약 내가 돌아오지 않으면 어떻게 할 셈이었나?"

"돌아오실 때까지 기다릴 작정이었습니다."

"정말로?"

마사시는 가이토와 히데오를 번갈아 보며 웃었다.

"오늘 오디션에서 그만 가보라는 말을 들은 것도 나름대로 의미가
있었네."

"그 덕에 저희 일이 일찍 마무리됐네요. 고맙습니다."

가이토는 웃으며 머리를 숙였다.

가이토의 밝아진 표정을 보고 마사시도 빙긋 웃었다.

***

가이토와 히데오는 뉴욕에 있는 호텔에서 사흘 더 머물렀다.

미국에 입국할 때 귀국편 항공권을 확인했다. 세리자와를 언제 만날 수 있을지 모르니 현지에서 3박을 하도록 레이코가 지시를 내린 모양이다. 미국에 도착한 날 바로 세리자와를 만난 덕에 다음날부터 뉴욕 시내를 둘러볼 여유가 생겼다. 그렇다고 해도 가이토가 매일 홀로 외출했기에 히데오는 호텔 주변에 몇몇 유명한 관광지를 구경하고 들어오는 게 고작이었다.

12월의 뉴욕은 추위도 추위지만 사람도 무척 많아서 거리 전체가 크리스마스 장식처럼 보였다. 크리스마스 분위기로 들뜬 거리는 연인과 아이를 동반한 가족으로 인산인해를 이루었다. 행복한 표정으로 대화를 나누며 아름다운 거리를 거니는 사람들의 모습을 볼 때마다 가족을 잃은 자신의 처량함이 더욱 배가 되는 것 같았다.

하지만 그보다 더 가이토가 신경이 쓰였다.

요시카와 가이토.

생각할수록 신비로운 청년이다.

사람은 자신이 넘어온 벽만큼 다부져진다고 히데오는 그렇게 믿는다.

회사를 경영해 보고 나서 더욱 그렇게 느끼게 되었다. 끝을 가늠할 수 없을 만큼 속이 깊은 사람은 끝없는 고독과 슬픔, 고난을 겪은 사람이다. 무한한 친절과 포용력을 가진 사람은 누구보다 더 상처받고 아픈 사람이다.

무리 안에 들어가 있으면서 그 무리의 이름이 지닌 위엄을 등에 업은 채 입만 떠벌리는 자들이 결코 범접할 수 없는 경지가 있다. 요시카와 가이토의 태도에는 그런 경지에 오른 사람만이 풍기는 분위기가 있다. 이제 갓 스물을 넘긴 어린 나이에도 불구하고.

이제까지 살면서 다양한 사람들을 만났다. 자신도 역시 동년배의 사람에 비해 뛰어넘어 온 벽의 숫자, 경험해 온 고독과 고난의 정도가 뒤지지 않는다고 자부했는데 가이토를 만난 순간부터 바다같이 넓고 깊은 그의 마음에 매료되었다.

사람마다 그릇의 크기가 다르다고 하면 그뿐이겠지만 그는 무한한 온정과 강단, 그리고 배려 가득한 밝은 성품을 지녔다. 히데오는 그릇의 크기도 크기거니와 정신적인 면에서나 인간적인 면에서나 훨씬 어린 가이토에게 버금갈 수 없다는 사실을 직감했다.

그 이유를 진지하게 고민해 보지는 않았지만 아무리 생각해도 태어날 때부터 천성이 그러하기란 쉽지 않다. 스무 해 남짓이라는 짧은 인생을 살면서 그가 얼마나 많은 시련을 겪었고, 그 시련을 극복하기 위해 얼마나 노력했으면 이리도 훌륭한 인품을 갖출 수 있었을까? 세리자와 마사시와 가이토가 나눈 대화를 듣고 그 시련이 가족에 얽힌 것이었다는 사실을 알았다.

젊은 나이에 저렇게 도량이 커질 만큼 그가 겪은 시련이란 대체 어떤 시련이었을까? 히데오는 오직 이런 생각에 골똘히 사로잡혀 있었다.

뉴욕에서 머무는 마지막 날, 히데오는 뉴욕 현대 미술관에서 시간을 보내기로 마음을 먹었다. 딱히 하고 싶은 게 떠오르지 않던 뉴욕에서의 시간 중 유일하게 떠올린 것이 앙리 루소의 『꿈』과 모네의 『수련』의 하나가 뉴욕 현대 미술관에 전시되어 있다는 사실이었기 때문이다. 관련된 책을 읽은 적이 있어서 한 번은 꼭 두 눈으로 직접 보고 싶던 작품이었다.

미술관에는 두 작품 이외에도 볼만한 작품이 풍성해 예상보다 훨씬 시간을 들여 관내 이곳저곳을 둘러보았다. 관람을 마치고 밖으로 나오니 이미 주변이 어둑어둑해져 있었다. 호텔에 들어가기 전에 저녁을 해결하기 위해 뚜렷한 목적지 없이 인파를 따라 걷다 보니 세 블록쯤 남쪽으로 향한 곳에 사람들이 잔뜩 모여있는 게 보였다. 얼떨결에 빨려가듯 가까이 가 보니 길 맞은편에 있는 집채만 한 크리스마스트리가 눈에 들어왔다. 매년 일본 방송에서도 점등 소식을 알려주던 그 유명한 록펠러센터의 대형 크리스마스트리였다.

TV에서나 보던 곳에 서서 위풍당당한 크리스마스트리를 올려다보고 있을 때였다.

"아라이 씨!"

누군가 부르는 소리에 뒤를 돌아보니 가이토가 있었다.

"아라이 씨도 크리스마스트리 보러 오셨어요?"

가이토가 언제나처럼 환한 미소로 물었다.

"아니요. 밥 먹고 들어가려고 헤매다가 우연히 여기로 발길이 닿았네요."

"아, 그러셨어요? 마침 잘됐네요. 저도 식사하러 가던 참이었거든요. 같이 가실래요? 호텔 프런트에서 괜찮은 식당을 추천받았어요."

히데오도 웃는 얼굴로 대답했다.

"그럼요. 좋지요."

두 사람은 택시를 잡아탔다.

***

잔을 테이블에 내려놓으며 히데오가 물었다.

"실장님, 언제 사복을 다 가지고 오셨어요?"

가이토가 껄껄 웃었다.

"여기 와서 샀죠. 업무도 아닌데 그런 차림으로 혼자 다니시면 창피하지 않으세요?"

그런 차림이란, 지금 히데오가 입고 있는 흰색 정장 차림을 말한다.

가이토의 말이 정곡을 찔렀다. 옷을 사 입고 귀국길에 일본으로 보내면 짐도 되지 않았을 텐데, 요 며칠 이 옷 말고는 입을 옷이 없다고만 생각했지 사야겠다는 생각을 한 번도 하지 않은 자신이 이상해서 미칠 지경이었다.

"어땠어요? 뉴욕."

히데오가 겸연쩍게 웃었다.

"아는 게 별로 없고 혼자라 뭘 해야 좋을지 모르겠더라고요. 여기까지 와서 시간을 허비한 것 같아 아쉬워요."

가이토가 웃으며 대답했다.

"원래 다 그래요. 이 일을 하다 보면 언제 어디로 갈지 모르니, 평소에도 어딜 가면 뭘 해야겠다고 미리미리 고민해 두시는 게 좋아요."

"그렇겠네요. 앞으로 그럴게요. 그래도 뉴욕에 와서 좋았어요. 세리자와 마사시도 만나고."

가이토가 살짝 웃었다.

"그랬네요."

히데오는 조금 망설이다가 며칠 내내 묻고 싶던 질문을 드디어 가이토에게 던졌다.

"실장님, 세리자와 마사시와 아는 사이였죠?"

가이토가 고개를 끄덕였다.

"누님과 아버님 이야기도 나누었고요."

가이토는 맥주를 한 모금 마시고 크게 한숨 쉬었다.

"저도 일하다가 여기 뉴욕까지 와서 세리자와 씨를 다시 만날 줄은 꿈에도 몰랐어요. 인생은 이런 기적 같은 우연을 곳곳에 숨겨 놓고 우리를 기다리나 봐요. 그 자리에 아라이 씨가 함께 있을 수 있던 것도 아마 무슨 인연이 있어서가 아닐까요?"

가이토가 그렇게 운을 떼고 잔을 내려놓았다.

"누나가 있었어요. 이름은 '요시카와 소라'. 전에 세리자와 씨와 함께 영화에 출연한 적이 있어요."

히데오가 숨을 죽였다.

"'요시카와 소라'라고요? 영화 《하루카와 요스케》에서 '하루카' 역할을 했던?!"

너무 놀란 나머지 히데오는 입을 벌린 채 얼굴이 그대로 굳어버렸다.

"예, 맞아요."

듣고 보니 어딘가 가이토와 닮은 데가 있는 것 같기도 하다.

"누나는 오디션을 보고 그 역할을 맡게 되었어요. 그 작품으로 처음 영화에 출연했는데, 심지어 주인공이었어요."

"신인이라고 느껴지지 않을 만큼 아주 훌륭한 연기였어요."

"고맙습니다. 영화는 대대적인 홍보가 무색할 정도로 흥행에서 참패했어요. 속된 말로 폭망이었죠. 직전에 출연한 영화로 세상에 신인상이란 상은 모조리 싹쓸이하며 잘 나가던 세리자와 씨도, 실컷 욕을 얻어먹었죠. '배우 인생을 망친 실패작'이라며 여기저기서 떠들어댔어요. 특히 네티즌 사이에서 심한 악평에 시달렸어요."

"그랬군요. 전혀 몰랐어요."

"그 비난의 화살이 전부 상대역이던 누나를 향했어요. 인정사정없는 비방과 모함이 인터넷에서 들끓었어요. 연기에 대한 비난부터 외모를 향한 비하, 존재 자체에 대한 부정까지…, 날이 갈수록 점점 심해졌어요. 세리자와 씨의 팬은 그에게 쏟아진 악평에도 책임을 지라고 맹렬히 비난했어요. 협박하고 괴롭히고…, 인생에서 한 번도 경험하지 못한 극심한 스트레스가 아주 짧은 기간에 누나를 위협했어요."

히데오는 요시카와 소라가 느꼈을 고뇌를 머릿속으로 떠올려 보았다. 얼마나 견디기 힘들었을까.

"저는 그때 대학입시가 코앞이어서 혼자 사는 누나가 어떤 상태인지 신경을 쓰지 못했어요. 누나는 자신에게 날아오는 어떤 공도 전부 받아내야 한다고 생각하는 사람이었어요. 좋은 말이든 나쁜 말이든 자기가 뿌린 씨는 자기가 거두어야 한다고 했죠. 그래서 인터넷에서 뭐라고 떠들어대든 우직하게 귀를 기울였고 어떤 비난도 감수했어요. 결국 몹시 괴로워하다가 끝내 자신은 이 세상에서 사라져야 한다는 생각에 빠져서는…, 거기서 헤어 나오지 못했어요. 당연히 방송 활동을 감당할 수 없는 심리상태였는데, 그런 사실까지 인터넷에서 화제가 되더니 '연기로 주목을 못 받더니 이제 정신 이상으로 대중의 관심을 끌려고 작정했군. 극혐이다.'라는 댓글까지 달렸어요. 누나를 향한 비난은 줄어들 기세는커녕 점점 더 대중의 입방아에 올랐고, 정신적으로 궁지에 몰린 누나는 사회에 복귀할 수 없을 정도로 심각하게 피폐해졌어요. 그러다 그 영화와 누나에 대해 아무도 떠들지 않을 때,

조용히 스스로 목숨을….”

“아니, 어떻게…, 그럴 수가….”

“평소 점잖으시던 아버지가 그때 갑자기 정치를 하겠다고 선언하셨어요.”

“아버님이요? 왜 그런 결정을…?”

“누나를 죽음으로 몰아넣은 이 사회를 바꾸고 싶으셨나 봐요. 정치 공부를 막 시작하려던 찰나에 교통사고로 돌아가셨어요.”

“세상에나….”

“새벽부터 일하고 퇴근 후에는 누나를 돌보느라 몇 달을 눈 붙일 새 없이 보내신 게 화근이 됐는지, 누나가 떠난 후에도 좀처럼 주무시지 못하고 무언가에 홀린 듯 정치 공부와 집필 활동에 매달리셨거든요.”

“아버지의 유품을 정리하다가 컴퓨터에 집필 중이시던 원고와 연설 대본을 발견했어요. 아버지가 전에 누나를 겨냥한 SNS 비방과 모함에 댓글을 올리신 적이 있어요. ‘우리 딸은 마음이 따뜻하고 다투는 걸 싫어합니다. 가만히 내버려두어 주세요.’라고요. 예상하셨겠지만, 안타깝게도 불난 데 기름을 끼얹은 꼴이 되고 말았죠. ‘가만히 내버려두라는 사람이 영화에는 왜 출연하고 난리냐?’라는 소리만 들었어요. 그 일이 있어서인지, 연설 원고에는 ‘평화를 사랑하고, 남을 공격하지 않으면 남에게 공격받을 일도 없을 것이라 굳게 믿었던 제 신념으로는 딸의 생명을 지켜줄 수 없었습니다.’라는 문장도 있었어요. 컴퓨터 폴더에 아버지가 집필하시던 글이 날짜별로 담겨 있었는데, 마지막 파일에 앞으로 쓰시려던 내용이 요목조목 정리되어 있었어요. 그 맨 마지막에 쓰여 있던 말이 '그래도 아무도 원망하지 마라. 사람을 미워하지 마라.'였어요."

"그럼 실제로는⋯."

가이토가 고개를 가로저으며 말했다.

"제가 달려갔을 때 아버지는 이미 숨을 거두신 상태였어요. 아버지의 마지막 말씀은 제가 직접 들은 게 아니라 아버지가 마지막으로 남기신 메시지예요. 「아무도 원망하지 마라, 사람을 미워하지 마라.」라니⋯, 눈물이 났어요. 이 세상이 누나와 아버지를 죽음에 이르게 했다고 생각했어요. 저는 혼자가 되었어요. 세상을 원망했고 사람이 점점 밉고 싫어졌어요. 아버지가 마지막으로 남긴 말씀은 다른 사람이 아니라 바로 제게 남긴 말씀이었던 거예요. 분노와 고통, 억울함과 안타까움을 꾹 삼키고 아무도 원망하지 않고 사람을 미워하지 않는 것만이 제가 아버지와 누나를 위해 할 수 있는 전부예요."

"그런 아픔을 극복하면서 지금처럼 훌륭한 인품을 지니게 된 거로군요."

가이토가 살포시 웃음 지었다.

"쉽게 극복할 수 있는 문제는 아니었어요. 누나가 목숨을 끊은 날, 제일 가고 싶던 대학의 합격자 발표가 있었어요. 대학에 합격했지만, 합격 소식 따위 하나도 반갑지 않았어요. 누나는 저 때문에 죽은 거나 마찬가지니까요."

"실장님 때문이라뇨?"

"누나에게 오디션을 보라고 권한 게 바로 저였어요. 누나는 제 부탁이니 어쩔 수 없다며 딱 한 번만 보기로 약속하고 오디션에 갔어요. 제가 오디션을 보라고 권하지만 않았다면 누나는…."

히데오의 눈에 가이토가 처음으로 20대의 어린 청년으로 보였다.

"그런 저를 달래기라도 하듯 아버지는 일부러 더 밝게 행동하셨어요. 하지만 누나가 떠나고 2주가 지난 후 아버지마저 돌아가셨어요. 저는 다시 일어설 엄두가 나지 않아 그저 멍하니 지냈어요. 대학 진학도 포기했죠. 그런 제가 걱정이던 담임선생님께서 졸업식만큼은 꼭 오라고 말씀하셨어요. 가도 그만 안 가도 그만인 졸업식이었지만, 같은 반 친구들이 저를 위로하는 편지를 들고 여러 차례 찾아오기도 해서 얼굴이라도 내밀어야겠다 싶어 학교에 갔어요. 그랬더니…."

"그랬더니요?"

히데오가 이야기를 멈춘 가이토를 재촉했지만 히데오의 등 뒤에서 웨이터가 음식을 들고 기다리고 있었다. 히데오는 앞으로 기울이고 있던 몸을 일으켜 세웠다. 웨이터는 주문한 요리를 능숙한 솜씨로 테이블에 내려놓고는 'Have a good time.'이라는 말을 남기고 자리를 떠났다.

가이토는 포크와 나이프를 손에 들고 말을 이어갔다.

"사장님을 만났어요."

"사장님이라면…, 우리 회사의?"

가이토는 고개를 끄덕였다.

"졸업식 날 학교에서 10년 후의 자신에게 쓰는 편지를 쓰는 행사가 있었는지 학교에 사장님이 오셨었어요. 저는 미래의 저에게 편지를 쓰고 싶은 마음은 없었어요. 사장님이 제게 다가오시더니 '우리 회사에서 일하지 않을래?'라고 말씀하셨어요."

"혹시 사장님이 그전에 학교 선생님께 실장님과 관련된 이야기를 들으셨던 걸까요?"

"저도 처음에는 그런 줄 알았어요. 하지만 선생님께서는 저에 관해 아무 말도 하지 않았다고 하셨어요. 사장님이 갑자기 왜 저에게 그런 말씀을 꺼내셨는지는 잘 모르겠어요. 다른 친구들에게는 그런 권유를 하지 않으신 것 같았어요. 사장님은 저의 대답을 기다리는 대신, 명함만 한 장 건네시며 언제든지 오라는 말씀을 남기고 가셨어요. 그때 저는 친척이나 다른 어른의 보살핌이 필요한 나이도 아니라 혼자였어요. 어떻게 해야 좋을지 몰라 방황하던 저에게 남은 길은 오직 그 명함에 적힌 주소뿐이었어요"

"그래서 이 일을 시작하게 된 거군요."

가이토는 천천히 고개를 끄덕였다.

"처음에는 아라이 씨처럼 영문도 모르고 하얀 정장을 입고 사장님과 함께 편지를 전하러 다녔어요. 그러던 어느 날, 사흘 전에 말씀드린 일이 벌어졌어요."

"사흘 전이요?"

세리자와 마사시를 만난 사흘 전이 히데오에게는 마치 어제처럼 느껴졌다. 한편, 첫 편지의 주인공 시마 아스카와 만난 건 불과 일주일 전인데도 벌써 몇 년이나 지난 일 같았다.

"네. 특별 배달 곤란자에게 편지를 전하러 갔다가 일어난 일이었어요."

"아, 그 코털….."

"네, 맞아요. 실제로는 사장님이 그 어르신의 말씀을 앞에서 듣고 계셨고 저는 뒤에서 그냥 보고만 있었어요. 오랜만에 말동무를 만나 봇물 터진 듯 말을 쏟아내는 그분의 이야기가 저는 하나도 귀에 들어오지 않았어요. 겨우 일을 마치고 그 자리를 벗어나 자동차에 탔을 때 사장님이 어땠냐고 물으셨어요. 고등학교를 갓 졸업한 저는 비딱한 면도 있어서 '좋은 말씀이었지만 코털에 자꾸만 눈길이 가는 바람에 집중해서 듣지 못했어요.'라고 우스갯소리를 섞어 대답했어요. 솔직한 심정이었어요."

가이토는 과거를 회상하듯 미소를 지으며 잔을 물끄러미 바라보았다.

"화를 내실 줄 알았어요. 우리 일을 우습게 보지 마라, 상대의 입장이 되어 생각하라고 다그치실 줄 알았어요. 그런데 사장님은 전혀 다른 말씀을 제게 하셨어요."

"뭐라고요?"

가이토가 다시 웃었다.

"'귀한 경험을 했구나. 다행이다.'라고 하셨어요"

"귀한 경험을 했구나. 다행이다?"

히데오가 똑같은 말을 읊었다. 히데오의 표정을 본 가이토의 얼굴에 웃음이 터져 나왔다.

"저도 그랬어요. 무슨 말씀인지 영문을 모르겠더라고요. 사장님이 물으시는 거예요. '내가 알았을 것 같나?' 하고 말이에요. 그래서 저는 대답했죠. '당연히 보셨겠죠. 바로 앞에 계셨는걸요. 말이 좀 이상하긴 하지만 완전 뭉텅이로 삐져나와 있었는데….'라고요."

"사장님은 뭐라고 하시던가요?"

"대답하지 않으셨어요. 그저 웃으시며 운전만 하셨어요. 둘이 한참을 말없이 가다가 제가 너무 궁금해서 다시 한번 '보셨죠?'라고 여쭈어봤어요. 그랬더니 사장님은 이런 이야기를 들려주셨어요."

"인간은 한꺼번에 여러 생각을 할 수 있는 동물이니까, 누군가와 대화를 나누고 있어도 다른 생각을 떠올릴 수 있지. 그건 아무도 멈출 수 없어. 자꾸만 딴생각이 들거든. 그게 본능이야. 다시 말해 하나에 집중하지 못하고 여러 생각을 떠올린다는 건, 뇌가 활발하게 움직이고 있다는 증거이기도 해. 그 자체가 나쁘다고는 할 수 없지. 그렇지만 그걸 입 밖으로 꺼내느냐 마느냐는 스스로 결정할 수 있어. 넌 입 밖으로 꺼내는 선택을 한 거고. 말하고 싶어서 입이 근질근질했겠지. 그런데 만일 지금 우리의 대화를 녹음해서 아까 그 어르신이 듣는다면 어떨까?"

"그건….."

가이토는 할 말을 잃었다.

"그렇다면 그런 얘기를 하지 않았겠지. 아까 내뱉은 말을 당사자가 들으면 난처해할 거라는 건 알지? 물론 당사자의 귀에 들어가지 않는다는 보장만 있으면, 다른 곳에 가서 떠벌리고 싶은 에피소드이긴 해. 이러쿵저러쿵 말하고 싶어지지. 남이 들으면 재밌어할 얘기거든. 그런데 그 얘기를 들은 제삼자 혹은 내가 그 어르신께 네가 내뱉은 말을 옮기지 않을 거라고 장담할 수 있겠니?"

"……"

가이토는 조수석에서 고개를 떨구었다.

"모두 그런 종류의 말을 아무렇지 않게 인터넷에서 떠들지."

가이토가 호흡을 가다듬었다.

"당사자에게는 직접 대놓고 말하는 사람은 없어. 하지만 당사자가 아닌 제삼자에게 마음속으로 생각한 걸 들려주면 재밌을 거라고 착각해. 어쩌면 본인이 이렇게 재미있는 사람이란 걸 드러내고 싶은 욕망에서인지도 몰라. 나쁜 짓이라는 자각이 없어. 불현듯 떠오른 걸 어쩌라며 오히려 당당하지. 하지만 그게 당사자의 귀에 영원히 들어가지 않으리란 법은 없어. 자네 혹시 그런 경험 없었나? 주위 사람이 자신을 어떻게 생각하는지, 우연히 듣게 되는 경험 말일세."

가이토는 잠자코 아무 말도 하지 않았다.

"나는 있어. 초등학생 때였지. 여름방학에 아침마다 친구들과 공원에 모여 라디오 체조(*일본의 국민 체조. 옛날 어린이들은 방학 때 아침마다 모여서 라디오 체조를 하는 것으로 하루를 시작했다. 현재까지도 NHK라디오에서 매일 아침 6시 30분에 방송 중이다.-역주)를 했어. 우리 집 앞을 지나 공원에 가기 때문에 친구들이 매일 날 데리러 왔어. 늘 초인종이 울리면 대답을 하고 밖으로 나갔는데 어느 날은 대답하지 않고 그냥 밖으로 나갔어. 그랬더니 친구 셋이 벌써 저만치 공원을 향해 가고 있는 거야. 나는 빠른 걸음으로 쫓아가서 친구들 뒤에서 걷고 있었어. 그때 한 친구가 '쟤 두고 가도 되는 거야?'라고 말했어. 난 처음에 누구를 말하는 건지 몰랐는데, 다른 친구가 '뭐 어때. 걔 있으면 라디오체조 끝나고 놀 때도 재미없잖아.'라고 말하는 거야. 나는 누구 얘기를 하는 건지 궁금해서 '누구 얘기야?' 하고 뒤에서 물었어. 그 순간 셋의 반응을 보고 나서야 나는 그 얘기의 주인공이 바로 나였다는 사실을 깨달았어. 설마 뒤에서 내가 따라오고 있으리라고는 생각을 못 했겠지. 나는 친구들이 내가 따라오는 걸 당연히 아는 줄 알았고. 그날 처음, 다른 사람이 나를 어떻게 생각하는지 진짜 목소리를 들었어. 정말 충격이었지. 내가 뒤에 있다는 걸 알았다면 친구들은 절대로 그런 말을 하지 않았겠지? 인터넷에는 그런 말이 넘쳐나는데….”

“전….”

“알겠니? 가이토. 잘 기억해 두렴. 사람들은 모두 당사자만 그 자리에 없으면, 그 말이 그 사람 귀에 들어갈지 어떨지 별로 고민하지 않고 머릿속에 떠오른 것을 그대로 무의식중에 뱉어버리는 약점이 있어. 너만 그런 게 아니야. 나도 그래. 나를 싫어하던 세 친구도 만일 그때가 아니더라도, 언젠가 그중 누군가가 '쟤네들이 너에 대해 이러 쿵저러쿵 말했어'라고 알려줬을지도 모르지. 그런 사실을 염두에 두 었다면 처음부터 하지 않았을 말일 수도 있어. 대개 거기까지 깊이 생각을 안 하지. 인터넷 댓글도 마찬가지야. 그러니까 처음 만난 사 람에게, 아니 만난 적도 없는 사람에게 '너 별로야'라고 아무렇지 않 게 남기는 거야. 인터넷에서 그런 댓글을 아무렇지 않게 남기는 사람 도 처음 만난 사람에게 다짜고짜 '웃는 얼굴이 볼품없네요'라는 식으 로 얘기한 경험은 없을 거라고. 그러니 다른 사람이 이렇다저렇다 할 게 아니라 나부터 먼저 그런 말을 함부로 입에 올리지 않겠다는 의 식을 가져야 해. 알겠지? 귀한 거 배웠지? 하긴 이렇게 말하는 나도 계속 노력 중이긴 해."

맥주를 다 마신 가이토는 웨이트리스에게 같은 맥주를 주문했다.

"지금 온 웨이트리스를 보세요. 가까이 다가오면 눈으로 보게 되죠. 그럼 머릿속에 여러 생각이 떠올라요. 어떠세요?"

히데오가 머뭇거렸다.

"네…, 그렇긴 하네요."

"외모, 스타일, 화장의 진하기부터 향기까지 여러 정보가 한꺼번 에 머릿속에 떠올라요. 좋아하는 타입인지 그렇지 않은 타입인지, 말 을 걸고 싶을 만큼 좋은지 아니면 가까이 다가오지 않았으면 할 정도로 싫은지. 전부 무의식적으로 떠올라요. 그렇다고 그 생각을 상대에게 직접 말로 표현하지는 않죠. 처음 만난 상대에게 '너 같은 타입은 별로야', '얼굴이 내 취향이 아니야'라고 말하는 사람은 아마 세상에 없을 거예요. 굳이 말할 필요가 없죠. 그렇지만, 다른 장소라면 '이런 애를 만났어'라는 이야기를 얼마든지 말할 수 있어요. 인터넷이나 SNS에서도 물론 가능하죠. 저는 누나와 아버지를 죽음으로 몰고 간 불특정 다수의 사람을 매우 증오했어요. 하지만 그 사람들이 하는 행동은 저도 평소에 아무렇지도 않게 하던 행동이었어요."

가이토는 허탈하게 웃었다.

"단지 그 말을 사장님 앞에서 했는지, 인터넷에 썼는지의 차이일 뿐이죠. 제 머릿속에 떠오른, 당사자에게 굳이 전할 필요가 없는 정보를 마구 떠벌린 셈이죠. 저는 그때 비로소 저의 부족함을 깨달았어요. 그제야 '아무도 원망하지 마라. 사람을 미워하지 마라.'라고 아버지가 남기신 말씀의 의미를 이해하게 되었어요. 결국, '아무도'와 '사람'이라는 말에는 저도 포함되어 있던 거였어요."

"자신을 원망하지 말라, 자신을 미워하지 말라는 말씀이었네요?"

"네. 그런 뜻이었어요. 그날 차 안에서 눈물을 한 바가지 흘렸죠. 눈물이 샘솟듯 흘러나와 멈추질 않았어요. 하염없이 우는 저에게 사장님은 다시 한번 다정하게 말을 건네셨어요. '귀한 경험을 해서 정말 다행이다'라고요."

히데오는 가이토가 극복해 온 고통과 장벽이 얼마나 컸는지 새삼 깨달았다.

젊은 나이에 비해 지나칠 만큼 초연했던 요시카와 가이토라는 청
년은 예상대로 엄청난 시련과 슬픔을 견뎌왔다.

"전 이 일이 정말 좋아요. 이 일을 하면서 만나는 한 사람 한 사람의
인생을 되돌아보니 사람 냄새가 참 좋다는 사실을 새삼 깨닫게 되었어
요. 저 역시도 나약한 사람 중 하나라는 사실도 알았고요. 그리고 어쩌
면 모두 저와 다를 바 없다고 생각했어요."

"다를 바 없다고요…?"

"네. 피해자 탈을 쓰고 있지만 실은 자신도 모르는 새 가해자가 되
어 있다는 사실 말이에요. 제 누나를 향해 가시 돋은 말을 남긴 사람들
도 한 명 한 명 이야기를 나눠보면 분명 저랑 다르지 않을 거예요. 이
제껏 제가 만난 사람들은 모두 한결같이 사랑받아 마땅한 좋은 사람들
이었어요. 이 일을 하다 보면 그런 생각이 절로 들어요. 자신도 부족하
고 약하면서 다른 사람의 부족하고 나약한 점을 나무랄 수는 없잖아요.
서로 완벽하지 않은 게 당연하다는 사실을 깨달았어요. 불완전하다는
게 완벽한 인간이라는 증거라고나 할까요."

"불완전하다는 게 완벽한 인간이라는 증거……?"

가이토는 자조 섞인 웃음을 지었다.

"말이 좀 이상해서…, 이해하기 어려우시죠? 제 나름대로는 그렇
게 결론지었어요."

"아니에요. 왠지 알 것 같아요."

"인간에게는 여러 가지 모습이 있어요. 부드러운 얼굴, 엄격한 얼굴, 그리고 강한 면도 있고 약한 면도 있어요. 밝을 때도 있고 어두울 때도 있어요. 그중에 어떤 태도를 보일지는 상황에 따라, 상대방에 따라 달라지기 마련이에요. 저도 그렇고요."

가이토가 껄껄 웃었다.

히데오는 다시 한번 가이토의 넓고 깊은 도량에 압도되었다.

"전…, 소라 씨가 보여준 '하루카' 연기, 정말 최고였다고 생각해요. 그 영화를 만난 건 제게 더할 나위 없는 행운이었어요."

히데오는 수없이 되풀이해서 본, 인생 영화의 여주인공이 지금 눈앞에 앉아 있는 젊은 친구의 누나라는 사실이 기적 같았다. 물론 그 상대 배우였던 세리자와 마사시를 만난 것도.

이렇게 우연이 연달아 반복되면 지금 이 자리에 자신이 있다는 사실도 분명 의미가 있을 것이라는 확신이 섰다. 그 의미가 과연 무엇인지는 아직 알 방법이 없었다. 그 사실이 그저 답답할 따름이었다.

"말씀 감사합니다. 아무도 원망하지 않으려고 해도, 사람을 미워하지 않으려고 애써도 가족을 잃은 분노와 안타까움이 쉽사리 사라지지는 않았어요. 다만 만약 그때의 제가 지금처럼 여러 사람을 만나 많은 걸 배우고 깨달은 다음이었다면, 어쩌면 누나를 죽게 내버려두지 않았을지도 모른다는 생각에 마음이 아파요. 물론 깊이 생각하면 할수록 제가 원망스럽고 미워요. 지금이니까 할 수 있는, 말도 안 되는 소리라는 것도 알고요. 그래도 배우면서 강해지는 건 중요하니까요."

히데오는 테이블 위에 놓인 촛불 그림자가 가이토의 얼굴에 드리워져 흔들리는 모습을 지그시 바라보았다.

"만일 과거로 돌아간다면 누나에게 무슨 말을 하고 싶어요?"

가이토가 쓴웃음을 지었다.

히데오는 서둘러 말을 덧붙였다.

"대답하고 싶지 않으면 대답하지 않아도 돼요. 그냥…, 실장님께 배워 두면 혹시 이다음에라도 언젠가 다른 생명을 구할 수도 있지 않을까 해서…."

가이토는 가만히 천장을 올려다보며 곰곰이 생각하다가 크고 느리게 고개를 여러 번 끄덕인 뒤 포근한 미소를 머금고 말했다.

"그러네요. 도움이 될 수도 있겠네요."

가이토는 히데오를 향해 몸을 앞으로 살짝 기울였다.

"세상으로부터 온갖 비난이 쏟아지면 무서워서 움츠러들고 어딘가로 숨고 싶어지는 건 사람이니까 당연해. 하지만 맞바람이 거세면 거셀수록 날개를 한껏 드넓게 펼쳐 하늘로 날아오를 수 있어. 그러니까 겁내지 말고 용기를 내서 날개를 펼쳐 봐. 이제껏 겪어본 적 없는 거센 맞바람은 지금 있는 곳에서 단숨에 힘차게 날아오르라는 신호야. 두둥실 떠올라 하늘로 높이 높이 날아오르라는 신호. 날개를 펼쳐 봐, 소라 누나. 순풍이 불 때는 날개가 있어도 하늘을 날 수 없어. 이건 위기가 아니라 기회의 바람이 확실해. …… 이렇게 말하지 않았을까요?"

히데오는 가이토가 자신에게가 아니라 소라 누나에게 정말 들려주고 싶었던 진심 어린 이야기를 하고 있다는 생각이 들었다. 가이토의 말은 지금 히데오에게도 꼭 필요한 말이었다. 그리고 가이토 자신에게도 물론.

가슴이 뻥 뚫린 듯한 감동에 히데오는 잠시 할 말을 잃었다.

"이 이야기는 이제 그만하고 빨리 먹고 들어가죠. 내일 아침에는 일찍 일어나서 출발해야 하니까."

가이토가 평소처럼 명랑한 표정을 되찾고 말했다.

"네."

히데오도 얼른 미소를 지어 보이고 대답했다.

창밖에는 눈발이 서서히 흩날리기 시작했고 거리를 거니는 연인들은 어깨를 더 가까이 맞대고 다정한 모습으로 길을 걷고 있었다.

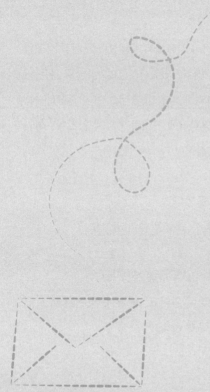

하타야마 가즈키
@도쿄 고쿠분지

나리타 공항에 도착한 가이토와 히데오는 곧바로 리무진 버스 승차장으로 향했다.

뉴욕에 비해 춥지 않았다. 오히려 시원해서 상쾌함이 느껴질 정도의 날씨에, 낮게 뜬 겨울 해가 밝게 빛나고 있었다. 신요코하마로 가는 버스가 바로 도착했다. 듬성듬성 자리가 남을 만큼 버스 안이 혼잡하지는 않았지만, 창가에 앉은 히데오 옆자리에 가이토가 와서 앉았다. 성인 남자 둘이 나란히 앉기에는 버스 좌석이 다소 비좁았다.

"편하게 앞에 앉으시지요?"

히데오는 가이토에게 넌지시 물었다.

"사무실에 도착하기 전까지 잠깐 드릴 말씀이 있어요."

"예, 무슨 말씀이실까요?"

히데오는 자세를 바로잡고 가이토를 향해 몸을 돌렸다.

"실은 조금 전에 회사에서 연락이 왔어요. 배달 중인 편지 말고 급하게 배달할 편지가 한 통 더 있다고 하네요."

"멀어요?"

"국내이긴 한데, 아마미에요."

"아마미라면…?"

히데오는 잠시 머리를 굴려보았지만 얼른 대답이 떠오르지 않았다.

"어디에 있는 섬이었죠?"

"가고시마요."

"이번에도 꽤 머네요."

가이토가 고개를 끄덕였다.

"급하다고 하니 일단 사무실로 복귀했다가 하네다로 재빨리 움직여야 해요."

히데오는 이제 어느 정도 각오가 섰는지 피식 웃음이 나왔다.

"괜찮아요. 이제 적응이 된 모양이에요."

"그런데 좀 문제가 생겼어요."

가이토가 얼굴을 찌푸렸다.

"네? 무슨 문제요?"

히데오가 되물었다.

"2주 내로 배달해야 하는 편지 다섯 통 중 이제 한 통 남았는데 기간이 사흘밖에 없어요. 저희가 같이 아마미에 다녀오면 아무래도 늦을 것 같아요."

"예……."

"일단 사무실에 들렀다가 그다음부터는 따로 움직이는 게 좋겠어요."

"그 말씀은…, 저 혼자 가라는 말씀이시네요…."

가이토가 빙긋 웃으며 고개를 끄덕였다.

"이미 네 건이나 같이 다녀왔으니 문제없을 거예요. 다섯 번째 편지 배달이 끝나면 어차피 다음 주부터는 혼자 다니셔야 하니 조금 앞당겨졌을 뿐이에요."

히데오는 긴장이 밀려왔지만 심호흡하고 어깨를 쭉 펴며 각오를 다졌다.

해야 할 일이라면 볼멘소리나 하고 있을 때가 아니다. 반드시 해내야 한다.

"알겠습니다. 제가 다녀올게요. 아마미에 사시는…, 어느 분께 전달하면 될까요?"

가이토가 고개를 저었다.

"아마미에는 제가 다녀올게요. 아라이 씨는 다섯 통 중 맨 마지막 편지를 부탁드려요."

"어디로 가면 될까요?"

히데오는 긴장이 역력한 얼굴로 물었다.

가이토는 히데오의 반응을 살피며 천천히 말했다.

"혹시 오스트레일리아의 마리온이라는 도시를 아시나요?"

"……오스트레일리아?!"

히데오는 잠시 주춤했지만 처음 맡은 임무에 동요하는 모습을 보일 수는 없었다. 최대한 태연한 척하며 대답했다.

"아니요. 처음 들어요."

"아, 그러시군요. 가실 곳은 마리온의 자매도시, 고쿠분지입니다."

히데오가 눈을 동그랗게 떴다.

"예? 뭐라고요? 고쿠분지라면, 도쿄에 있는 고쿠분지 말씀이시죠? 남반구가 아니라?"

가이토가 깔깔 웃었다.

"네, 도쿄 고쿠분지 맞아요."

히데오는 안도의 한숨을 내쉬었다.

"어휴, 실장님도 참!"

열흘 가까이 붙어 다녔다고 가이토와 사이가 꽤 친밀해졌다.

***

고쿠분지역 개찰구를 빠져나온 히데오는 재킷 안 주머니에서 편지 주인에 관한 자료를 다시 꺼냈다. 셀 수 없을 만큼 여러 차례 읽었지만 만나기 전에 또 한번 읽어두기로 했다.

자료에는 편지를 받는 사람의 이름과 사진, 배달 장소가 쓰여 있다.

이름은 하타야마 가즈키. 배달 장소라고 쓰인 부분에는 '매주 금요일 저녁 6시, 고쿠분지역 남쪽 출입구 인근 한 숯불구이 식당, 혼자 식사하러 옴.'이라고 쓰여 있고 지도가 한 장 첨부되어 있다. 정보라고 하기엔 뭔가 허술하다. 핀으로 지도에 표시된 부분은 숯불구이 식당을 나타내는 걸까?

편지 주인을 특정하기 위한 인물 사진도 10년 전 중학교 졸업앨범 사진이 전부였다.

'고작 이게 다야?'라는 솔직한 심정으로 자료를 몇 번이나 다시 봤지만 별다른 내용은 없었다. 괜스레 자료를 뒤집어 보기도 하고 햇빛에 비춰보기도 했지만 뭔가 특별한 점은 없었다.

"그 시간에 거기 가보라는 얘긴가?"

그렇게 이해할 수밖에 없어서 늦지 않게 고쿠분지역에 왔다.

지나가는 사람들은 히데오를 그냥 지나치는 법이 없다. 둘이 있을 때보다는 시선을 집중시키는 정도가 덜하다는 게 그나마 위안이라고나 할까. 이제 사람들의 시선에도 조금 익숙해졌다.

손목시계가 오후 5시 45분을 가리켰다.

주변보다 약간 지대가 높은 곳에 있는 전철역 출구에서 방사형으로 길이 뻗어있다. 히데오가 오른쪽으로 난 길을 눈여겨보았다.

"저쪽이군."

방금 눈에 담아둔 지도를 떠올리며 걷다 보니 예상보다 빨리 편의점이 나타났다.

"편의점에서 왼쪽으로 돌면 바로라고 했지."

목적지인 숯불구이 식당이 시야에 들어왔다.

가게 앞을 서성이며 내부를 살펴보려 했지만 잘 보이지 않았다.

폭이 좁고 위로 길다란 가게를 올려다보니 2층에도 좌석이 있을 법했다. 손님은 거의 없어 보였다.

"왔는지 안 왔는지 알 수가 없네."

히데오는 어쩔 수 없이 입구가 잘 보이는 곳에서 6시까지 기다려 보기로 했다.

'정말 올까?'

라고 생각하며 시계를 확인하려는데 하타야마 가즈키가 모습을 나타냈다.

부스스하게 자란 머리를 감추려는 듯 모자를 덮어쓰고 수염은 덥수룩하고 안경을 썼다. 밝은 갈색 패딩 점퍼에 청바지를 입고 숯불구이 식당으로 혼자 터덜터덜 들어갔다. 편지의 주인임을 알아차릴 수 있었던 건 사진 속 안경과 똑같은 안경을 썼기 때문이다.

'말을 걸었는데 무시하면 어쩌지?' 히데오의 심장 박동이 빨라졌다.

이제까지는 전부 가이토가 적절한 때에 편지 주인에게 말을 걸고 편지를 건네는 모습을 지켜보기만 하면 그만이었다.

"감이죠."

가이토는 그렇게 말했지만 지금 히데오의 감은 전혀 꿈쩍도 하지 않고 있다. 다가가야 할지 여기서 기다려야 할지 도무지 판단이 서지 않는다.

하타야마 가즈키는 혼자 밥을 먹으러 온 거니, 길어야 한 시간 정도일 것이다. 다행히 이번 일만 마치면 이틀 휴가가 생긴다. 나올 때까지 기다리는 게 무난한 선택이다. 다만 회사에서 받은 자료에 '오후 6시'라고 명시되어 있는 데에는 무슨 이유가 있을 것 같다.

히데오는 가게 안을 살피기 위해 슬그머니 다가가 보았다. 가게 점원이 바삐 움직이는 모습을 보니 1층에 착석한 모양이다.

"그럼 가 볼까?"

순간적으로 몸이 입구 쪽으로 움직였다. 감 때문은 아니다. 지금이 최고의 순간이라는 판단 때문도 아니다. 몸이 저절로 움직였다고 해야 옳겠다.

곧이어 냉철한 자아가 '정말 갈 셈이야? 괜찮겠어?'라고 속삭였지만, 때는 이미 늦었다. 자동문이 스르륵 열리고 안에서 "어서 오세요. 몇 분이세요?" 하는 활기 넘치는 종업원의 목소리가 들려왔다.

히데오는 당황해서 어쩔 줄 몰랐지만, 다시 식당 밖으로 나갈 수도 없는 노릇이었다.

"아, 아뇨. 볼 일이 좀 있어서…."

그렇게 얼버무리며 가게 안을 둘러보니 1층에 다섯 개뿐인 테이블 중 하나에 하타야마 가즈키가 앉아 있는 모습이 눈에 들어왔다.

그 모습을 지켜보던 점원이 "일행이 있으신가요?" 하고 물었지만 하타야마는 히데오를 알 턱이 없으니 '네'라고 대답하기도 곤란해서, 하타야마 바로 옆 빈자리를 가리키며 물었다.

"저기 앉아도 될까요?"

"네, 앉으세요."

점원은 히데오를 자리로 안내하고는 주방을 향해 크게 외쳤다.

"손님 한 분 오셨습니다."

'이런….'

히데오는 벽을 등지고 자리에 앉아 바로 왼편에 앉아 있는 하타야마 가즈키를 보았다.

가즈키도 옆자리 손님의 시선을 느꼈는지 이쪽을 쳐다보았다. 가즈키와 눈이 마주친 히데오는 서둘러 어색한 웃음을 지어 보였다.

가즈키도 흠칫 놀라며 어중간한 미소를 보냈다.

히데오는 바로 지금이라고 생각했다. 이 순간을 놓치면 식사하는 내내 타이밍은 찾아오지 않을 테고 식사를 마치면 뒤쫓아가듯 가게를 뛰쳐나가 편지를 전해야 한다. 밥값 계산도 해야 하고 여러 상황을 고려하면 썩 좋은 방책이 아니다.

'Now or Never!'

주문을 걸듯 속으로 크게 외쳤다.

"혼자 오셨나 봐요."

말을 걸어올 줄은 꿈에도 몰랐던 가즈키는 깜짝 놀라 눈을 휘둥그렇게 떴다.

"예? 예…."

"여기 자주 오세요?"

"네, 뭐…."

"전 오늘 처음 왔거든요. 혹시 추천하실만한 음식이 있을까요?"

히데오는 그런 건 점원에게나 물어보라는 눈빛의 시큰둥한 반응을 각오했지만, 가즈키의 대답은 뜻밖이었다.

"이 가게는요, 뭘 주문해도 다 맛있어요."

"아, 그렇군요."

메뉴를 펼치자 점원이 물과 물수건을 들고 다가왔다.

"무엇으로 주문하시겠어요?"

"하타야마 씨와 같은 메뉴로 부탁드릴게요."

가즈키는 화들짝 놀라 몸이 얼어붙은 채, 옆 테이블에 앉은 순백색 차림의 남성을 쳐다보았다.

영문을 알 리 없는 점원은 히데오에게 다시 물었다.

"무엇으로 드시겠어요?"

"아, 옆 손님과 같은 걸로요."

"아…, 예. 알겠습니다."

점원은 가즈키를 슬쩍 쳐다보고 주문서를 작성했다.

"놀라게 해 드려 정말 죄송합니다. 실은 저는 이런 사람입니다."

히데오는 명함을 건넸다. 편지의 주인들을 만나러 다니는 사이, 회사에서 준비해 둔 명함이다.

"주식회사 타임캡슐, 아라이 히데오 씨…?"

가즈키는 아직 풀리지 않는 굳은 표정으로 조심스레 손을 뻗어 명함을 받아서 거기에 쓰여 있는 이름을 읊조렸다.

"네. 저는 미래의 자신에게 쓴 편지를 맡았다가 다시 전해드리는 회사에서 나왔습니다. 혹시 지금으로부터 10년 전, 중학교 졸업 기념으로 미래의 자신에게 편지를 쓰신 걸 기억하십니까?"

히데오가 편지 한 통을 내밀며 말했다.

가즈키는 편지를 받지 않고 떨떠름하게 웃었다.

"받지 않겠다고 했더니 이렇게 일부러 들고 찾아오기까지 하는군요."

"예?"

이번에는 히데오가 놀라 가즈키를 보았다.

"그 편지, 집으로 온 적이 있는데 제가 수령을 거부했어요. 장난인 줄 알고 기분 나빴는데 진짜 제가 쓴 편지였군요."

"……"

히데오는 편지를 가즈키 앞에 있는 테이블 위에 놓았다.

"수령을 거부하셨다면…?"

"발신처로 쓰인 주식회사 타임캡슐이라는 회사명이 생소해서 거절했죠. 멋대로 상품을 보내놓고 받으면 무조건 고액이 청구되는 사기 수법도 있잖아요."

"아, 그러셨군요."

맡아둔 편지를 발송할 때, 처음에는 우편으로 보낸다. 그때 수취인의 주소가 바뀌면 편지가 회사로 반송될 수 있도록 편지 뒷면에 발신인으로 회사 이름이 쓰인 스티커를 붙여 둔다. 그 편지를 재발송할 때는 택배를 이용한다. 받는 사람이 택배도 거부하면 편지는 또다시 되돌아온다.

"그렇다면 이 편지가 제가 저에게 쓴 편지라는…?"

"네, 그렇습니다."

가즈키가 코웃음을 쳤다.

"필요 없어요. 읽고 싶지도 않고."

가즈키는 편지를 자신의 테이블에서 집어 들어 히데오의 테이블로 돌려주었다. 예상을 빗나간 전개에 히데오는 순간 숨이 멎는 것 같았다.

"받지 않으시면 곤란합니다."

"그럼 적당히 근처에 버리고 가세요."

히데오는 고개를 옆으로 세차게 흔들었다.

"본인에게 확실히 전달하는 게 제 일이니까요. 여기에….."

히데오는 재킷 주머니에서 또 다른 서류를 꺼냈다.

"받으셨다는 서명을 받기 전에는 돌아갈 수 없습니다."

가즈키는 한숨을 쉬었다.

"알았어요. 이리 주세요. 편지는 제가 직접 버릴 테니. 그럼 문제 없죠?"

가즈키보다 재빠르게 히데오가 먼저 편지를 집어 올렸다.

"잠깐만요."

히데오가 난처한 얼굴로 가즈키를 바라보았다.

"뭐 어때요? 내 편지 내 마음대로 하겠다는데…."

"그렇기는 하지만, 잠시만요."

"무슨 일이실까요?"

심상치 않은 분위기에 점원이 다가와 양쪽 테이블 사이에 서서 두 사람을 번갈아 보며 물었다.

"아니, 아무것도 아닙니다."

어색한 공기가 감도는 가운데 히데오가 대답했다. 때마침 출입문이 열리고 다른 손님이 들어온 덕분에 점원이 그쪽으로 향했다.

히데오는 양해를 구하지 않고 덥석 테이블에 놓인 물과 물수건을 들고 옆 테이블로 가서 가즈키를 마주 보고 앉았다.

가즈키는 아무 말도 하지 않았다.

"하타야마 씨, 이 편지는 당신의 편지가 맞습니다. 그러니 어떻게 하시든 상관없지만 한번 읽어보시는 게 어떨까요? 읽고 싶지 않을 수 있지만, 과거의 당신이 오늘의 당신에게 쓴 메시지가 분명하잖아요. 그 이야기에 귀를 기울여보면 어떨까요. 과거의 내가 보낸 이야기를 소중히 여기세요."

"……"

히데오의 말에 가즈키의 표정이 돌변했다.

"됐어요."

"무슨 말씀이세요?"

"편지에 뭐라고 썼을지 상상이 가요. 저는 그때 꿈이 있었어요. 꿈에 대해 쓰여 있겠죠. 그리고 전 그 꿈을 이뤘어요. 비록 제가 꿈꾸던 그런 세계는 아니었지만…. 저는 마음을 다쳤고 그 일을 그만두었어요. 다른 일을 찾으려는 의욕도 잃었고 지금은 생계를 지원받아 근근이 생활하고 있어요. 살아 있다기보다 그저 숨만 쉬며 하루하루를 보내고 있어요."

가즈키의 목소리가 점점 사그라들었다.

"……."

히데오는 가즈키의 말을 기다렸지만 더 이상 아무 말도 하지 않았다. 히데오가 뭐라도 말을 꺼내야 했다. 무슨 말을 해야 좋을지 망설이던 히데오는 자신의 이야기를 털어놓기 시작했다. 어쩌다가 이런 말을 하게 됐는지 히데오조차도 아리송했다.

"저도 그랬어요."

가즈키가 고개를 들었다.

"부푼 꿈을 안고 회사를 세웠죠. 사업이 날로 번창해서 직원도 꽤 늘었는데 망했어요. 저는 어쩔 줄 몰라 자포자기 상태로 있다가 결국 아내와 아이마저 떠나보내고 말았어요. 가족이 저를 버리고 떠났다는 사실에 더 큰 타격을 입어, 도저히 다시 일어설 엄두가 나지 않았어요. 죽음까지 생각했었죠. 하지만 죽을 수도 없었어요. 앞으로 나아갈 용기도, 인생을 끝낼 용기도 없는 자신을 증오했어요. 하지만 이렇게 인생을 새롭게 살아가고 있어요. 아주 소소한 계기 때문이에요."

"아주 소소한 계기요…?"

"네. 어두 컴컴한 미래를 비춰주는 아주 작은 불빛 같은 거예요. 마찬가지로 이 편지가 하타야마 씨의 미래에 작은 희망의 불씨를 가져다줄지도 몰라요. 아니, 반드시 가져다줄 겁니다. 지금까지 제가 배달했던 분들을 만나고 나서 확신했어요."

"예? 저 말고도 다른 사람들에게도 편지를 배달했어요?"

가즈키는 엉뚱한 부분에 놀라 반응했다.

히데오는 사실대로 말해도 될지 망설였지만 가즈키에게 도움이 될 수만 있다면 이 정도는 알려줘도 괜찮으리라 판단했다.

"하타야마 씨와 같은 반이었던 시마 아스카 씨, 모리카와 사쿠라 씨, 세리자와 마사시 씨, 그리고 시게타 선생님이요."

"네? 정말요? 다들 잘 지내던가요? 그렇지 않아도 요즘 마사시가 TV에 안 보여서 걱정했는데…."

"잘 지내고 있어요. 편지를 읽고, 다시 노력해보겠다고 했어요."

"그랬군요. 시마 아스카도 잘 지내나요?"

히데오가 고개를 끄덕였다.

"다행이다."

옛 추억이 떠올랐는지 가즈키의 표정이 다소 누그러졌다.

"저, 아스카를 좋아했거든요. 고백은 못 하고 헤어졌지만…. 아스카가 행복했으면 좋겠어요. 어땠어요? 행복해 보였나요?"

히데오는 웃으며 고개를 끄덕였다. 사실 그녀도 험난한 인생의 벽에 가로막혀 잘못된 길을 선택하기 직전이었다가 과거에서 온 편지 덕에 희망을 되찾았다는 말까지 전할 필요는 없다고 생각했다. 게다가 아련한 추억 속의 시마 아스카가 지금도 행복하다고 믿는 편이 가즈키도 만족스러울 것이다.

"예뻐졌겠지요? 저에 대해서는 하나도 기억 못 하겠지만…."

가즈키는 섭섭한 미소를 지었다.

"하타야마 씨, 편지, 읽어보시는 게 어때요?"

히데오가 다정하게 말을 건넸다.

눈앞에서 먹음직스러운 냄새를 풍기며 고기가 지글지글 맛있는 소리를 냈다.

히데오가 화로로 손을 뻗었다. 고기를 뒤집는 연기 너머로 접시 위에 놓인 고기를 멍하니 바라보는 가즈키의 얼굴이 보였다. 나중에 들어온 손님들 눈에는 두 사람이 일행으로 보일 것이다.

"저는 어렸을 때부터 학교 선생님이 되고 싶었어요. 그 꿈은 고등학교에 가도 그대로여서 대학도 교육학부로 진학했고, 졸업하자마자 중학교 선생님이 되었어요. 그런데 교사라는 일이 제가 꿈꿔 온 일과는 크게 달랐어요."

"뭐가 다르던가요?"

"전부 다요."

"전부 다…요?"

"네. 학교에서 저처럼 소심한 교사의 말은 아무도 듣지 않아요. 아무리 좋은 수업을 해도 듣는 학생이 없어요. 시답지 않은 우스갯소리나 내던질 줄 아는 교사나 학생을 위하는 마음이라고는 눈곱만큼도 없는데 덩치 크고 무서운 교사가 하는 말에는 잘만 귀를 기울이죠. 제 성격에 맞는 일이 아니었어요."

"포기가 좀 일렀던 게 아닐까요?"

히데오가 부드러운 말투로 물었지만 가즈키는 힘없이 고개를 저었다.

"만일 학생과의 관계가 좋았다고 해도 두 번 다시 하고 싶지 않아요. 학생보다 더 제멋대로인 부모들 눈치나 보며 일하는 것도 이제 지긋지긋해요. 게다가….."

가즈키는 망설이며 말을 멈췄다.

"게다가…?"

히데오가 재촉했다.

"제가 왜 선생님이 되고 싶었는지 아세요? 저는 이 나라가 정말 좋아요. 어느 날 할아버지께 이렇게 말했더니 '그걸 아이들에게 가르치는 게 세상에서 가장 의미 있는 일이란다.' 하고 말씀하셨어요. 그래서 어른이 되면 아이들에게 이 나라가 훌륭한 나라라는 걸 가르쳐주고 싶어서 사회 선생님이 되었어요. 그런데 선생님이 되고 나서야 깨달았어요. 그런 걸 가르치는 게 중학교 사회 선생님이 아니라는 사실을요. 저는 학생들에게 자랑스러운 일본인을 소개했을 뿐인데 교무주임은 일본이 유리한 역사만 가르쳐서는 안 된다고 지적했어요. 그게 학교에서 큰 문제가 되었어요. '일본이 불리한 역사만 가르치는 건 중요한가요? 그러면 아이들에게 무슨 미래가 있습니까?'라는 제 주장은 '자네는 역사를 바르게 인식하고 있지 않네.'라는 한마디에 무너졌어요. 역사적인 사실에는 다양한 해석이 존재할 수 있고, 어느 해석이 올바른지 연구하는 것이 바로 학문이라고 알려주고 싶었을 뿐인데, 그조차 허용되지 않았어요. 저는 교사가 되겠다는 신념과 교사가 되면 이렇게 해야겠다는 포부만 있으면 훌륭한 교사가 될 수 있을 거라 믿었어요. 그렇지만 교사의 현실은 달랐어요. 문득 정신을 차려보니 저는 학생에게 미움받고, 부모에게는 비난받는 교사가 되어 있었어요. 동료 교사에게도 인정받지 못했고요. 스트레스를 견디다 못해 위궤양으로 입원했어요. 다 나으면 출근하려고 했는데, 시간이 흘러도 학교로 돌아갈 용기가 나지 않았어요. 퇴원하고 딱히 아픈 곳도 없는데, 학교에 갈 생각만 하면 심장 박동이 빨라지고 머리가 어지러워졌어요. 이 증상이 좀처럼 호전되지 않았어요. 마음의 병이었죠. 직장에 복귀할 수 있는 심리상태가 아니란 걸 저도 알았어요. 그래서 전 결국 학교를 그만두었죠."

"그랬었군요⋯."

"저도 아라이 씨와 마찬가지예요. 몇 번이나 죽으려고 했어요. 그런데 항상 한 발 남겨놓고 무서워서 용기가 나지 않았어요. 그때마다 할아버지가 해 주신 말씀을 떠올리는데, 앞으로 어떻게 살면 좋을지 몰라 점점 더 우울해지기만 했어요."

가즈키가 젓가락을 대지 않아서 두 사람 앞에 다 익은 고기가 차곡차곡 쌓여갔다. 그 모습을 지켜보던 가즈키가 히데오에게 말했다.

"어서 드세요."

"하타야마 씨도 드세요."

"저는 고기를 먹을 기분이 아니라서⋯."

하타야마가 주문한 메뉴는 냉면이었고 고기는 같은 테이블로 옮기고 나서 히데오가 추가로 주문한 것이었다.

"매주 금요일마다 여기 오신다고 들었어요."

가즈키가 쓴웃음을 지었다.

"잘 아시네요. 가게에서는 별로 탐탁지 않겠지만 와서 냉면만 먹고 가요. 학교에서 일할 때 매주 금요일마다 일주일 동안 고생한 저에게 주는 상으로 이 가게에 와서 고기를 먹었거든요. 일을 그만두면서 거의 모든 루틴을 포기했는데, 이마저 포기하면 영영 사회로 돌아갈 수 없을 것 같아서 일주일에 딱 한 번 여기에 오는 루틴만은 지키고 있어요."

"그랬군요."

히데오는 고기를 입으로 가져갔다.

"편지, 읽어보시는 게 어떨까요? 뭐라고 쓰여 있는지는 몰라도 분명 오늘을 새로운 인생의 첫날로 만들어 줄 만한 말이 편지에 담겨 있을 거예요. 주제넘은 말이란 건 알지만, 저는 하타야마 씨가 하고 싶던 일도 할아버님의 말씀도 틀리지 않았다고 생각해요. 이 나라가 좋은 나라라고 알리고 싶다면 꼭 사회 선생님이 아니더라도 할 수 있잖아요. 책을 쓴다거나 사람들 앞에서 강연할 수도 있고, 분명 다른 방법이 또 있을 거예요. 그 방법을 찾아봅시다."

"제가 그렇게 할 수 있다고 생각하세요?"

"당연하죠."

"고작 책 한 권 쓴다고 그걸로 먹고 살 수 있나요? 유명해진들 또 여기저기서 두드려맞을 걸 생각하면 그 분야와는 아예 담을 쌓고 싶어진다고요."

"마음은 충분히 이해해요. 그럼 그런 사회에 만족하시나요?"

"네?"

"지금은 그런 사회란 걸 인정해요. 하지만 이대로 만족하세요? 아이들에게 이 나라가 훌륭하다고 이야기해 주고 싶지 않은가요? 지금의 이 나라를 우리가 함께 만들어가고 있잖아요. 변화가 필요하지 않을까요?"

"함께요? 저는 만들지 않았어요."

"아니요. 함께 만들고 있어요. 한 사람 한 사람이 용기를 갖고 저마다 조금씩 더 나은 사회를 위해 한 걸음씩 앞으로 나아간다면 이 나라가 점점 좋아지지 않겠어요?"

"그건 어디까지나 이상이고 현실은 달라요."

"현실에 가로막혔기 때문이야말로 지금이 이상을 추구할 절호의 기회가 아닙니까?"

"이상을 추구할 기회요…?"

"네, 그래요. 모두가 이상보다 현실을 우선시하는 건, 그게 더 쉽고 위험이 적기 때문이에요. 현실이 가로막혔다면 이미 현실은 더 위험하다는 뜻이죠. 이대로 계속 살아가기 힘들 정도의 현실이라면 지금이야말로 이상을 추구할 기회인 거죠."

"이상을 추구할 기회가…, 지금이라고요?"

히데오는 힘주어 고개를 끄덕였다.

"한 치 앞을 모르는 게 인생이에요. 무슨 일을 하든 마찬가지죠.

모두 그 어둠을 두려워해요. 저도 무서웠어요. 가장 두려워했던 현실이 제 인생에 닥쳤어요. 그렇지만 깨달았어요. 그 어둠 끝에는 반드시 희망의 불빛이 기다린다는 사실을요."

"한 치 앞은 어둠, 그 어둠의 끝에 희망의 불빛이 찾아온다고요?"

"하타야마 씨의 지금 상황은 어둠 속일지도 몰라요. 하지만 어둠 끝에 불빛을 발견했을 때, 지난 어둠이 다시 살아갈 세상을 위해 꼭 필요한 어둠이었다고 깨닫게 되는 날이 올 거예요. 그러니 부탁드릴게요. 이 편지를 꼭 읽어보세요."

히데오는 다시 한번 가즈키에게 편지를 내밀었다.

"어둠 끝에 불빛이 있다?"

이렇게 중얼거리고 가즈키는 편지를 향해 서서히 손을 뻗었다. 그리고 히데오로부터 편지를 받아 조심스럽게 봉투를 열고 안에서 편지를 꺼냈다.

"자리를 피해 드릴까요?"

히데오가 말을 걸었다. 가즈키는 천천히 고개를 저었다.

"괜찮아요. 그러실 필요 없어요."

가즈키는 차분한 표정으로 편지를 펼쳐 읽기 시작했다.

하타야마 가즈키 님

스물다섯 살의 나는 이 편지를 어디서 읽고 있나요?

전혀 상상이 가지 않네요.

10년 후의 나는 지금의 장래 희망을 이미 이루었나요?

스물다섯 살이면 아직 꿈에 가까이 가기 위해 노력하고 있을지도 모르겠네요.

하루빨리 훌륭한 초밥 장인이 되어 할아버지가 잡은 생선을 손님에게 선보이는

가게를 열고 싶어요.

이제 곧 중학교를 졸업해요.

친구들도 모두 섬을 떠나 고등학교에 가요.

앞으로 어떤 일이 일어날지 모르지만

이 편지를 읽고 있는 내가 행복하길 바랄게요.

끝

가즈키는 편지를 손에 쥔 채 웃음을 터뜨렸다.

"어떠셨어요?"

히데오의 물음에 잠시 대답을 미루고 가즈키는 계속 웃어댔다.

겨우 진정하고 나서야 가즈키는 편지를 접어 봉투 안에 넣었다.

"글쎄요. 뭐라고 말씀을 드려야 좋을지…. 제가 아무래도 제 과거를 멋대로 지어냈나 봐요."

"무슨 말씀이세요?"

"저는 오래전부터 학교 선생님을 꿈꿔온 줄 알았거든요. 그런데 이 편지는 저에게 훌륭한 초밥 장인이 되어 있냐고 물어보네요. 까맣게 잊고 지냈는데, 그런 꿈을 꾸던 시기가 있었던 것 같기도 해요. 인간의

기억이란 도무지 도움이 되질 않네요. 일어난 일과 그 일이 일어나기까지의 기억을 모조리 끄집어내 허구의 이야기를 꾸며내서 그걸 진짜 과거라고 믿다니…, 선생님이라는 꿈을 어린 시절부터 소중히 간직한 꿈이라 착각하고, 이제껏 불행하게 산 제가 우습네요."

"왜 초밥 장인이던 꿈이 바뀌었을까요?"

"아마 할아버지가 돌아가셨기 때문이겠죠. 전 어부였던 할아버지가 정말 좋았어요. 그런데 전 배만 타면 멀미를 하는 바람에 어부가 될 생각은 접었어요. 그렇다면 할아버지가 잡아 온 생선으로 초밥 가게를 열면 되겠다고 생각한 거죠. 맞아요, 그랬어요."

가즈키는 과거의 기억을 되짚어가듯 옛이야기를 하며 자신의 기억을 바로잡았다.

"그렇지만 모리시타 선생님을 만나고 선생님도 좋은 직업이라고 생각했어요. 그래서 아마 할아버지가 돌아가시고 초밥 장인의 길을 단념한 저에게 교사라는 길만 남은 거겠죠."

가즈키는 자신의 기억이 미덥지 못하다는 사실을 깨달은 탓인지 '아마'를 덧붙여 애매하게 얼버무렸다. 실제로 다른 꿈이 또 있었을지 모를 일이다.

"모리시타 유키 선생님이셨죠?"

"맞아요. 잘 알고 계시네요."

히데오는 은근슬쩍 웃어넘겼다. 시마 아스카에게 들었다고 말하면 또다시 그녀가 어디에 사는지 등등 대답하기 곤란한 질문을 퍼부을 것만 같았기 때문이다.

"언젠가 선생님께 교사가 된 이유를 물어본 적이 있어요. 왜 선생님께 그런 질문을 했는지, 어쩌다 선생님과 함께 있었는지는 전혀 기억나지 않아요. 바다를 바라보고 있었던 건 확실해요. 학교 밖에서 우연히 만났나?"

가즈키는 기억을 쥐어짜며 말했다.

"선생님께서는 '이 세상을 태어났을 때보다 좋은 세상으로 만들고 떠나고 싶으니까'라고 말씀하셨어요. 시큰둥한 대답이었지만 저에게는 너무 멋지게 들렸어요. 초등학교 때 선생님들께서 소풍 때마다 '왔을 때보다 깨끗하게'라고 하시면서 주변을 정리하게 시키곤 하셨거든요. 매년 똑같은 말씀을 하시길래 지긋지긋했는데…, 모리시타 선생님의 말씀을 듣고 제일 먼저 머리에 떠오른 게 바로 '왔을 때보다 깨끗하게'였어요. 어른, 아이 할 것 없이 누구나가 이 세상을 처음 왔을 때보다 아름다운 세상으로 만들고 떠난다면, 우리가 사는 세상이 정말 좋아질 거라고 저만의 이상향을 꿈꿨어요. 그랬던 기억이 나네요."

"그러셨군요."

히데오는 가즈키의 이야기를 들으며 그의 표정이 편지를 읽기 전과 사뭇 달라져 있음을 느꼈다. 가즈키에게도 이 편지가 어둠 끝을 비추는 한 줄기의 불빛이 되었으리라 확신했다.

"하타야마 씨, 어둠 저편에 작은 불빛이 보이던가요?"

히데오가 굳이 물었다. 물어보는 게 적절한지 모르겠지만 왠지 묻고 싶었다.

가즈키는 잠시 고심하는 듯하더니 히데오를 보고 활짝 웃었다.

"네. 아직 희미하기는 하지만."

히데오가 고개를 끄덕였다.

"그걸로 충분해요. 저도 며칠 전에 어둠 너머로 보이는 불빛을 발견했거든요. 놀라운 일이죠? 죽음까지 각오했던 두 남자가 지금보다 더 나은 사회를 만들기 위해 자신이 할 수 있는 일을 찾기 시작했으니까요."

가즈키는 쓸쓸한 미소를 보였다.

"전부 아라이 씨 덕분입니다."

"저는 그저 편지를 전달했을 뿐인걸요. 감사 인사는 과거의 자신에게 하세요."

가즈키는 고개를 가로저었다.

"현실에 가로막혔을 때야말로 이상을 추구할 절호의 기회라는 아라이 씨의 말이 마음에 와닿았어요. 그런 생각을 떠올릴 만큼 저는 강인하지 않아요. 하지만 아라이 씨도 그렇고 이 세상에는 저보다 훨씬 힘든 일을 겪고도 다시 일어나 이상을 향해 싸우고 있는 사람이 많다는 생각이 들었어요. 게다가 한 치 앞은 어둠이고, 어둠 끝에 빛이 있다는 말도 가슴을 울렸어요."

히데오는 쏟아지는 칭찬에 어떤 표정을 지으면 좋을지 몰라 자리에서 벌떡 일어났다.

"하타야마 씨, 제가 너무 오래 있었네요. 제 역할은 이제 끝났으니 그만 실례하겠습니다."

"그러시군요."

가즈키는 자리를 박차고 일어난 히데오의 모습에 당황했지만 붙잡을 수도 없었다.

"또 만나고 싶어요."

가즈키가 말했다.

"예, 저도 꼭."

히데오가 오른손을 내밀자 가즈키가 곧바로 그 손을 잡았다.

히데오가 본인이 주문한 음식의 계산을 끝내고 밖으로 나오자 어느새 눈이 내리고 있었다.

"내일이 크리스마스이브구나."

히데오는 모자를 꾹 눌러쓰고 전철역을 향해 길을 나섰다.

저 너머의 불빛

하치오지역에서 요코하마선으로 갈아탄 히데오는 자리에 앉아 전철이 출발하기를 기다리고 있었다. 창밖에는 눈이 끊임없이 내리고 있었다.

입사하고 처음 맡은 일을 무사히 해냈다는 안도감과 고단함이 한꺼번에 몰려왔다. 지난 2주 동안 처음 겪는 일만 가득했으니 그럴 만도 했다. 오랜만에 느끼는 반갑고 기분 좋은 피로였다.

이제 신요코하마로 돌아가 하타야마 가즈키에게 받은 편지 수령증을 회사에 제출하면 이틀간 휴일이 생긴다.

히데오는 지난 2주를 차례차례 떠올려 보았다.

잠시 멈추었던 인생이 다시 바쁘게 움직이기 시작했다는 실감이 들었다.

오사카에서 도쿄로, 홋카이도와 뉴욕을 거쳐 다시 도쿄로 쉴 새 없이 이동한 탓도 있지만 목적지마다 새로운 만남이 기다리고 있었기 때문이다.

만난 사람들 모두 저마다 고민을 끌어안고 살았다. 하지만 과거의 자신이 쓴 편지와 재회한 다음에는, 지금 당장은 어둠에 갇혀있을지 몰라도 저 너머에 빛이 기다린다는 사실을 깨닫고 인생을 새롭게 출발할 기회를 얻었다.

꼭 이 편지가 아니더라도 모두 현실의 어두운 터널을 빠져나갈 기회를 기다리며 살아온 것 같았다. 편지도 편지지만, 주식회사 타임캡슐 직원과의 예상치 못한 만남에서 새로운 삶의 기회를 발견한 것일지도 모른다.

혹은 요시카와 가이토라는 사람의 인간성에 매력을 느껴 마음에 등불이 켜졌을 수도 있다.

히데오는 회사를 경영하던 시절, 자주 강연회에 참석했다. 경영에 도움이 될 만한 힌트를 얻으려는 목적도 있었지만 가장 큰 목적은 마음에 불을 지피기 위해서였다. 마음에 불을 지피려면 뜨거운 열정을 가진 사람들의 이야기를 귀담아듣는 방법이 가장 용이하다.

그런 사실을 직원들에게 깨닫게 하고 싶어서 사내 연수에서 직접 불을 피워보게 하기도 했다. 불씨를 피워 불을 붙이기는 결코 쉬운 일이 아니다. 몇 시간이 걸려도 실패할 때가 많다. 그렇지만 이미 피워진 불의 불씨를 나눠 받는 건 단 몇 초면 가능한 일이다.

마음에 불을 지피는 것도 마찬가지다. 텅 빈 마음에 불을 붙이려고 하면 꽤 오랜 시간과 노력이 들지만, 불이 붙은 사람에게 받는 건

한순간이면 충분하다.

당장 의욕이 생기지 않더라도, 어떻게 해야 의욕이 생길까 고민할 여유만 있다면, 주제는 아무래도 좋으니 가슴이 뜨거운 사람의 이야기를 들으러 가라고 권하곤 했다.

'그랬던 사실마저 까맣게 잊고 살았구나….'

히데오는 기가 막혀 헛웃음이 나왔다.

편지를 받은 사람들이 저마다 어둠 저편에서 한 줄기 빛을 발견할 수 있었던 이유는 요시카와 가이토의 뜨거운 열정이 고스란히 전해졌기 때문일지도 모른다.

히데오가 그랬던 것처럼….

가이토를 만난 순간부터 가슴 한편에 있던 불안이 사그라들고 따뜻함과 강인함이 전해지는 걸 느꼈다. 그건 가이토가 자신보다 훨씬 거칠고 깊은 어둠 속에서 까마득히 멀리 보이는 희미한 불빛에 의지하며 제 자리로 돌아올 수 있었기 때문이다.

고통을 극복하면 극복할수록 사람은 사려 깊고 단단해진다. 그 사려 깊고 단단한 마음은 주위 사람들의 마음에도 희망의 불을 피운다.

'그랬구나.'

히데오는 확신했다. 가이토만큼 능숙하게 해내진 못했어도 오늘 만난 하타야마 가즈키의 마음에 불을 밝힐 수 있었던 건 이제까지 살면서 자신도 크고 작은 시련과 어둠을 겪고 극복했기 때문이다.

작디작은 불꽃일지 모르나, 히데오의 마음에도 뜨거운 무언가가 타오르고 있다는 증거였다. 그래서 가즈키의 마음에도 불꽃을 나눠 줄 수 있었다.

자신의 마음에 피어난, 아니 정확하게는 가이토가 나눠준 불씨를 꺼트리고 싶지 않았다. 이 불씨를 더욱 크게 활활 타오르게 하고 싶다….

문이 닫히고 전철이 서서히 움직이기 시작했다.

히데오는 전철의 경쾌한 흔들림에 몸을 맡기고 눈을 감았다.

***

신요코하마역에 도착하자 시간은 이미 밤 11시가 훌쩍 지나 있었다.

거리에는 살포시 눈이 쌓이기 시작했다.

'이 시간에 사무실에 누가 있으려나…?' 하고 회사가 있는 건물 아래에서 올려다보니 불이 켜져 있다.

"누가 있나 보네."

히데오는 재빨리 엘리베이터로 향했다.

사무실 문을 열어 보니 가이토가 있었다.

"잘 다녀오셨어요?"

가이토가 활짝 웃으며 히데오를 반겼다.

"네, 다녀왔습니다."

히데오는 수령증을 내밀며 말했다.

"어떠셨어요? 입사하고 첫 임무를 마친 소감은요?"

히데오가 쭈뼛거리며 웃었다.

"말도 마세요. 최선을 다하긴 했는데 글쎄요…. 아무튼 편지는 잘 전달했어요."

"훌륭하게 잘 해내셨어요. 첫 배달인데 편지 주인과 단둘이 고깃 집이라니…, 만만한 일은 아니죠."

가이토가 웃으며 말했다. 히데오가 깜짝 놀라며 물었다.

"보고 계셨어요?"

가이토는 여전히 웃고 있었다.

"에이, 설마요. 냄새 때문이죠. 옷에 밴 냄새."

"아, 냄새 많이 나요?"

히데오가 창피한 듯 머리를 긁적였다.

"회사에서 첫 업무는 이것으로 끝이에요. 정말 수고 많으셨어요."

가이토가 밝게 말을 건네며 머리를 숙였다.

"감사합니다."

히데오도 같이 머리를 숙였다.

"낯선 일의 연속이라 많이 고단하셨죠?"

"네, 피곤하긴 하네요."

히데오는 솔직하게 대답했다.

"그래도 실장님을 만나서 같이 이 일을 경험해 보니 여러 의미에서 새로 시작할 수 있을 것 같아요."

"오호! 참 잘됐네요. 저를 만나서라고 말씀하시니 영광이네요."

"정말이에요. 사라졌던 마음의 불씨를 실장님이 다시 지펴주셨어요."

"꼭 시인처럼 말씀하시네요."

두 사람이 함께 크게 웃었다.

한바탕 웃고 나서 가이토가 입을 열었다.

"좋은 일이 있으면 과거도 바뀌어요. 흔히 미래를 바꿀 수 있다고 하지만 실제로 과거도 바뀌거든요."

"과거가 바뀐다고요?"

"저를 만나 잘됐다고 하셨죠? 저도 아라이 씨를 만나서 좋았어요. 아라이 씨랑 함께 편지를 배달하면서 몇몇 분들의 인생을 조금이라도 나아지게 했어요. 그러니 아라이 씨도, 회사가 어려워져서 다행이었다고 아주 약간은 그렇게 생각할 수 있잖아요. 회사가 어려워지지 않았다면 지금 일어난 이 모든 일은 하나도 일어나지 않았을 테니까요."

"듣고 보니 그렇긴 하네요…."

"그래도 회사가 어려워져서 다행이라고 생각하기에는 아직 기쁜 일이 턱없이 부족하니까, 앞으로 훨씬 더 멋진 인생을 만들어가요. 과거를 눈부시게 바꿀 수 있게요."

"예."

히데오는 진심을 담아 고개를 끄덕였다.

"그럼 2주 동안 해야 할 일을 12일에 끝냈으니 내일과 모레는 휴일이에요. 무슨 계획이라도 있으세요?"

"계획까지는 아니지만 생각해 둔 건 있어요."

"그렇군요."

"실장님은요?"

"저는 오사카에 다녀오려고요."

"오사카요? 또 일하러 가세요?"

가이토는 고개를 저었다.

"반은 일이고, 반은 프라이버시? 지난번에 같이 만났던 시마 아스카 씨로부터 회사에 맡길 편지를 써 두었다는 연락이 왔어요. 편지도 전할 겸 한 번 만나자고요. 시간 있으면 같이 식사라도 하자고⋯."

"그랬군요. 시마 씨, 정말 미인이었죠?"

히데오가 의미심장한 말투로 묻고 미소 지었다.

"네."

가이토도 미소로 대답했다.

"근사한 크리스마스 보내고 오세요."

"아라이 씨도⋯."

사무실을 뒤로하고 밖으로 나오니 그새 눈이 벌써 소복하게 쌓여 있었다.

"내일까지 내리려나⋯?"

히데오는 하늘을 올려다보았다.

고요하게 내리던 눈이 갑자기 시야에 나타나 히데오를 중심으로 방사형으로 퍼져나가는 것 같았다.

***

아침에 눈을 뜨자마자 시작한 방 청소는 점심이 지나서야 겨우 성과가 나타났다. 히데오는 이 지경까지 방을 방치한 자신이 마냥 한심스러웠다.

다행히 어제부터 쏟아진 눈으로 쓰레기 수거 차량이 평소보다 늦게 도착하는 바람에 집을 치우면서 나온 쓰레기봉투 8개를 밖으로 내다 놓을 수 있었다.

양손에 두 개씩 쓰레기봉투를 들고 두 번 왕복했다.

차츰 방이 정리되어 가는 모습을 보니 마음도 함께 정리되는 기분이었다. 히데오는 진작 정리했어야 했다고 반성하며 손을 더 바삐 움직였다.

히데오가 사는 곳은 투자용으로 산 원룸 빌라다. 대학교 근처라 세입자가 바로바로 나타날 줄 알았는데 공실인 기간이 더 길어서 통 수익이 나지 않아 팔아버리려 했다. 좋은 조건에 매도하려고 차일피일 미룬 사이, 회사가 경영난에 빠졌고 자금 면에서도 아내와 아이가 떠나버린 빈집을 처분할 수밖에 없는 상황이었다.

결과적으로는 이 원룸을 팔지 않았고 마침 빈방이었던 덕에 히데오가 여기서 지낼 수 있었다. 그렇게 보면 운이 좋았던 것도 같다.

대충 정리가 끝나갈 무렵, 히데오는 옷장 안을 바라보았다.

1년 반 전에 이사를 오고 나서 한 번도 열지 않은 상자가 가득 쌓여있었다. 전에 살던 집에서 가지고 온 버리기 곤란한 물건이 대부분이다.

하지만 히데오가 새로운 인생을 살기로 한 이상 반드시 정리해야 하는 물건이기도 하다. 처분하든 보관하든 상자에 든 물건과 마주하지 않으면 인생도 새롭게 시작할 수 없다.

히데오는 옷장 안에서 상자를 하나 끌어안고 나와 깔끔히 정리된 마루 위에 내려놓았다. 테이프를 뜯어내고 담긴 물건을 보자 가슴이 저며 왔다.

상자 안에는 앨범과 액자, 정리되지 않은 사진, 편지와 연하장 더미가 뒤엉켜 있었다. 이삿짐을 쌀 때 혹시라도 감상에 젖어 서글퍼질까 두려웠던 히데오가 일부러 내용물을 일일이 확인하지 않고 마구 쓸어 담았기 때문이다.

바로 지금, 히데오는 그 하나하나와 마주하려 한다.

가장 먼저 액자를 꺼냈다.

하나씩 조심히 꺼내 가지런히 마루에 세웠다.

액자를 하나씩 세울 때마다 가족과의 추억이 되살아났다.

액자가 놓여 있던 자리까지도 생생하게 기억이 났다.

신혼여행으로 간 타히티에서 찍은 사진은 현관 바로 옆에, 딸의 유치원 졸업식에 세 식구가 나란히 찍은 사진은 거실 창가에, 사진관에서 찍은 가족사진은 서재의 긴 책상 위에 있었다.

사진 속에 행복 가득한 얼굴을 보니 그리운 마음이 커졌지만, 생각보다 무덤덤하게 사진 한 장 한 장과 마주할 수 있었다.

얼추 액자를 다 세워 놓고 이번에는 앨범을 끄집어냈다.

앨범 첫 장에는 아내 미유키와 사귀기 시작할 무렵의 사진이 들어 있다.

지금은 사라진 거대한 걸리버 조형물 앞에 나란히 서서 찍은 사진이다.

첫 데이트가 요코하마박람회(*1989년에 시 지정 100주년, 신항 개항 130주년을 기념하여 가나가와현 요코하마시에서 개최된 박람회-역주)였다. 현재의 '미나토미라이' 지역 인근에 있던 조형물이지만 정확히 어디였는지는 모르겠다.

그건 그렇고 둘 다 패션 감각이 없어도 너무 없다. 둘이 똑같이 당시 한창 유행하던 물 빠진 청바지를 입고 있다. 무심코 웃음이 터져 나왔다.

페이지를 넘기니 둘이 연애하며 찍은 사진이 가득했다.

두 권째 앨범에는 결혼식부터 딸 아리사가 태어날 때까지의 사진이 담겨 있었다. 세 권째 앨범은 아리사의 성장일기라고 해도 될 만큼 자신과 미유키의 사진은 거의 없고 온통 아리사의 사진뿐이다.

앨범은 아리사의 초등학교 4학년 운동회 사진으로 도중에 끝이 난다. 필름 사진을 더 이상 찍지 않게 되었기 때문이다. 디지털카메라가 등장하면서 가족이 옹기종기 모여 앉아 앨범에 사진을 붙이고 설명을 덧붙이던 정겨운 시간은 어느새 자취를 감췄다.

텅 빈 페이지를 훌훌 넘기며 끝까지 훑어본 히데오는 앨범을, 방금까지 보던 다른 앨범 위에 내려놓았다.

이번에는 작은 쿠키 상자를 하나 꺼냈다.

쿠키 상자 안에 무엇이 들어있을지 도통 감이 오지 않았다.

상자는 히데오와 미유키의 결혼식 추억이 담긴 물건들로 빼곡히 차 있었다.

참석한 손님에게 나눠준 안내장, 식장에서 찍은 폴라로이드 사진, 친구들이 남겨 준 메시지 카드, 전날까지 미유키가 직접 만들던 머리핀도 들어 있다.

상자 맨 밑바닥에는 초대장 여분인지 큼지막하고 빳빳한 봉투에 든 카드 두 장이 깔려 있었다.

손에 든 봉투를 펼치자마자 히데오의 머릿속에 그 카드의 정체가 떠올랐다.

피로연에서 낭독한 편지였다.

결혼식 이벤트로 신부에게 줄 편지를 준비하라는 친구의 아이디어로 쓰게 된 편지였지만, 아내에게도 똑같은 제안을 했던 듯, 결국 두 사람이 서로에게 쓴 편지를 읽는 시간이 마련되었다.

카드를 펼친 순간, 그날의 기억이 생생히 되살아났다.

심장이 두근거리고 가슴이 아려왔다.

편지를 집어넣으라는 내면의 목소리와 그에 저항하며 글자에서 눈을 떼지 못하는 자신이 격하게 다투었다. 거침없이 글자를 쫓아가는 눈을 멈추기에는 이미 늦었다.

미유키에게

우리가 사귄 지도 어언 8년이 지났습니다.
오늘 우리가 이렇게 소중한 사람들의 축복 속에서 결혼식을 올리다니 정말 꿈만 같습니다.

이날을 맞이하기까지 당신을 너무 오래 기다리게 했습니다.
제 일이 궤도에 오를 때까지, 어른으로서 제 몫을 해낼 때까지...라며,
하루하루 열심히 사는 동안 시간이 이렇게나 훌쩍 흘러버렸습니다.
오늘을 맞이할 수 있게 되어 정말 기쁩니다.

그동안 당신은 불평 한마디 없이 믿고 기다려 주었습니다.
그저 고맙다는 말밖에 할 말이 없습니다. 다시 한번 감사의 마음을 전합니다.

깜짝 이벤트로 미유키에게 편지를 써 보면 어떻겠냐고 들었을 때,
미유키가 싫어할 수 있겠다 싶었지만
지금의 제 마음가짐을 잊지 않겠다는 확고한 의지를
편지에 남겨 여기 모이신 분들 앞에서 전할 수 있어 매우 기쁩니다.

제 모든 인생을 걸고 미유키의 앞날을 행복하게 만들겠습니다.
지금까지 살아 온 날들처럼 앞으로도
오르막이 있으면 내리막이 있듯 기쁠 때도 있고 슬플 때도 있겠지만
함께 웃으며 헤쳐 나갑시다. 행복한 가정을 꾸려 갑시다.

앞으로도 웃는 얼굴로 내 곁에 오래오래 있어 주십시오.
지금까지 늘 그랬던 것처럼…….

히데오

히데오는 편지를 읽으며 주르륵 흘러내리는 눈물을 멈출 수가 없었다.

흐르는 눈물을 닦아내고 코를 훌쩍이며 편지를 읽고 나니 방금 본 앨범 속 사진과 더불어 미유키와 보낸 모든 시간이 밀려드는 파도처럼 기억 속에 되살아났다.

잊으려고 단단히 봉인해 둔 과거의 기억이었다.

두꺼운 벽 안에 꽁꽁 싸매 넣어버린 지난날의 기억이 미세한 균열에서 새어 나오기 시작하더니 이제는 막을 수 없는 기세로 히데오에게 몰아쳤다.

히데오는 그 자리에 웅크린 채 움직일 수 없었다.

모든 기억이 히데오에게는 보물이었다.

결혼하고 아이가 태어나 가족을 행복하게 해 주겠다는 일념으로 이를 꽉 깨물고 열과 성을 다해 일할 때는 전혀 떠올리지 못했던 보물이 가득했다.

히데오는 똑같은 모양의 봉투를 지그시 바라보았다.

같은 날 미유키가 히데오에게 쓴 편지였다.

솔직히 내용은 잘 기억나지 않는다.

다만 눈물을 참지 못하고 목멘 소리로 편지를 읽는 미유키의 옆모습만큼은 아직도 눈에 선하다.

너무 사랑스러웠다. 꼭 행복하게 해 주겠다고 다짐했었다.

히데오는 그 편지에 조심스레 손을 뻗었다.

편지를 펼쳐 한 글자 한 글자에 사랑을 쏟아내며 읽었다.

18년 전에 미유키의 마음과 다짐, 그리고 둘만의 소중했던 추억을 떠올리며 아주 천천히….

미유키의 편지에 히데오는 머리를 얻어맞은 듯한 충격을 받았다.

미유키를 행복하게 하겠노라 선언해놓고 미유키의 행복은 안중에도 없던 삶을 살았다.

미유키가 원한 것, 미유키가 바라던 가족, 미유키가 꿈꾸던 행복이 아니었다. 미유키가 원할 거라 히데오가 제멋대로 판단한 것, 미유키가 만들고 싶을 거라고 히데오가 마음대로 생각한 가족, 그리고 미유키가 좋아할 거라 히데오가 혼자 상상한 행복을 위해서만 필사적이었다.

전부 다 미유키가 원한 게 아니라 히데오의 독단이자 독선이었다.

어쩌면 미유키는 그 모든 걸 원하지 않았을지 모른다.

편지를 읽으며 가슴을 도려내는 듯한 통증이 느껴졌다.

"결국 난 처음부터 끝까지 제 멋대로였어."

그랬다. 히데오는 미유키가 진심을 담아 쓴 편지 내용을 모조리 잊었었다. 오늘에서야 처음 그날을 떠올리며 아내의 마음속에 있던 불안과 갈등, 각오와 배려를 깨닫게 되었다.

그때는 미유키의 마음도 모르고 오직 자신의 감정에만 치우쳐 혼자 감동에 젖어 있었다.

멈출 줄 모르고 펑펑 쏟아지던 눈물도 모든 기억이 되살아나고 나서야 비로소 진정되기 시작했다.

'40대 중반 아저씨가 원룸에서 혼자 처량하게 편지와 사진을 끌어안고 눈물을 흘리는 꼴이라니….' 하는 냉정하고 객관적인 시선을 되찾고 나니 무심결에 웃음이 터져 나왔다.

이제는 그 웃음을 멈추기 힘들 정도로 자신이 우스꽝스럽게 느껴졌다.

"바보 같기는…"

그리 생각하니 더 웃음이 나왔다.

너무 웃어서 눈물이 날 지경이었다.

슬픈 감정도 아주 가신 건 아니었다.

히데오는 주체할 수 없는 감정의 소용돌이 속에서 울다가 웃기를
반복했다.

"바보 같은 자식. 이렇게 된 이상, 더 바보짓을 한들 부끄러울 게
뭐가 있겠어."

***

"아리사! 케이크 픽업하러 가 줄래?"

미유키가 계단 아래서 2층을 바라보며 크게 외쳤다.

"아니."

차가운 대답이 되돌아왔다.

"부탁할게. 엄마가 가면 식사 준비가 늦어져."

"늦어지면 뭐 어때. 나 지금 바빠."

아리사는 크리스마스 선물로 받은 스마트폰을 아까부터 만지작거
리고 있었다. 주위 친구들은 다들 스마트폰을 쓴다며 조를 때마다,
그런 건 백해무익하다는 말로 일관하던 엄마가 건넨 뜻밖의 선물에
아리사는 꿈에 그리던 행복을 만끽하는 중이다.

미유키는 이런 딸의 모습이 직접 보지 않아도 눈에 그려졌다.

"내일모레면 수험생인데 핸드폰이나 보고…."

혼잣말처럼 중얼거리며 미유키가 거실로 돌아갔다.

"엄마, 저 잠깐 케이크 찾으러 다녀올게요."

미유키는 치킨 가라아게를 만들고 있는 요시코에게 말했다.

"응, 그러렴. 금방 오니?"

"네. DVD 반납하고 예약해 둔 케이크만 찾아서 바로 올 거예요."

"어머, 일부러 예약까지 해 둔 거니? 케이크."

요시코가 놀란 표정을 지었다.

"그럼요. 크리스마스잖아요."

엄마 요시코와 단둘이 있을 때면 미유키도 마치 소녀 시절로 되돌아간 듯 앳된 말투가 나온다.

"눈 오니까 조심하고."

"네."

말이 끝나기가 무섭게 미유키는 긴 기장의 흰색 코트를 손에 들고 현관으로 향했다.

신발장에서 멋스러운 장화와 새로 산 우산을 꺼냈다. 비가 오는 날은 가만히 있어도 기분이 가라앉는다. 가격은 좀 비싸더라도 비 오는 날을 위해 마음에 쏙 드는 용품을 장만해 두면 날씨가 나쁜 날도 즐겁게 기다릴 수 있어서 미유키는 오래전부터 우산이나 우비, 장화를 고를 때마다 심혈을 기울여 왔다.

현관문을 나서자 온 세상이 하얀 눈으로 뒤덮여 있었다.

어젯밤부터 내린 눈은 낮에 잠깐 그치는가 싶더니 해가 저물자 다시 내리기 시작해서 세상을 온통 새하얗게 물들여 놓았다.

"화이트 크리스마스네."

미유키는 우산을 쓰고 현관 밖에 있는 대문을 열었다.

미유키의 친정은 산 중턱을 개발해 조성한 단독주택 단지의 가장 높은 자리에 있었다. 오르막과 내리막이 많은 탓에 자전거를 사용하는 일도 드물다.

미유키는 눈길에 장화가 미끄러지지 않는지 꼼꼼히 확인하고 역으로 가는 비탈길을 살살 내려갔다.

역 앞 DVD 대여점에 도착해서 우산을 접으려고 보니 우산 위에도 눈이 살포시 쌓여있다.

'밤새 내리면 제법 쌓이겠는걸.'

발길을 서두르고 싶었지만, DVD 반납일이 지나 연체료를 내고 가야 했다.

마침 가게 카운터에서 미유키의 오랜 소꿉친구가 근무 중인 모습이 보였다.

"크리스마스이브인데 일하는 거야?"

미유키가 말을 건네자, 다카하시 미즈에가 체념하듯 웃으며 대답했다.

"이 나이에 이브가 뭐 대수니. 아들내미는 친구들이랑 여행 갔고 남편은 오늘 야근이래. 크리스마스라고 시끌벅적 보낸 건 아이가 딱 초등학생 때까지였어."

"하긴 그건 그래."

미유키는 DVD를 미즈에에게 건넸다.

"연체?"

미즈에는 계산대의 바코드 스캐너로 미유키가 가져온 DVD 바코드를 읽었다.

"차라리 사지 그래? 너 이 영화, 벌써 세 번이나 빌렸어. 《하루카와 요스케》. 네가 빌리기 전에는 누가 봤을 거 같아? 또 너야."

미유키가 수줍게 웃었다.

"우리 딸도 그러더라. 또 보냐고. 그래도 소장할 만큼은 아니야."

"대체 어디가 그렇게 재밌니? 연체료는 120엔."

미유키가 잔돈을 꺼내며 대답했다.

"맨 마지막 장면. 봐도 봐도 자꾸 보고 싶어지는 매력이 있어."

미유키가 동전을 미즈에에게 건넸다.

"다른 영화도 빌릴 거야?"

미유키는 고개를 저었다.

"아니, 이제 케이크 찾아서 바로 들어가야지."

"제대로 하네. 크리스마스 파티."

"뭐, 그렇다고 봐야지."

시시콜콜한 이야기를 나누다가 이렇다 할 작별 인사도 없이 가게를 나왔다.

바로 근처에 케이크 가게가 있다.

가게 안은 예약 손님으로 붐볐지만 대부분 이름을 말하고 이미 포장된 케이크를 받아서 계산만 하면 끝이라 미유키도 금방 케이크를 찾았다.

"길이 미끄러우니 조심히 들어가세요."

점원의 친절한 배웅에 절로 미소가 새어 나왔다.

집으로 올라가는 언덕길을 50미터쯤 되는 간격으로 늘어선 가로등이 밝게 비추고 있었다. 저 멀리에서 언덕을 내려오는 남자 한 명을 빼고는 아무도 보이지 않았다. 가로등 전구 아래에서만 눈이 보였다가 곧 사라졌다. 눈이 세상의 모든 소리마저 새하얗게 지우는지 크리스마스이브의 주택가에는 고요한 정적만 남았다.

미유키는 비탈길 중턱에 멈춰서서 뒤를 돌아 마을을 내려다보았다.

미유키는 눈 이불을 덮은 마을 풍경이 좋았다. 이름에 눈을 의미하는 단어인 '유키'가 들어가서인지 어렸을 때부터 눈이 내리는 날은 더 특별하게 느껴졌다.

조금 전만 해도 언덕 위쪽에 있던 남자는 도중에 다른 길로 빠지지 않고 곧장 이쪽을 향해 내려오고 있었다. 눈이 내리는데 우산도 쓰지 않았다.

모자를 써서 얼굴이 잘 보이지 않는데 미유키의 가슴이 콩닥거리기 시작했다.

'아는 사람인가?'

처음에는 이웃인 줄 알았지만 가까이 다가오면 다가올수록 그 남자의 걸음걸이, 분위기에 미유키의 무의식이 강렬한 반응을 유도했다. 정체를 알 수 없는데도 가슴 한편이 저렸다.

가로등 두 개 정도의 사이를 두고 불빛 아래를 지나는 그 사람의 옷차림이 선명하게 눈에 들어왔다.

머리부터 발끝까지 새하얀 정장을 입고, 머리에는 중절모를 쓰고 손에는 알루미늄제 서류 가방을 들었다.

수상한 사람 같아 보이지는 않았지만, 가로등 불빛으로 환한데도 모자에 가려져 얼굴이 잘 보이지 않았다.

반대로 남자에게는 언덕을 올라오는 미유키의 얼굴이 잘 보였을 것이다. 미유키는 잠시 멈추어 서서 남자를 바라보다가 다시 걸음을 재촉하며 언덕을 올라갔다.

가로등 바로 아래를 지나는 순간에도 남자의 얼굴을 확인하기 어려웠다. 그렇지만 미유키도 이제 심장 박동이 왜 이리 빨라졌는지 점점 정답에 가까이 다가가고 있었다.

눈에 익은 걸음걸이와 행동, 분위기….

'그이랑 닮았네.'

남편과 닮았다는 미유키의 직감은 한 걸음 한 걸음 내디딜 때마다,

'혹시 그이?'

하는 의문으로 바뀌다가 두 사람 사이의 거리가 40미터쯤으로 좁혀졌을 때는,

'그이다!'

라는 확신으로 바뀌었다.

미유키의 몸은 긴장으로 얼어붙고 심장은 더 두근거리기 시작했다. 하지만 멈추지 않고 계속 앞으로 걸어갔다.

'그이가 왜 여기에? 게다가 저런 복장으로?'

어떤 얼굴로 마주해야 할지 모르겠다. 미유키는 마음이 복잡했다. 아무 생각이 나지 않았다. 머릿속이 새하얘졌다.

이윽고 두 사람은 언덕 중턱에 있는 가로등 바로 아래에서 누가 먼저라고 할 것 없이 발길을 멈추고 마주 섰다.

"안녕하세요?"

히데오가 먼저 말을 걸었다.

"……"

미유키는 처음 만나는 사람처럼 인사하는 히데오를 어떻게 대하면 좋을지 몰라 가만히 있었다.

걸음을 멈추기는 했지만 어쩔 줄 몰라 그저 발치에 애먼 장화만 바라보았다.

"저는 이런 사람입니다."

히데오가 무언가를 내밀며 말했다. 미유키가 시선을 천천히 히데오의 손끝으로 돌리자 그의 오른손에 '주식회사 타임캡슐 아라이 히데오'라고 쓰인 명함이 들려 있었다.

미유키는 명함을 받지는 않고 작은 목소리로 말했다.

"일 시작했구나."

히데오는 겸연쩍은 웃음을 짓고 고개를 가볍게 끄덕였다. 건네지 못한 명함을 도로 집어넣고 말을 이어갔다.

"저는 손님이 자신에게 쓴 편지를 일정 기간 보관했다가 배달해 드리는 일을 합니다. 오늘은 18년 전에 쓴 이 편지를 들고 왔습니다."

히데오가 알루미늄제 서류 가방을 열고 안에서 편지 한 통을 꺼냈다.

미유키에게 편지를 내밀며 그녀의 얼굴을 살폈다.

"그 편지는⋯."

미유키는 조심스레 손을 뻗어 편지를 집어 들었다.

"이건⋯."

"당신이 18년 전에 제게 준 편지예요."

미유키는 결혼식을 떠올렸다. 오랫동안 떠올릴 일이 없었는데 이 편지는 결혼식을 하루 앞두고 히데오에게 쓴 편지였다. 예식 직전까지 결혼 준비로 정신없었는데도 그날의 마음을 담아 두고 싶어서 밤을 새워 고쳐 쓰고 또 고쳐 쓰던 기억이 되살아났다.

"왜 이런 걸 지금⋯."

미유키의 입에서 반가움과는 거리가 먼 원망 가득한 말이 새어 나왔다.

"모든 걸 다 잃고 인생을 새롭게 출발한 후에야 깨달았어. 왜 당신이 내 곁을 떠났는지. 그 이유를 깨닫게 해 준 게 바로 이 편지였어."

미유키가 한숨을 쉬었다.

"그게 무슨 말이야?"

"당신과 아리사를 행복하게 해 주려고 열심히 일했어. 오래 기다리게 했고 외롭게 했지만, 그 모든 것이 두 사람의 행복을 위해 애쓰고 있다는 증거라서 당연히 이해할 거라 믿었어. 시간이 갈수록 웃음이 적어지고 대화가 사라진 것, 가정을 돌보지 않고 일에만 열중한 것, 그 모두가 두 사람을 위한 일이라서 내가 일부러 말하지 않아도 알 줄 알았어. 그런데 그게 아니었어. 두 사람이 떠나고 나서야 내 사랑이 전혀 전해지지 않았다는 사실을 깨달았어. 사랑하는 아내와 딸을 위해 인생을 바쳐 마음을 전했는데 오히려 받아주지 않았다고 생각했지. 그게 아니었는데…. 당신과 아리사가 진정으로 바라는 행복은 이게 아니었는데…, 내 멋대로 내가 그렇게 하면 두 사람이 행복할 거라 착각했던 거야. 당신은 처음부터 무엇을 원하고 언제 행복한지 알려 주었는데, 내가 당신 목소리에 전혀 귀 기울이지 않고 전혀 엉뚱한 짓만 하면서, 그게 멋진 남편이고 아빠라는 착각에 빠져 허세나 부리며 살았어. 정말 미안해. 그 사실을 오늘에서야 알았어."

히데오의 어깨에 눈이 쌓여갔다.

불빛이 드리워진 가로등 아래로 눈송이가 두 사람을 향해 춤을 추며 내려왔다.

"내가 원한 거라니?"

미유키가 촉촉해진 눈으로 히데오에게 물었다.

"인생의 파트너."

히데오가 고개를 떨군 채 대답했다.

"난 당신을 편하게 살게 해 주고 싶었어. 아무 걱정 없이 살 수 있게. 그렇지만 당신은 지켜주기를 바란 게 아니었어. 오히려 언제 닥쳐올지 모르는 인생의 난관을 함께 헤쳐 나가길 원했지. 아무 걱정도 없는 일상이 아니라 함께 걱정하고 같이 밝은 내일을 만들어 갈 파트너를 원했던 거야. 나 혼자 무거운 짐을 짊어지게 해서 마음이 멀어지기보다는 버거운 짐을 함께 짊어져서 마음이 더 가까워지는 가족을 만들고 싶었던 거였어. 결혼하기 전부터 그런 걸 꿈꾼 당신인데…. 정작 나는 남자의 체면이네 뭐네 하면서 아직 회사가 자리를 못 잡았다는 핑계로 사업이 궤도에 오를 때까지 결혼을 미루자는 소리나 했고. 내가 그랬다는 걸 그 편지를 읽고 나서야 알았어. 바보같이 이제야 겨우 알았지 뭐야. 우리가 처음 만났을 때부터 당신은 줄곧 그렇게 이야기했는데 그동안 내가 알아주지 못한 당신의 진심이 이 편지에 고스란히 담겨 있었어."

미유키의 눈에서 눈물이 왈칵 쏟아져 나왔다.

히데오의 눈에도 눈물이 그렁그렁 맺혔다.

"그런 줄도 모르고 혼자 너무 외로웠지…?"

히데오는 말을 아꼈다.

말을 더 꺼냈다가는 눈물 콧물 범벅이 되어 더 이상 아무런 말도 못할 것 같아 입을 꾹 다물었다. 그렇지만 이 말만은 꼭 해야 한다. 과연

할 수 있을까? 히데오는 겨우 호흡을 가다듬고 울먹이는 목소리로 짧게 말했다.

"미안해."

히데오가 코를 훌쩍이며 하늘을 올려다보고 크게 심호흡했다. 조금 전에 건네지 못한 명함을 다시 한번 내밀었다.

"지금 이 회사에서 일하고 있어. 혹시, 만약에, 아주 만약에 당신이 이 편지를 읽고 그때의 감정이 아주 조금이라도 남아 있다면 다시 한번 둘이, 아니 셋이 새로 시작하지 않을래? 너무 갑작스러워서 부담이라면 만나서 식사만 해도 괜찮고, 잠깐 산책만이라도…, 어때? 난 이제 인생은 언제든 다시 시작할 수 있다고 믿거든. 언제까지라도 기다릴 테니 그런 마음이 생기면 연락해."

미유키는 20초가량 히데오의 떨리는 손끝을 바라보다가 복잡한 생각을 겨우 떨쳐낸 듯 천천히 숨을 내쉬고 명함을 받아들었다.

"고마워."

히데오가 웃음을 띤 얼굴로 모자를 벗어 고개 숙여 인사했다.

그 모습을 본 미유키가 눈물을 훔치며 생긋 웃었다. 히데오도 그런 미유키를 보고 눈물을 닦아냈다.

"뭐가 웃겨?"

"아니, 당신 있잖아."

미유키의 시선이 히데오의 머리에 고정되어 있다.

"계속 모자를 쓰고 있어서, 머리에 난 자국 때문에 꼭 스타워즈에

나온 '다스 베이더' 같아."

히데오는 헤벌쭉 쑥스러운 듯 웃으며 모자를 다시 썼다.

"머리에 난 모자 자국에 웃다니 꼭 그 영화 마지막 장면 같네."

히데오는 미유키에게 들릴락 말락 작은 목소리로 중얼거렸다.

미유키는 《하루카와 요스케》!' 하고 영화 제목을 외치고 싶은 걸 꾹 참았다.

오늘 낮에도 보던 그 영화 DVD를 방금 반납하고 오는 길이라는 사실이 부끄러워 차마 아는 척은 할 수 없었다. 연애 시절의 추억을 아직도 가슴에 품고 사는 속마음을 들킨 것 같은 기분에 괜스레 가슴이 두근거렸지만 히데오도 아직 그 영화를 기억하고 있다는 사실이 기뻤다.

미유키가 미소 지으며 코를 훌쩍였다.

"저기 그리고…."

히데오는 다시 서류 가방을 열어 안에서 예쁘게 포장된 작고 길쭉한 상자를 하나 꺼냈다.

"이건 아리사에게 좀 전해줄래? 산타가 다녀갔다고 해 줘."

미유키는 가벼운 마음으로 딸에게 전할 선물을 받아들었다.

히데오가 그칠 줄 모르고 내리는 눈 속에서 미유키의 얼굴을 가만히 바라보았다.

미유키도 히데오의 눈을 응시했다.

"그럼 이제 갈게. 메리 크리스마스."

히데오가 미유키의 옆을 지나 언덕을 내려가기 시작했다.

"잠깐만."

미유키의 목소리에 히데오가 뒤를 돌아보니 여전히 무심한 표정으로 미유키가 우산을 툭 내밀었다.

"난 금방 들어가니까."

휙 던지듯 우산을 손에서 놓았다. 히데오가 바닥으로 떨어질 뻔한 우산을 가까스로 붙잡았다.

"그래도….."

히데오가 대답했을 때, 이미 미유키는 뒤돌아서서 언덕을 오르고 있었다.

히데오는 발길을 멈추고 멀어져가는 미유키의 뒷모습을 지켜보았다.

집으로 향하는 미유키도 히데오에게 등을 돌린 채 작은 목소리로 중얼거렸다.

"당신도 메리 크리스마스."

"엄마, 저 왔어요."

"어서 와. 금방 온다더니 많이 늦었네."

요시코가 음식을 만드는 손을 멈추지 않고 미유키에게 대답했다.

"예."

그제야 요시코는 미유키를 쳐다보며, "세상에나!" 하고 다소 과장된 목소리로 말했다.

"눈이 온다고 엄마가 말했는데 우산 안 가져갔니? 코가 새빨개졌잖아."

"가지고 갔는데 케이크 가게에 두고 왔어요."

요시코가 두 손 두 발 다 들었다는 듯한 얼굴로 고개를 절레절레 흔들었다.

"정신을 대체 어디에다 두고 다니는 거니? 눈이 내리는 데도 우산을 두고 오다니….".

미유키가 초연한 얼굴로 웃었다. 요시코에게 히데오가 왔다는 사실과 밖에서 나눈 이야기를 설명하기도 곤란했다.

"미안해요, 엄마. 얼른 옷 갈아입고 올게요."

미유키는 얼른 방으로 들어가 문을 닫았다.

코트 주머니에서 꺼낸 편지를 빤히 쳐다보았다.

방구석에 놓아두었던, 미유키가 고등학생 때부터 쓰던 탁자를 펼쳤다.

바로 이 탁자에서 이 편지를 썼었다. 그날이 마치 어제 일처럼 떠올랐다.

히데오의 말대로 미유키는 연애하면서 느낀 외로움을 가능한 한 히데오가 상처받지 않도록 편지에 담아 보려고 했다. 나무라고 싶은 마음은 전혀 없었다. 그게 히데오의 배려이자 사랑이란 걸 잘 알았기 때문이다.

다만 히데오가 정한 목표를 이루는 날까지 기다려야만 하는 현실이 지나치게 쓸쓸했다. 같이 있을 때조차 마음 한구석에서 외로움을 느꼈다.

미유키가 봉투를 열었다.

읽기도 전에 옛 생각에 눈물이 핑 돌았다.

예빈

우리가 사귀고 나서 이날이 오기까지
되돌아보면 정말 순식간이었어요.
둘이 함께 여기저기 다니며
다투기도 많이 하고 추억도 많이 만들었네요.
우리가 만난 8년이라는 시간 동안
저의 모든 기억에 당신이 있습니다.
그래서 전 아주 많이 행복해요.

당신은 정말 다정한 연인이었어요.
항상 절 지켜주고
용감하고 책임감도 강하지요.
당신의 그런 점이 남자친구로서 정말 멋있었어요.

그리고 오늘부터 당신은

남자친구가 아니라 '남편'입니다.

제게는 어렸을 때부터 꿈꿔온 소망이 있어요.

좋아하는 사람과 결혼해서

그 사람과 함께 인생을 더 아름답게 만들어가는 꿈이에요.

너무 뻔한 말이지만

기쁠 때나 슬플 때도, 속상할 때나 괴로울 때도, 즐거울 때도

언제나 당신과 함께 나누고 싶어요.

기쁠 때와 즐거울 때는 함께 웃고

슬플 때는 같이 울고

속상할 때나 괴로울 때는 함께 고민하고

어려운 일이 생기면 같이 이겨내며

그렇게 서로 의지하며 어려움을 극복하면서 행복을 향해 함께 나아가고 싶어요.

그런 소망이 있어요.

우리가 그렇게 한다면

아무리 어려운 일이 닥쳐도

둘이서 좋은 추억으로 바꾸어 갈 수 있을 거라 믿어요.

그 꿈을 우리 둘이 실현하며 살아요.

당신은 너무 혼자서만 짊어지려고 할 때가 있어요.

이제부터는 저와 함께 인생에서 만나게 될 난관을 즐겁게 이겨내기로 해요.

그런 부부가 되는 게 제가 바라는 행복이에요.

앞으로 오래오래 행복해요, 우리.

미유키

미유키가 펑펑 눈물을 쏟았다.

왜 이렇게 눈물이 쏟아지는지 스스로도 이해할 수 없었다.

그리움도 아니고 슬픔도 아니다. 원망도 아니고 기쁨도 아니었다. 무엇인지 잘 모르는 채 쏟아지는 눈물은 점점 거세졌다.

"엄마?"

코를 훌쩍이는 소리를 들었는지 문밖에서 아리사가 미유키를 불렀다. 미유키는 당황해서 눈물을 닦고 코를 들이마시고 억지로 웃는 표정을 지었다.

"으응?"

"무슨 일 있었어?"

아리사가 조심스레 방문을 열었다.

"아니, 아무것도 아냐."

미유키가 고개를 옆으로 저었다. 억지로 웃고 있기는 하지만 얼굴이 방금까지 울었다는 걸 고스란히 보여주었다.

"엄마 얼굴이….."

"걱정하지 마. 괜찮아."

"……"

엄마가 걱정하지 말라는 이야기를 할 때, 실제로는 걱정해야 할 때가 더 많았다고 아리사는 생각했다. 그렇지만 아리사도 어떻게 하면 좋을지 몰랐다. 망설이는 아리사의 모습에 미유키는 일부러 더 밝게 웃어 보이며 말했다.

"좀 전에 산타를 만났어."

"산타?"

아리사가 깜짝 놀라며 물었다.

"산타라니…?"

"응, 산타. 최근엔 안 왔었는데…. 그래서 엄마도 깜짝 놀랐지 뭐야. 올해는 왔더라고. 이렇게 눈이 많이 오는데 우산도 없이 선물을 들고 말이야. 눈을 많이 맞았길래 엄마 우산도 그냥 주고 왔어."

아리사는 뜬금없이 시작된 엄마의 산타 이야기에 뭐라 대답해야 할지 몰라 망설였지만,

"이거, 산타가 너 주래."

하며 엄마가 내민 작은 상자를 보고는 엄마가 왜 울었는지, 산타가 왔다는 이야기가 무슨 뜻인지 알 것 같았다.

'아빠가 왔었어?' 하는 말이 턱밑까지 올라왔지만 아리사는 그 말을 그냥 삼켰다.

"산타가 나한테?"

아리사는 엄마가 내민 선물을 받아들며 물었다.

미유키는 작게 고개를 끄덕였다. 아리사가 조심히 포장지를 뜯기 시작했다.

상자 안에서 나온 선물은 투명 케이스에 담긴 손목시계였다.

"와, 시계잖아. 너무 귀여워."

선물이 시계인 걸 확인한 미유키는 예전에 히데오가 했던 이야기가 떠올랐다. 고등학교 입학 시험을 보러 갔는데 시계를 두고 가는 바람에 적잖이 당황했다는 이야기를 대체 몇 번이나 들었는지….

중학생 때는 손목시계를 차는 습관도 없었고 교실에 언제나 커다란 시계가 있어서 학교에 시계를 가지고 가야 한다고 생각한 적이 단한 번도 없었단다. 막상 시험장에 들어가니 교실에 시계가 없어서 실력 발휘를 제대로 하지 못했다는 뻔한 이야기였다. 입시 결과가 합격이라 웃어넘길 수 있는 추억담이 되었다.

히데오도 딸의 입시가 걱정되긴 했나 보다. 그렇다고 한들 부모가 해줄 수 있는 거라곤 고작 시계를 선물하는 것뿐이라고 판단했을 것이다.

아리사는 곧바로 상자에서 시계를 꺼내 왼쪽 팔목에 차 보았다.

"엄마, 어때? 어울려?"

미유키가 고개를 끄덕였다.

"핸드폰이 있어서 시계는 필요 없을 줄 알았는데 곰곰이 생각해보니 시험장에 핸드폰을 못 가져가네."

아리사가 히데오의 마음을 읽어내기라도 한 듯 말했다.

"그러네."

미유키가 조용히 대답했다.

"엄마 옷 갈아입고 얼른 내려갈 테니까 먼저 가서 할머니 좀 도와줄래? 케이크도 사 왔어."

"응. 가서 할머니께 이 시계 보여드려야지."

아리사는 신이 나서 주방으로 향했다.

미유키는 주머니에서 히데오의 명함을 꺼내 잠시 우두커니 바라보다가 명함과 편지를 봉투에 포개 넣고 탁자 위에 살포시 내려놓은 후 방을 나왔다.

새로운 시작

"안녕하십니까?"

히데오가 힘차게 인사하며 사무실로 들어갔다. 사무실에는 2주 전 첫 출근 때와 똑같이 레이코와 가이토가 있었다.

"안녕하세요. 아라이 씨. 크리스마스는 잘 보내셨어요?"

가이토가 물었다. 히데오가 발그레 웃으며 머리를 긁적였다.

"오랜만에 산타가 되어봤어요."

"이야, 정말 잘하셨어요."

가이토가 그 말의 의미를 바로 알아차렸다.

"용기를 내셨네요."

"네, 열흘 전쯤 하라주쿠에서 만난 시게타 씨, 기억하시죠? 그분 따님이 한 얘기가 꼭 제 딸이 하는 말 같아서…. 그리고 제가 정말 바보였단 사실을 깨달았거든요. 어차피 바보가 된 이상, 더 바보스러운 짓을 한들 손해 볼 건 없다 싶어 생각을 바꿨어요."

"생각의 전환이 가장 중요하죠."

가이토가 맞장구를 쳤다.

"자, 잠깐만요. 뭐죠? 이 분위기는? 저만 모르는 이야기를 두런 두런 나누니 섭섭한걸요."

레이코가 투정 어린 말투로 말했다.

"곧 알게 될 거야."

가이토가 레이코를 달랬다.

"그래서요? 그다음엔 어떻게 됐어요?"

히데오가 힘없이 웃었다.

"마음먹고 처가까지 찾아간 건 좋았는데, 집 앞에서 갑자기 이성을 되찾는 바람에…. 참 못났죠? 용기를 냈다고 말씀하시니 더 쑥스럽네요. 용기를 쥐어 짜내려고 했는데 쏟아지는 눈을 맞으면서 집 안에서 새어 나오는 따스한 불빛을 보고 있으니 너무 행복해 보여서, 거기에 제 자리는 없는 것 같아서…. 오히려 제가 그 행복을 다시 깨트리지 않을까 걱정이 앞섰어요."

"네? 그럼 그냥 오신 거예요?"

"결국 발걸음을 돌렸어요."

"예? 정말요?"

가이토가 믿을 수 없다는 듯 머리를 쥐어뜯었다. 레이코도 대강 이야기의 맥락을 짚어냈는지 안타까운 표정으로 미간을 찌푸렸다.

"그런데 발길을 돌려 언덕을 내려오는데, 아내가 저 앞에서 걸어 오는 거예요."

"와, 만나셨군요. 그렇죠?"

"네."

"자, 그럼, 해피엔드?"

히데오가 겸연쩍게 웃었다.

"모르겠어요. 하지만 다시 시작할 마음이 생기면 언제든지 연락 달라고 이야기하고 왔어요."

세 사람 사이에 잠시 침묵이 흘렀다.

"실장님은 어떠셨어요? 다녀오신 거죠? 오사카."

"네?"

레이코가 얼떨떨한 표정으로 가이토를 쳐다봤다.

"쉿! 안 돼요, 그건…."

가이토가 허겁지겁 히데오의 입을 막았지만 이미 늦었다.

"그게 무슨 말이야?"

"아니, 그게, 일하다 만난 친구랑 좀 가까워져서…. 만나자고 해서."

레이코가 난처해하며 말했다.

"휴일을 어떻게 보내든 상관은 없지만, 이동이 잦은 업무니까 휴일만큼은 멀리 가지 않고 쉬는 게 좋아. 보아하니 이제 쉬는 날마다 오사카에 가게 생겼네."

"아니야, 도쿄로 온대."

"아, 그래요?"

히데오가 끼어들었다.

"네. 이번에야말로 메이크업 공부를 제대로 하겠다고 도쿄에서 밀

바닥부터 다시 시작할 거래요."

"저마다 새로운 인생을 향해 차근차근 나아가고 있네요."

히데오가 감개무량한 듯 말했다.

레이코는 두 손을 허리에 얹고 가이토와 히데오를 번갈아 보았다.

"자, 그럼 이제 다음 업무 이야기로 넘어가도 될까요?"

가이토와 히데오는 얼굴을 마주 보고 가볍게 고개를 끄덕인 후, 레이코를 바라보았다.

"오늘부터 전달할 편지는 도쿄에 있는 한 사립고등학교에서 졸업 기념으로 12년 후, 그러니까 32살의 자신에게 쓴 편지예요. 매년 졸업 기념으로 타임캡슐을 만들었는데 학교가 폐교되면서 전부 우리 회사가 맡게 되었어요."

"그러고 보니 작년에도 있었네."

가이토의 대답에 레이코도 고개를 끄덕였다.

"2주 동안 가이토는 네 통, 아라이 씨는 세 통을 배달해야 해요."

"제가 더 적은데, 괜찮은가요?"

히데오가 조심스레 물었다.

"이제 곧 연말연시잖아요. 이동할 때 시간도 더 걸릴 테고 티켓도 평소보다 끊기 어려울 거예요."

히데오가 꿀꺽 침을 삼켰다.

차로 이동한들 신칸센이나 비행기를 이용한들 어렵기는 매한가지다. 지난번처럼 해외라도 있으면 큰일이다.

"이게 목록이에요."

레이코가 가이토와 히데오에게 서류를 나눠 주었다.

히데오는 서류를 훑어보았다.

첫 배달은 쇼도시마, 두 번째는 나고야, 세 번째는 중국 다롄이다.

역시 해외가 한 건 있다. 긴장감이 온몸을 엄습해 왔다.

'우선 첫 편지에 집중하자. 쇼도시마라면 어떻게 가면 되지? 섬이면 시간이 꽤 걸릴 텐데….'

그렇게 생각하다가 문득 지난번 일을 떠올렸다.

그 순간 가이토가 히데오의 어깨를 두드렸다.

"가시죠."

"아, 네."

"저기, 잠깐만요."

레이코의 부름에 두 사람은 잠시 발길을 멈추었다.

"오늘 아침에 편지가 왔어요. 홋카이도의 혼다 사쿠라 씨, 지난번 배달자 리스트에 있던 모리카와 사쿠라 씨 맞죠?"

가이토가 레이코에게 편지를 받아 다시 사무실 밖으로 나왔다.

엘리베이터 표시등을 보니 아직 도착하려면 시간이 좀 걸릴 것 같다.

"어디로 가세요?"

"쇼도시마요. 실장님은요?"

"저는 이시카와현 고마쓰요. 비행기 타고 가실 거예요?"

"네. 오카야마나 다카마쓰로 가는 비행기를 타면 될 것 같아요.

일단 공항으로 갔다가 자리가 없으면 신칸센으로 가야겠어요."

"그럼 공항까지는 같이 차로 가시죠."

함께 엘리베이터에 타서 버튼 앞에 선 가이토의 등 뒤에서 히데오가 물었다.

"실장님, 지난번에 아마미까지는 얼마나 걸리셨어요?"

가이토는 히데오의 질문에 아무런 대답 없이 어깨를 들썩였다. 웃음을 참고 있는 모양새였다.

엘리베이터가 지하 주차장에 도착하고 문이 열리자마자, 가이토는

"그 숯불구이 식당, 고기가 진짜 맛있더라고요."

하는 말만 남기고 저벅저벅 걸어갔다. 히데오가 서둘러 가이토의 뒤를 쫓아갔다.

두 사람의 구두 소리가 지하 주차장에 울려 퍼졌다.

자동차에 올라타 문을 닫으니, 주차장에 울리던 구두 소리는 사라지고 마치 공기의 흐름마저 멈추어버린 완전히 새로운 공간에 갇힌 기분이 들었다.

"아라이 씨, 좀 둔하신 편이죠? 지난 금요일 밤에 저랑 사무실에서 만났을 때, 바로 알아차리실 줄 알았는데…."

가이토가 깔깔 웃었다.

"전혀 몰랐어요. 그때는 정말 아무 생각도 없었어요. 쇼도시마까지 다녀오려면 얼마나 걸리려나 생각하다가 실장님이 아마미에 가셨다면 금요일 그 시간에 절대로 사무실에 계실 수 없었다는 걸 이제야 알았어요."

"최종시험이었어요."

"시험이요?"

히데오가 눈썹을 찡그리며 물었다.

"네. 아라이 씨가 혼자 의뢰인에게 편지를 배달하실 수 있는지, 우리 회사의 특배팀에 적합한 분인지 확인하는 마지막 관문이요."

"그렇다면 그 식당에 실장님도 계셨던 거예요?"

"네, 그럼요. 어떻게 하시나 처음부터 끝까지 다 지켜봤죠. 그 가방을 좀 보세요."

가이토는 뒷좌석에 있는 보스턴백을 가리켰다. 히데오가 뒤를 돌아 가방을 들어 무릎 위에 올렸다. 가방 안에는 가발과 가짜수염, 안경, 그리고 모자가 들어있었다.

"이건⋯?"

히데오는 아직도 사태 파악을 못 하고 있었다.

"정말이지, 아라이 씨, 열정이 활활 타오르시던데요. '현실에 부딪혔기 때문이야말로 이상을 추구할 기회'도 그렇고, '한 치 앞도 모르는 게 인생이라지만 그 어둠 끝에 빛이 기다린다'라는 말도 그렇고, 정말 감동 그 자체였어요."

"네? 그렇다면 그 하타야마 가즈키 씨는⋯?"

"웃음을 참느라 혼났어요. 그렇게 가까이에 있는데 전혀 눈치를 못 채셔서."

"뭐라고요? 그 사람이 실장님이셨어요? 그렇다면 하타야마 가즈키 씨는 가상 인물인 거예요?"

가이토가 고개를 저었다.

"아니에요, 하타야마 가즈키 씨는 실제로 존재해요. 아라이 씨가 우리 회사에 들어오기 전에 제가 미리 배달했죠. 그 이야기는 지어낸 이야기가 아니라 전부 진짜예요. 하타야마 씨의 인생인 거죠."

"어떻게 그럴 수가…. 저는 실장님인 줄은 정말 몰랐어요. 그저 제 진심을 전하고 싶었어요."

"진짜 일부러 칭찬하는 게 아니라 정말 훌륭하셨어요. 듣고 있는 저까지 가슴이 뜨거워질 정도였어요."

히데오는 부끄러움에 얼굴이 후끈 달아올랐다.

"아라이 씨의 말씀을 들으면서 다시 깨달았어요. 누구의 인생이든 한 치 앞도 모르는 어둠이란 사실을요. 그렇지만 그 어둠 끝에 반드시 빛이 기다리고 있고, 그 빛을 찾아가다 보면 새로운 인생을 만나게 되고, 그때마다 다시 새로운 인생을 시작할 수 있다는 말씀, 감명 깊었어요."

히데오가 고개를 끄덕였다.

"네, 그래요."

"그리 생각하면 어둠도 나쁘지만은 않네요. 뭐랄까, 세상에 태어나기 전, 엄마 뱃속처럼요."

"태어나기 전의 엄마 뱃속이라…. 어둡기는 하겠네요. 맞아요, 나쁘지 않아요."

히데오가 감탄하며 대답했다.

가이토가 조금 전에 레이코에게 받은 편지를 안주머니에서 꺼냈다.

"아마 이 편지도 어둠 저 너머에서 기다리고 있을 빛에 관해 쓰여 있지 않을까요?"

가이토는 히데오에게 편지를 건네고 차에 시동을 걸었다.

움직이기 시작한 자동차 조수석에서 히데오가 편지 봉투를 열었다.

"읽어드릴까요?"

히데오가 가이토에게 물었다.

"네, 부탁드려요."

가이토가 운전하며 대답했다.

자동차는 지하에서 지상으로 나왔다. 어제까지 눈이 내리던 흐린 하늘은 온데간데없이 사라지고 겨울의 맑고 파란 하늘이 드넓게 펼쳐졌다. 녹아내리는 눈에서 흘러나온 물방울이 여기저기 송알송알 맺혀 반짝거렸다. 거리를 뒤덮었던 하얀 눈은 이미 자취를 감추었고 먼지로 지저분해진 잿빛 잔설만이 도로를 달리는 자동차마다 엉겨 있었다.

오사카와 가이토 님&아라이 히데오 님께

안녕하세요? 지난번 일, 정말 감사드립니다.

본격적인 겨울을 맞이하기 전에 마침 고장이 나서 두 분 도움으로 차도 손보고 오히려 다행이다 싶어요.

두 분을 만나기 전까지 저는 행복해져서는 안 된다며 스스로 옭아매던 부분이 있었어요. 사소한 일에 기뻐하는 저를 억누르며 살았어요.
그런 아내와 함께 있는 게 얼마나 고되고 힘들지 짐작했지만, 그런 사고방식을 바꾸지도 못하고 남편에게 늘 피해만 주는 제가 더 밉고 싫었어요.

하지만 두 분을 만나고 아주 조금씩 생각을 바꾸는 연습을 시작했어요. 그러다 어제 제 인생에서 아주 놀랄 만한 근사한 일이 일어났어요.

제 뱃속에 새 생명이 찾아와 주었거든요.
한 생명이 태어나기까지가 얼마나 어렵고 신비로운 일인지 책에서 읽은 적이 있어요. 몇백억, 몇천억 분의 일이라는 확률로 아기가 태어나는 거래요.
지난날 제가 선택해 온 길이 단 하나라도 달랐다면, 아주 조금이라도 방향이 어긋났다면 이 아기는 제게 오지 않았다는 얘기죠. 아기를 가졌을지는 몰라도 지금 제 뱃속에 찾아온 이 아이는 아니었겠지요.

이제껏 저의 모든 행동이나 결단이 그걸로 출발했고, 오히려 그렇게 하지 않았다면 이 아이를 만나지 못했을 거라는 사실을 깨달았어요.
이제 제가 걸어온 지난날을 모두 긍정할 수 있어요. 좋은 일이나 나쁜 일, 괴롭거나 힘든 일, 기쁜 일까지 제가 겪은 모든 경험이 감사할 따름이에요.

'참 잘 됐다, 정말 다행이다'라는 생각이 들어요.

이렇게 생각이 바뀌게 될 거라고는 정말 상상조차 못 했어요.

마음속에 구름 한 점 없는 푸르른 하늘이 끝없이 펼쳐져 있고 상쾌한 바람이 기분 좋게 불어요.

세상이 정말 아름다워요.

제 인생에서 이런 기분을 느낄 날이 올 거라고는 전혀 몰랐는데….

이 아이가 보낸 선물인가 봐요.

요시카와 씨께서 저게 좋은 날이 오면 꼭 연락 달라고 하셨죠?

솔직히 그 말을 들을 땐 저게 그런 날이 오리라고 눈곱만큼도 기대하지 않았어요.

그저 '그런 날이 정말 온다면 얼마나 좋을까?' 하고 속으로만 생각했어요.

그런데 이렇게나 빨리, 게다가 이렇게 순식간에, 지나온 날의 모든 제 선택을 긍정할 수 있는 순간이 찾아올 줄은 정말 몰랐어요.

오늘까지 일어났던 모든 일이 이 아이를 만나기 위해서였던 거예요.

앞으로 이 아이가 건강하게 이 세상에 태어날 수 있도록 저를 더 소중히 여길게요.

이제부터 걸어 나가야 할 인생에도 역시 좋은 일만 가득할 리 만무하고 때때로 구름이 드리우는 날도 찾아오겠죠.

비록 그런 날이 있더라도, 괴롭고 힘들더라도

언젠가 과거의 저를 하나부터 열까지 긍정할 수 있는 근사한 일이 일어나리라 믿어요.

아니, 그 반대일까요?

어쩌면 근사한 일이 일어날 때마다 자신의 과거를 궁정할 수 있게 되는 건지도
모르겠네요.

지금의 저는 정말로 이제까지의 모든 걱정과 근심에서 벗어나 한없이 행복해요.
오늘은 제가 새로 태어난 날이에요.

이 기분을 오래오래 간직하고 싶어요.
이 편지를 15년 후에 저에게 다시 한번 전해주시기를 부탁드려요.
한창 사춘기를 겪고 있을 아이와 씨름하고 있으려나요?

두 분을 만난 건 제게 더할 나위 없는 행운이었어요.
15년 후의 제가 이 편지를 받고
또다시 새 인생을 시작하는 계기가 될 수 있기를 살짝 기대해 봅니다.

그럼, 이만.

혼다 사쿠라
sakuranomori@＿＿＿＿＿＿＿

가이토와 히데오가 떠난 사무실에서 와카바야시 레이코가 다음에 배달할 편지와 관련 자료를 준비하고 있을 때였다. 때마침 출입문이 열리고 니시야마 사장이 모습을 나타냈다.

"대표님, 오셨어요? 안녕하세요."

"응, 좋은 아침."

"갑자기 어쩐 일로 나오셨어요?"

"아라이 씨가 잘하고 있나 궁금해서."

레이코가 미소 지었다.

"가이토 실장이 그러는데 꽤 열심이신가 봐요. 인품이며 경험이며, 지식에다 성격까지, 이렇게나 이 업무에 안성맞춤인 사람은 처음 본다네요."

"그래? 잘 됐군."

니시야마가 만족스러운 듯한 미소를 지었다.

"그런데 대표님, 평소에는 채용하실 때 고심에 고심을 거듭하시면서 이번에 아라이 씨는 어떻게 그렇게 바로 채용하셨어요? 이 업무를 잘 해내실지 어떻게 아신 거예요?"

"어? 이름 때문이랄까?"

"이름⋯이요?"

"아라이 히데오(*新井英雄, 한자로 표기한 히데오의 이름에는 새롭다는 의미의 '新'과 영웅의 한자표기 '英雄'이 들어간다.-역주), New Hero라는 의미가 있잖아. 명함을 받은 사람이 보면 혹시 내 인생을 바꿔 줄 영웅이 나타났다고 생각할지도 모르지."

"그런가요…?"

레이코는 하마터면 사장의 농담에 넘어갈 뻔했다.

"정말 그래서 채용하신 건 아니시죠?"

니시야마가 장난기 섞인 웃음을 지었다.

"그렇지."

니시야마가 이렇게 대답할 때는 더 이상 물어보았자 아무 소용이 없다는 사실을 레이코는 잘 알고 있었다. 레이코가 점잖게 물러나서 말을 덧붙였다.

"아무튼 가이토 실장과 제법 잘 어울리는 콤비예요."

니시야마가 흐뭇한 표정으로 고개를 끄덕였다.

"우리 회사의 New Hero가 되겠는걸."

"네, 맞아요."

레이코도 웃으며 대답했다.

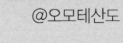

에필로그: 10년 후
@오모테산도

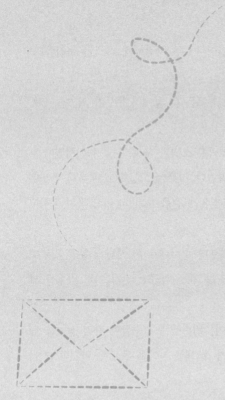

신랑과 신부는 목사의 신호를 기다렸다가 뒤를 돌아 하객 쪽을 바라보았다.

하객들이 모두 자리에서 일어나, 두 사람에게 따스한 눈길을 보냈다.

"두 사람은 오늘 여기 모이신 모든 분 앞에서 부부가 되었습니다. 신의 이름으로 축복합니다."

목사의 축하에 맞춰 우렁찬 박수 소리가 식장 안을 가득 채웠다.

울지 않겠다고 굳게 마음먹었던 미우는 고등학교 때부터 가까이 지낸 절친한 친구가 눈물을 흘리는 모습을 보자 더 이상 참지 못하고 눈물을 쏟았다.

미우는 앞자리에 있는 하객부터 순서대로 한 사람씩 눈을 맞추며 인사했다. 다들 한결같이 미소를 가득 머금고 진심 어린 박수를 보냈다.

결혼식장 앞쪽에는 친척들이, 뒤편에는 친구들이 자리 잡았을 텐데 친구들 무리 뒤로 텅 빈 의자 몇 개를 사이에 두고 맨 마지막 줄 근처에서 새하얀 슈트를 입은 남자가 혼자 우두커니 서서 신랑 신부를 향해 박수를 보내는 모습이 보였다.

누구인지 알 수 없었다. 남의 결혼식에 신랑도 아닌 사람이 새하얀 정장을 입다니 상식에 어긋난다고 생각하면서 신랑 측 지인이겠거니 추측했다.

미우는 신랑에게 팔짱을 낀 채 쏟아지는 박수갈채를 받으며 하객들 사이를 걸어 식장 밖으로 이동했다. 마치 꿈을 꾸는 기분이었다.

식장을 나온 두 사람은 따로 마련된 공간으로 안내받았고 하객들은 식장 밖으로 이동했다. 다음은 플라워 샤워가 계획되어 있었다. 준비가 끝나는 대로 신랑, 신부는 다시 한번 하객 앞에 등장해서 건물 앞 계단에서 하객 사이를 행진할 예정이다.

"드레스, 괜찮아?"

신랑 미쓰루가 미우에게 다정히 말을 건넸다.

"응, 괜찮아."

미우는 웃으며 대답했다. 방금 본 흰색 슈트의 남성이 자꾸만 머릿속에 떠올랐다. 왜 계속 만 신경이 쓰이는 건지 도무지 알 수 없었다.

"준비 끝났어요. 자, 이제 가시죠."

안내하는 직원의 신호에 맞춰 문이 열렸다.

눈 부신 햇빛에 잠깐 머리가 핑 돌았다.

"결혼 축하해!"

여기저기서 경쾌한 목소리의 축하 인사가 쏟아지고 수많은 꽃잎이 하늘로 휘날렸다.

두 사람은 주위를 둘러싼 하객들과 인사를 주고받으며 계단을 하나씩 천천히 내려갔다. 맨 아래까지 내려가서 계단에 선 하객들과 단체로 기념사진을 찍는 게 플라워 샤워의 마지막 코스다.

미우는 걸어 내려온 계단 위를 올려다보았다. 사진을 찍기 위해 나란히 줄을 서기 시작한 하객들 사이에 조금 전에 본 흰색 슈트를 입은 남자는 아무리 찾아도 없었다.

결혼식만큼 분주한 날도 없을 것이다.

1년 가까이 공들여 준비했는데 정작 식이 시작되면 눈 깜짝할 사이에 끝나버린다.

어영부영 직원의 지시에 따라 움직이다 보니 어느덧 예식은 끝났고 피로연만 남았다.

결혼식 아침, '오늘은 정말 특별한 날이니까 매 순간을 잘 기억해 둬야지.' 하고 단단히 다짐했던 미우도 '다음은 뭐였지?' 하고 이리저리 오가느라 일일이 마음에 새겨둘 여유가 없었다.

"이제 피로연장으로 가실까요?"

직원의 안내를 듣고 미우는 자리에서 일어섰다. 피로연의 순서는 잊어버린 지 오래다. 직원의 지시대로 몸을 움직이는 수밖에 없다.

미쓰루가 다정하게 손을 뻗었다.

"고마워."

자그맣게 속삭이고 미우는 미쓰루의 손을 잡았다.

피로연장의 입구에서 미쓰루와 미우, 그리고 연회장 스텝 두 명이 내부의 분위기를 살피며 신랑 신부가 입장할 타이밍을 기다리고 있었다.

미우는 떨리는 가슴을 진정시키기 위해 크게 심호흡했다.

통로 왼편에서 느껴진 인기척에 놀라 뒤를 돌아봤다.

조금 전 예식장 안에서 보았던 흰색 슈트를 입은 남자가 이쪽을 향해 걸어오는 모습이 보였다.

"저 사람…, 어디에서 본 적이 있는데….."

새하얀 정장을 입은 남성이 누구인지는 아직 알 수 없었지만 어딘가에서 같은 복장을 한 사람과 이야기를 나누던 기억이 어렴풋이 떠올랐다.

아까부터 줄곧 마음이 쓰이던 건 구면이었기 때문일까?

미우는 시선을 고정하고 그 사람을 주시했다.

창문으로 들어오는 빛이 한 걸음씩 가까이 다가오는 남성의 얼굴에 닿았을 때, 미우도 눈으로 그 사람의 정체를 확인할 수 있었다.

놀라움과 그리움이 물밀듯 들이닥쳐 잠시 미우의 호흡이 멎었다.

너무 놀라서 목소리마저 제대로 나오지 않았다.

남성은 이제 조금의 망설임도 없이 미소를 지으며 미우 곁으로 곧장 뚜벅뚜벅 다가오고 있었다.

"이제 곧 입장합니다."

피로연장 입구에서 내부의 모습을 살피고 있던 스텝이 뒤를 돌아 미쓰루와 미우에게 말했다.

"잠깐만요."

미우는 미쓰루의 손을 놓고 그 남성에게 다가갔다.

"어?"

놀란 미쓰루도 그제서야 남성의 존재를 깨닫고 왼편을 쳐다보았다.

미우는 남성의 환한 얼굴을 보고 방긋 웃는다 싶더니 곧이어 구슬 같은 눈물을 쏟아냈다.

"아빠!"

미우가 외치는 소리에 미쓰루도 깜짝 놀랐다.

"아버님?"

"여러분, 오래 기다리셨습니다. 이제 신랑 신부가 입장하겠습니다."

피로연장 내부에서 사회자의 멘트에 이어 힘찬 박수 소리가 쏟아 졌다.

**

시게타 다쓰키는 피로연장으로 연결된 통로 저만치에 서 있는 신 부의 옆 모습을 보았다.

하나뿐인 딸의 결혼식에 설마 이런 모습으로 나타나게 될 줄이라고는 전혀 예상하지 못했다.

이 모든 건 10년 전, 12월 어느 날로 거슬러 올라간다.

다쓰키는 딸을 향해 한 걸음씩 서서히 다가가며 10년 전 그날, 영화처럼 등장한 새하얀 정장을 갖춰 입은 두 남자를 떠올렸다.

꿈인지 생시인지 아직도 긴가민가할 때가 있다. 누군가가 그건 꿈이라고 고집스럽게 말하면 정말 꿈이었겠다 싶을 만큼, 사라져가는 흐릿한 기억뿐이지만, 그날 하라주쿠에서 분명 두 남자를 만났었다.

그때 받은 편지가 남아 있는 걸 보면 결코 꿈이 아니었다.

다쓰키는 기억 저편에서 10년 전 그날 일을 끄집어냈다.

이소카와 다쓰키에게.

10년 후의 나야, 안녕?
잘 살고 있니?

훌륭한 학교 선생님이 되었을까?
아니면 장인어른 회사에서 일하거나?

그것도 아니면 꿈에 그리던 투어프로가 되어 눈부신 활약을 펼치고 있다거나?
그럴 가능성은 희박하지만….

와이프도 미우도 모두 행복하게 해 주고 싶어.

그게 아빠로서 내가 해야 할 일이라는 것도 잘 알아.

하지만 오래전부터 꿈꿔온 소망을 쉽사리 포기할 생각으로

지금까지 골프를 한 건 아니야.

10년 후의 나는

지금 내가 고민을 거듭해 결코 답을 얻지 못했던 질문에

이미 명쾌한 해답을 얻었기를 바란다.

시게타 다쓰키

다쓰키가 편지를 다 읽었을 무렵, 가이토가 자리로 돌아왔다.

"어떠셨습니까?"

가이토는 다쓰키를 마주 보고 앉았다.

"별거 있나요. 읽어도 그만, 안 읽어도 그만인 그저 그런 편지죠."

다쓰키는 코웃음을 치며 말했다.

"이런 보잘것없는 편지를 배달하게 해서 오히려 죄송한 마음이네요."

가이토는 한결같이 웃는 얼굴로 이야기했다.

"저희는 시케타 씨가 편지를 읽고 어떤 생각을 하시든 상관없습니다. 다만, 한 말씀 드리자면…, 매우 유감입니다."

"고작 편지 쪼가리가 제 인생이나 고민을 해결해 준다면 인생 뭐 고단하게 살 필요가 있겠습니까? 대충 살면 그만이지."

다쓰키가 무성의하게 대답했다.

"그건 아니죠."

가이토가 단호한 얼굴로 말했다.

"그 편지를 읽고도 아무 여운도 느끼지 못하신 건, 편지에 애정이 담겨 있지 않기 때문입니다."

"애정이요?"

다쓰키는 비아냥거리는 말투로 물었다. 가이토는 조금도 물러서지 않고 당당하게 말을 이어갔다.

"네. 애정이요. 시게타 씨는 10년 전에 이 편지를 쓸 때 진지하게 쓰셨나요? 10년 후의 내 모습을 소중하게 여기며 진심을 담아 쓰신 게 맞습니까?"

"나를 소중하게…?"

"읽는 사람을 진심으로 소중히 여기고 사랑을 담아 쓴 편지는 읽는 사람의 인생을 바꿔줍니다. 편지를 읽는 사람의 고민을 한 방에 날려줄 용기를 주지요. 앞을 가로막은 장벽을 깨부술 수 있는 강한 힘도 줍니다. 시게타 씨는 10년 전의 자신이 쓴 편지를 읽고 아무렇지도 않다고 하셨습니다. 그건 그 편지에 사랑이 담겨 있지 않기 때문입니다. 10년 전의 당신이 자신을 걱정하고 위하는 진심에서 쓴 편지가 아니라는 뜻이죠."

가이토는 상의 안 주머니에서 편지 한 통을 꺼냈다.

"여기 다른 편지 한 통이 있습니다. 읽는 사람을 진심으로 소중하게 여기고 사랑을 가득 담아 쓴 편지예요. 당신에게 맡기겠습니다."

다쓰키는 테이블 위에 놓인 편지를 바라보았다.

"이 편지는….."

"맞아요. 따님이 방금 쓴 편지예요. 저희가 맡지 않을 겁니다. 당신이 10년 후에, 직접 따님께 전해 주십시오."

"제가요?"

다쓰키는 주저하며 뒤로 물러났다.

"네. 따님은 지금 당신에게 하고 싶은 말을 이 편지에 담았습니다. 이 편지를 지금 읽어보시는 게 좋을 겁니다."

"지금이요?"

다쓰키는 못마땅하다는 듯 비웃었다.

"딸이 자기에게 쓴 편지를 아빠가 마음대로 읽기는 좀….."

"사랑이 가득 담긴 편지를 읽는 게 두려우신가요? 당신을 향한 따님의 사랑을, 가족을 생각하는 따님의 진심을 알게 되는 게 겁이 나시나요? 편지 따위 읽어도 아무것도 변하지 않는다고 하셨으면서 사실은 그 사랑에 다가가기가 망설여지신 게 아닌가요? 그러실 때가 아닙니다. 따님의 사랑을 받아줄 용기도 없으십니까? 자식의 사랑을 잘 보듬어주고 안아주는 것도 부모의 역할 아닌가요?"

가이토의 날카로운 눈매에 제압당한 다쓰키는 진지한 표정으로 테이블 위에 놓인 편지로 손을 뻗었다.

"까짓것 읽으면 되잖아요, 읽으면."

다쓰키는 일부러 더 거칠게 답하려다가 그만두었다.

편지 봉투에서 편지지를 꺼내려는 다쓰키의 손을 가이토가 막았다.

"여기에서 보시면 따님이 압니다. 자리를 옮기시는 게 좋겠습니다."

다쓰키는 미우가 있는 테이블을 슬쩍 쳐다보았다. 새하얀 정장을 입은 또 한 남자와 이야기를 나누고 있었다.

"네, 그러죠."

자리에서 일어서려는 다쓰키를 가이토가 눈으로 제지하며 말했다.

"저희는 이만 여기서 실례하겠습니다. 10년 후에 그 편지를 따님에게 꼭 전해주십시오. 잊으시면 안 됩니다."

가이토가 자리에서 일어났다. 다쓰키도 덩달아 자리에서 일어나 화장실로 향했다.

다쓰키의 뒷모습에 가이토는 깊이 고개를 숙였다.

가게 화장실은 남녀공용이었다. 다쓰키는 안으로 들어가 문을 잠갔다.

천천히 편지지를 꺼내 미우가 방금 쓴 편지를 펼쳤다.

오랜만에 보는 딸아이의 손글씨는 다쓰키가 알고 있던 글씨보다 훨씬 어른스러웠다.

10년 후의 미우에게

10년 후의 난 오늘 있었던 일을 기억하니?
아빠와 데이트하다가 이상한 사람들이 갑자기 나타나는 바람에 얼떨결에
지금 이렇게 너에게 편지를 써.
십 년 후의 나에게 물어보고 싶은 게 너무 많아.

이제 곧 고등학교 입시도 있고, 지금부터 10년 후라면
고등학교도 그렇고 대학교에 취직에···. 어떤 길을 선택하고 누굴 만나는지 궁금한
것투성이야.
분명 지금의 나로서는 전혀 예측하지 못한 10년을 보냈겠지?
그런데 제일 물어보고 싶은 건 따로 있어.
바로 아빠, 그리고 엄마.

아빠는 내가 태어나서
세상에서 제일 좋아하고 소중한 걸 잃어버린 것 같아.
정말 그게 사실이라면 아빠한테 너무 미안해.
엄마도 아빠도 다 행복했으면 좋겠는데
그걸 막고 있는 게 나라는 존재라면
내가 두 사람 사이에 방해가 되지 않으려면 어떻게 하면 좋을까?
어떻게 해야 아빠도 즐거운 인생을 살 수 있을까?

난 요즘 매일 그런 생각을 해.
10년 후의 나는 내가 이랬다는 걸 기억하니?

10년 후의 나에게 질문할게.
난 행복하니?
아빠도 엄마도 모두 행복하니?
모두 웃으며 지내니?

편지를 쓰다가 깨달았어.
우리 가족의 행복을 위해 지금부터 뭘 해야 하는지 말이야. 그건 내가 해야 할
몫이란 걸
아빠와 엄마의 아이로 태어난 나의 역할인 거지?

어려울지 모르지만 한번 해 볼게.
10년 후에는 다 함께 웃을 수 있게 말이야.

See you then.
Miu.

새하얀 정장을 입은 그 청년이 남긴 말은 모두 사실이었다.
읽는 사람을 소중하게 여기는 마음과 애정이 가득 담긴 편지는 읽는

사람의 마음에 엄청난 높이의 거센 파도처럼 사랑을 퍼붓는다. 그 사랑은 읽는 사람의 마음을 움직인다.

다쓰키는 좀처럼 자리에서 일어날 수 없었다.

그리고 바로 그날, 미우의 편지를 본 순간부터 다쓰키의 새로운 인생이 시작되었다.

그랬다. 사랑이 넘치는 편지에는 정말로 인생을 변화시키는 힘이 있었다.

아리따운 여성으로 자란 딸에게 천천히 다가가며, 다쓰키는 10년 전 그날부터 지금까지의 나날을 떠올렸다.

미우의 염원에도 불구하고, 그날이 지나고 머지않아 다쓰키는 아내와 헤어졌다.

부모의 이혼에 미우도 슬퍼했겠지만, 이혼을 계기로 다쓰키는 회사를 그만둘 수 있었다. 프로골퍼로서의 꿈도 완전히 버렸다.

그 이후 새로 선택한 길은 라면 가게였다. 아르바이트로 들어가 오로지 일을 배우는 데에만 전념하다가 3년 만에 독립했다.

끊임없는 메뉴 개발과 연구로 이룩한 성과는 눈 깜짝할 사이에 소문이 나기 시작해, 2년 후에는 2호점을 열었고, 현재는 국내에 세 곳, 해외에 두 곳을 합쳐 전부 다섯 개의 점포를 운영하기에 이르렀다.

새로운 길을 선택해 지금까지 열심히 살아올 수 있었던 건 전부 미우 덕분이었다. 그 마음을 담아 가게의 이름을 '미우정美羽亭'이라고

정했다.

가게의 이름이 알려지면 언젠가 미우의 눈에 띄게 되어 이런 아빠의 마음을 전할 수 있지 않을까 하는 일념으로 쉬지 않고 일했다.

미우가 이런 사실을 아는지 모르는지 다쓰키는 알 길이 없었다.

이제야 비로소 아빠로서 할 수 있는 것이라고는, 꼬박꼬박 양육비를 보내고 생일과 크리스마스마다 잊지 않고 선물을 보내는 것, 그리고 언젠가 미우가 아빠의 마음을 알게 될 날을 위해 '미우 덕분에 아빠가 멋진 인생을 살 수 있었어'라고 자부하는 삶을 살아가는 것이 전부였다.

딱 그 세 가지만을 위해 달렸다. 10년 동안 그 목표를 달성하고자 노력했다.

그 편지를 다시 미우에게 전해주기로 한 약속을 지키는 날까지 얼마나 성공할 수 있을지 자신에게 걸어보기로 한 것이다.

그날이 오면 아빠가 새 인생을 살게 된 건 전부 미우 덕분이라는 말을 직접 해 주고 싶었다. 딸에게 그 말을 들려줄 수 있는 아빠가 되기 위해 앞만 보고 열심히 달렸다.

미우가 드디어 자신을 발견하고 이쪽으로 고개를 돌렸다. 다쓰키는 있는 힘껏 얼굴에 미소를 한가득 머금었다.

미우도 웃었다. 다쓰키는 왈칵 쏟아지는 눈물을 참으려 애썼다.

"아빠!"

미우의 목소리가 들렸다.

다쓰키의 걸음걸이가 저도 모르게 빨라졌다.

***

"아빠! 와 주셔서 기뻐요."

다쓰키는 고개를 저었다.

"아니, 아빠는 안에 들어갈 수 없어."

"그럼, 왜…?"

"이걸 너에게 전해주러…."

다쓰키는 재킷 안주머니에서 편지 한 통을 꺼냈다.

아빠가 내민 편지를 미우가 조심스레 받았다.

"이게 뭐예요?"

다쓰키가 미소로 대답했다.

"아빠 인생을 구해 준 편지."

다쓰키의 눈에 눈물이 고였다.

"네?"

미우는 어리둥절한 얼굴로 편지와 다쓰키를 번갈아 쳐다보았다.

"내가 너무 못난 남자였어. 아빠로서도 최악이었고. 미우, 널 너무 힘들게 했더구나. 아빠가 정말 미안해. 사과하마."

미우는 말없이 고개를 좌우로 저었다. 눈물을 글썽이다가 끝내는 왈칵 쏟았다.

미쓰루는 옆에 멀뚱히 서서 두 사람을 바라만 보고 있었다.

피로연장 내부에 있는 사람들의 눈에는 활짝 열린 문에 신랑이 홀로 쓸쓸히 서 있는 모습만 보였다. 큰 박수 소리가 점점 시들기 시작하더니, 보이지 않는 신부의 모습에 웅성거리는 소리가 들려왔다.

식장 직원이 허겁지겁 문을 다시 닫았다.

진행자가 기지를 발휘해 얼른 마이크를 잡았다.

"신부가 아직 준비가 덜 된 모양입니다. 잠시만 기다려 주십시오."

다쓰키가 눈물을 훔치며 말했다.

"그건 10년 전 어느 날, 네가 10년 후의 너에게 쓴 편지야. 잊어버렸을지도 모르지만, 오모테산도에 있는 한 카페에서 이 편지를 썼단다."

미우가 편지를 넌지시 바라보며 이야기했다.

"그런 편지를 썼던 것도 같아요."

"아빠가 학교에서 근무할 때 쓴 편지를 가져다주러 새하얀 정장을 입은 남자 둘이 찾아온 날이 있었어."

"아, 그때! 생각나요."

미우는 또렷하게 그날의 기억이 떠올랐다.

"그날 미우가 쓴 편지야. 편지를 배달하러 온 청년이 어찌나 강하게 읽어보라고 권하는지 주저하다가 그 편지를 읽었어. 편지를 읽고 아빠가 미우에게 얼마나 나쁜 아빠였는지 깨달았어. 널 많이 아프게

했다는 것도⋯."

"이제 괜찮아요. 이렇게 아빠를 다시 만나서 너무 기뻐요."

"고맙다. 너에게 꼭 해 주고 싶은 말이 있어서 지난 10년 정말 열심히 살았어. 그 말만은 하게 해 주겠니?"

"뭔데요?"

"아빠는 미우가 우리 딸로 태어나서 정말 아주 많이 행복했어. 미우가 있어서 아빠의 삶이 더 빛났단다. 고마워."

눈물이 한꺼번에 밀려와 끝내는 목소리마저도 잘 나오지 않았다. 미우도 가장 좋은 대답을 찾지 못하고 아빠 품으로 와락 달려들었다.

아빠와 딸이 서로를 꼭 끌어안고 한참을 울었다.

옆에서 이 모습을 지켜보던 미쓰루의 눈에도 눈물이 고였다.

"자, 이제 어서 들어가렴. 멋진 남편이 기다리잖니."

미우가 고개를 끄덕였다.

다쓰키는 미우의 손을 꼭 잡아 그 손을 미쓰루에게 맡겼다.

"미우는 정말 정이 많은 착한 아이예요. 우리 딸 덕분에 내가 이렇게 지금까지 잘 살아올 수 있었어요. 앞으로 잘 부탁해요."

이렇게 말하며 미쓰루에게 깊이 머리를 숙였다.

미쓰루도 똑같이 머리를 숙였다.

"이제 준비가 되셨을까요?"

결혼식장의 직원이 조마조마 마음을 졸이며 물었다.

미우와 미쓰루가 눈물을 훔쳤다.

미우가 심호흡을 내쉬고 "네!" 하고 씩씩한 목소리로 대답했다.

다시 피로연장 문이 활짝 열렸다.

한층 더 뜨거워진 박수 소리가 울려 퍼지는 연회장으로 나란히 걸어 들어가는 두 사람의 뒷모습을 다쓰키가 눈물을 글썽이며 지켜보았다.

〈끝〉

작가 후기

작가 후기

2015년에 출판된『주식회사 타임캡슐』, 내용을 몇 군데 손보고 재편집하여 새롭게 다시 태어났습니다.

말의 '무게'는 언제나 똑같지 않습니다.

누가 어떻게 전하느냐에 따라 말의 무게가 달라지는 것은 물론, 같은 사람이라도 말을 전할 때 들인 시간과 노력에 따라서 말의 '무게'가 달라집니다. 그 시간과 노력이 많을수록 '무게'도 더해지기 마련입니다.

예를 들어 멀리 떨어져 있는 친구의 갑작스러운 입원 소식에, 메일로 '괜찮아?'라고 보내기보다는 편지에 마음을 담아 '괜찮아?'라고 안부를 묻는 편이, 받는 사람도 상대방이 공을 들인 시간과 정성만큼 말의 '무게'를 느낄 것입니다. 먼 거리에도 직접 병원에 달려와 '괜찮아?'라는 말을 건넨다면, 똑같은 '괜찮아?'라도 친구는 고마움을 더 크게 느끼고 오래오래 기억하겠지요. 단 한마디의 말을 위해 쏟은 시간과 노력에 따라 전해지는 마음의 크기가 달라집니다.

그렇게 생각하면 '마음'을 전하는 것은 결국 '말'이 아니라 '행동'입니다.

전 세계 어디에 있는 누구와도 실시간으로, 게다가 무료로 대화를 나누고 메시지를 전할 수 있는 시대입니다. 그래서 더더욱 천천히 시간을 들여 상대를 떠올리며 편지를 쓰거나 직접 찾아가 마음을 전하는 행동이 사람의 마음을 움직일 수 있습니다.

우리는 그런 시대를 살아가고 있습니다.

이 작품이 출판된 2015년은 제가 작가로 데뷔한 지 10년째 되는 해였습니다.

10년이라는 시간은 주위를 둘러싼 환경이나 처한 상황을 바꾸는 데 충분한 기간입니다. 특히 15세부터 25세까지의 10년은 누구에게나 그 이전까지는 전혀 상상하지 못한 변화를 가져다주는 10년입니다. 순풍만범인 10년을 보내는 사람이 있는가 하면 파란만장한 10년을 보내는 사람도 있습니다.

10년이라는 시간을 뛰어넘어 전해진, 과거의 자신이 보낸 편지.

현재의 자신이 맞닥뜨린 이렇고 저런 상황을 알 리 없는 과거의 자신이 보낸 편지는, 어쩌면 받는 사람에게 괴로움을 줄 수도 있지만, 동시에 과거에서 현재로 전달된 '무게'가 저마다의 인생에 있어 소중한 변화를 일으키기도 합니다. 고민이 많은 사람에게는 특히 더 그렇습니다.

그러면 지금부터 10년 후, 여러분은 어디에서 무엇을 하고 있을 까요?

누구를 만나고 어떤 일이 일어날지 전혀 예측할 수 없는 미래의 나날들.

노력의 대가로 원하던 것을 차지하게 될 날도 있을 테고, 자신이 한 행동과는 관계없는, 다른 세계에서 일어난 변화로 피치 못하게 계 획을 변경해야 할 때도 있겠지요. 생각지도 못한 기회가 어느 날 갑 자기 찾아오는 일이 있는가 하면 절망감에 빠지는 날이 있을지도 모 릅니다. 다만 아무리 크나큰 좌절을 겪더라도 결코 잊어서는 안 되는 것이 있습니다.

바로 '인생은 몇 번이든, 어디서부터든 다시 시작할 수 있다'라는 사실입니다.

그리고 다시 일어설 수 있는 계기는 언제나 '무게'가 실린 누군가의 말에서 비롯됩니다.

그런 말을 해 주는 누군가가 곁에 있다는 사실만으로도, 넘어졌다 가도 얼마든 다시 일어설 수 있고 깊은 수렁에서도 빠져나올 수 있습 니다.

그런 존재를 '친구'라 부른다면, '책'이야말로 '가장 좋은 친구'입니다. 필자는 이제까지 인생을 살며 배운 모든 것을 책에 담습니다. 한번 생각해 볼까요? 평소 SNS 등으로 매일 소식을 전하고 정보를 나누는 사람도 막상 책을 내게 되면 '지금까지 가장 좋은 내용을' 먼저 떠올릴 테지요. '가장 중요한 내용은 빼고'라는 생각은 아무도 하지 않습니다.

자주 '책 한 권을 집필하는 데 시간이 얼마나 걸립니까?'라는 질문을 받곤 합니다. 책 한 권을 쓰기 위해서는 살면서 경험한 전부가 필요합니다. 만약 지금 그런 질문을 받는다면, 저는 '51년'이라고밖에 대답할 길이 없습니다. 그만큼 책에 담긴 말에는 상당한 '무게'가 존재합니다. 인생을 살다가 넘어지거나 웅덩이에 빠져 어떻게 해야 좋을지 아무것도 떠오르지 않을 때, 주위에 도움을 요청할 사람이 아무도 없어 망설이고 있다면 바로 서점으로 달려가세요. 다시 일어설 수 있는 동기를 줄, '무게'가 담긴 말로 가득한 책들이 당신을 기다리고 있습니다.

책을 읽는 것은 내 안의 '친구'를 갖는 것입니다.

마음속에 품고 있는 '물음'에 실제로 저자가 '대답'하지는 않습니다. 그 책을 읽음으로써 자기의 내면에 생겨난 저자의 상(像)이 '답'을 줍니다.

'이 저자라면 이런 말을 하겠지?'라고 짐작할 수 있게 됩니다. 고민을 나눌 상대로, 실제로 다른 사람보다는 내면에서 만들어낸 인물이 훨씬 적절한 경우가 많습니다.

사람은 자주 듣는 말에 영향을 받으며 '성격'을 만들어 갑니다. 가장 압도적으로 많이 듣는 말은 바로 자신의 목소리입니다. 상상 속의 위인이든 누구든, 내면에서 주고받는 대화, 그리고 그 대화에서 들려오는 '말'을 바꾸면 성격과 인생이 달라질 수 있습니다.

앞으로도 '무게'를 지닌 '말'과 자주 만나기 위해 책 읽기를 멈추지 마세요.

이 책이 마음에 드셨다면 독자분들도 10년 후의 자신에게 마음을 담아 편지를 써 보는 것은 어떨까요? 분명 10년 후의 여러분에게 큰 힘이 될 '무게'가 편지에 담기리라 믿습니다.

2022년 3월 기타가와 야스시

주식회사 타임캡슐

초판 1쇄 발행	2024년 1월 23일
지은이	기타가와 야스시
옮긴이	박현강
펴낸이	황윤재
디자인	오아름
교정교열	혜로
표지그림	반지수 @banzisu
편집 · 제작	네오시스템
펴낸곳	허밍북스
출판등록	2022년 11월 23일 제2022-000030호
주소	(42699) 대구시 달서구 문화회관11길 31, 3층
전화	053-591-1010
팩스	053-591-1075
이메일	jaeo@hmbs.co.kr
인스타그램	@humming__books
ISBN	979-11-981830-3-3 03830
값	17,300원